CHRISTINE MARQUIS

DESTINEES

Edition : BoD - Books on Demand
12/14 rond-point des Champs Elysées, 75008 Paris
Impression : Books on Demand GmbH, Norderstedt, Allemagne
ISBN : 9782322114573
Dépôt légal : Octobre 2016

PREMIÈRE PARTIE

1890-1918

CHAPITRE I

Agenouillée au bord de la rivière, les avant-bras plongés dans l'eau encore glacée en cette fin d'hiver, Louise rinçait les draps avec l'énergie du désespoir. En finir au plus vite était devenu une idée obsédante. Elle redressait fréquemment le buste et portait la main à ses flancs, durs comme de la pierre. Une douleur lancinante lui tenaillait les reins et son front se mouillait de sueur en dépit du froid.

Sa voisine, la grosse Mélanie, lui jetait de temps en temps des regards inquiets, accompagnés d'un : Ça va, Louise ? plein de sollicitude et d'intérêt réel malgré la brièveté et la banalité de la phrase. Imperturbablement et machinalement, Louise répondait : Oui, ça va, merci, mais au fond d'elle-même montait la grande peur, née de la conviction instinctive que l'accouchement aurait lieu ce soir, au plus tard cette nuit.

Ne pas reconnaître les douleurs espacées et régulières qu'elle avait éprouvées avant les naissances précédentes l'inquiétait. Les paroles prononcées par la sage-femme lui revenaient en mémoire : C'serait pas prudent d'en avoir un troisième, Ma'me Louise, pas prudent du tout...

Lorsqu'elle s'était aperçu qu'elle était de nouveau enceinte, trois ans après la naissance de Marguerite — Dieu merci, un long répit lui avait été accordé ! —, elle avait accepté philosophiquement l'inévitable car son mari voulait un fils. Mais ce soir, la panique la prenait. Si elle allait mourir en mettant au monde une troisième fille ? Pauvre Paul si, à la douleur de perdre sa femme, devait s'ajouter la déception de ne pas avoir engendré de garçon !

Elle se souvenait de la joie de son mari lorsqu'elle lui avait fait part de sa présomption de grossesse. Il l'avait remerciée à genoux, persuadé cette fois-ci d'avoir le fils tant désiré, indispensable à sa vanité masculine. Il l'avait même baptisé Alfred, prénom qui n'avait pas de féminin. De méchantes langues avaient alors susurré : Vous avez déjà deux filles, jamais deux sans trois, mais pas une seule fois le doute n'avait effleuré l'esprit du futur père.

Confiante elle aussi durant toute sa grossesse, Louise, ce soir, aurait donné n'importe quoi pour aller accoucher à des kilomètres de là afin de ne pas voir la déception de Paul à la naissance d'une troisième fille. Habitée soudain par une sombre prémonition, elle était sûre désormais de ne pas porter un petit mâle.

Brusquement une douleur déchirante la fit se rejeter en arrière et s'affaler sur le côté. Elle étouffa un cri. Aussitôt Mélanie fut près d'elle :

— Sûr que c'est pour aujourd'hui, Louise. Ça va pas ?

La question était inutile. Louise était blême et ne parvenait pas à retrouver sa respiration. Trempée de sueur froide, elle grelottait, claquait des dents, sans pouvoir se relever ni articuler un mot.

A l'appel de Mélanie, les autres laveuses accoururent. Tandis que la malheureuse Louise avait l'impression d'agoniser sur l'herbe humide, chacune y allait de sa réflexion :

— C'est pas normal que ça la prenne brutalement comme ça.

— Regardez, elle halète, elle est presque bleue.

— Mon Dieu, elle va accoucher là, par terre !

Maintenant Louise se mettait à vomir et un goût de fiel lui emplissait la bouche.

— C'est pas tout ça, dit Mélanie, faut la transporter chez elle. Julie, roule une brouette jusqu'ici. On va la déposer dedans. C'est pas qu'elle soit si lourde.

En effet, malgré le poids de l'enfant qu'elle portait, Louise ne devait pas peser plus de cinquante kilos. De constitution fluette étant jeune fille, elle avait été encore amenuisée à la fois par ses grossesses et par les durs travaux ménagers. Aujourd'hui, à vingt-cinq ans, elle n'avait plus que la peau sur les os, des cheveux précocement blanchis, des mains ridées et gercées et un petit visage en lame de couteau, littéralement mangé par d'immenses yeux noirs. Elle avait l'air d'une fillette artificiellement vieillie et son ventre proéminent sous le tablier gris paraissait plus incongru encore.

Toujours prostrée, souffrant continuellement, luttant contre une invincible nausée, Louise fut donc déposée dans une brouette. Mélanie en saisit vigoureusement les bras et ordonna d'une voix péremptoire :

— Précède-nous, Marthe, va vite prévenir la mère Gantois.

Il s'agissait de la sage-femme.

En arrivant aux premières maisons du bourg, à la tombée de la nuit, l'étrange équipage ne manqua pas d'attirer la curiosité, surtout celle des enfants. Certains se mirent à emboîter le pas, maintenus toutefois à une distance respectueuse par les imprécations de Mélanie leur criant de ne pas s'occuper de ce qui ne les regardait pas.

— Elle a l'air mal en point, la Louise, disaient les femmes sur le pas de leur porte, tandis que les hommes, gênés, détournaient ostensiblement la tête.

Arrivée sous le porche de la maison qu'habitait Louise, rue Saint-Spire, à Corbeil, Mélanie posa la brouette sous les yeux effrayés de Rose et de Marguerite qui jouaient dans l'escalier.

— Maman malade, articula avec peine Marguerite, retenue soudain par la peur dans le mouvement qu'elle avait fait pour s'élancer.

— C'est sans doute le petit frère, expliqua calmement Rose, toute fière de l'érudition de ses six ans.

— Julie, ordonna Mélanie qui avait décidément pris la direction des opérations, tu emmèneras les p'tiotes avec toi dès que tu m'auras aidée à coucher Louise. Tu les garderas pour la nuit. En passant tu préviendras chez moi que je rentrerai tard. Je vais attendre l'arrivée de la sage-femme. Elle aura peut-être besoin de moi.

Hurlements de Marguerite à cette déclaration :

— Maman malade, maman, je veux rester avec maman !

Rose lui tirait violemment les cheveux pour l'empêcher de se jeter sur sa mère. Campée dans son rôle d'aînée, Rose regardait la scène avec des yeux déjà adultes. Elle ne comprenait pas très bien mais son instinct très sûr lui dictait de conserver son sang-froid. Il ne fallait surtout pas entraver les mouvements rapides et précis de Mélanie. Aidée de Julie, elle commençait à monter l'escalier, le fardeau de Louise, inerte, dans ses bras. Quand elles pénétrèrent dans le petit logement, la grande horloge de la cuisine sonna sept heures. C'était le 21 mars 1890.

Une fois Louise allongée sur son lit et Julie partie, Mélanie ne sut plus que faire. Par pudeur, elle n'osait pas proposer à Louise de la dévêtir, celle-ci n'ayant pas la force de le faire elle-même. Elle remuait sans cesse la tête de gauche à droite et vice-versa, tout en râlant faiblement et se pétrissant le ventre de toutes ses dernières forces. Mélanie ne savait pas s'il fallait l'en empêcher. Dans une tentative pour le faire, elle posa ses mains sur celles de Louise et s'aperçut qu'elles étaient glacées. Elle alla chercher un édredon dans la grande armoire et le jeta sur la parturiente. Une minute plus tard, il était par terre. Louise déchirait son tablier dans l'effort qu'elle faisait pour tenter de se masser le ventre. Elle va mourir, pensa Mélanie commençant à s'affoler.

— Je vais allumer le feu et faire chauffer de l'eau, dit-elle tout haut, autant pour essayer de réconforter Louise que pour se rassurer elle-même. La mère Gantois ne va plus tarder, ajouta-t-elle sans même être certaine d'être entendue par Louise.

En fait, une bonne demi-heure qui lui parut une éternité, s'écoula encore avant l'arrivée de la sage-femme. Mélanie l'accueillit comme le Messie. Marie Gantois se mit à examiner Louise longuement et conclut :

— C'est curieux, il n'y a pas de contractions. Le ventre est dur comme de la pierre. Le pouls est faible et la respiration irrégulière. Il va sans doute falloir un médecin.

— Un médecin, répéta interloquée Mélanie qui n'en avait jamais vu aucun. Un médecin pour un accouchement ?

— Celui-ci se présente mal, précisa la sage-femme. S'il n'y a pas de contractions, l'enfant ne pourra pas sortir. Il va mourir étouffé... et la mère aussi, ajouta-t-elle un ton plus bas tout en poussant Mélanie dans la cuisine. Allez chercher un médecin.

— Mais où ?, interrogea Mélanie complètement effondrée.

— A Evry. Le docteur Lapierre.

— A Evry ? Mais... le temps...

— Oui, je sais, c'est loin. Demandez au forgeron de vous prêter sa carriole. Faites le plus vite possible.

Mélanie avait depuis longtemps perdu toute son autorité et toute sa superbe. Elle sortit en sanglotant, persuadée que Louise et l'enfant allaient mourir avant l'intervention du médecin.

Il est cependant des bébés qui ont l'âme chevillée au corps. A minuit précises, le docteur Lapierre extirpait une petite fille minuscule, mais bien vivante, sans pouvoir arrêter l'hémorragie qui emportait la mère. Personne n'osait aller porter à Paul, attendant chez la voisine, la double nouvelle accablante : une troisième fille et plus de femme.

Marie Gantois s'occupait du bébé, Mélanie essayait de nettoyer le lit qui n'était plus qu'une mare de sang et le docteur Lapierre confirmait son diagnostic : il n'y avait plus trace de vie dans le corps inanimé et exsangue de Louise Rémeau.

Tous trois étaient silencieux, conscients du temps qui s'égrenait plus vite qu'ils ne l'auraient voulu, les rapprochant inexorablement de la minute de vérité. La porte s'ouvrit. Paul, alerté sans doute par les vagissements du nouveau-né et étonné qu'on ne le vint point chercher, était devant eux. Toute explication était inutile. Les visages parlaient d'eux-mêmes. Sans faire un pas, l'époux et père demanda d'une voix sans timbre :

— Louise ?

— Elle a passé, murmura le docteur Lapierre.

— L'enfant ?

— Une fille.

— Morte aussi ?

— Non, vivante.

Ces trois répliques contenaient tout et détruisaient en une minute le destin d'un homme qui avait été la joie de vivre et l'assurance personnifiées.

Il s'approcha du lit. Le médecin recula. Dans son berceau, le bébé se mit à pleurer.

— Sortez-moi cet enfant d'ici, hurla Paul.

Tel fut l'accueil que la petite, baptisée plus tard Marie, reçut de son père à sa venue au monde.

*

* *

Paul n'eut guère le temps de s'appesantir ni sur son chagrin ni sur sa déception. Il lui fallait s'organiser, notamment pour nourrir la nouvelle-née privée du lait maternel. La sage-femme l'avait provisoirement calmée avec de l'eau sucrée mais, dès le lendemain, elle réclamerait son dû. Marie Gantois proposa de la confier à une fermière des environs venant d'accoucher et ayant suffisamment de lait pour nourrir deux bébés.

La question de la rétribution se posait. Paul ne pouvait se permettre de la payer en argent. Il fut donc convenu que Rose irait, en dehors des heures de classe, rendre à la ferme quelques menus services. Compte tenu de son jeune âge, la fillette ne pourrait guère être très rentable. Aussi la fermière n'accepta-t-elle de nourrir le bébé pendant quelques mois que contre un bail de service de trois ans.

Mis au supplice à l'idée de louer sa fille aînée, surtout si jeune, Paul ne pouvait pas cependant se permettre de refuser. Il n'y avait pas d'autres solutions. C'est la mort dans l'âme qu'il s'y résigna : Rose, sa première née, alors qu'il espérait encore que le deuxième enfant serait un garçon, était sa préférée. Par un juste retour des choses, Marguerite, lorsqu'elle naquit, devint la préférée de sa mère. Et par une injustice du sort, la dernière ne serait la préférée de personne. Son père surmonterait mal sa déception qu'elle fut une fille. Marguerite la rendrait responsable pendant longtemps de la mort de sa mère. Quant à Rose, elle ne lui pardonnerait jamais d'avoir dû payer de sa personne pour la nourrir. La petite fille, déjà privée de mère, s'apercevrait très tôt du ressentiment familial à son égard.

Lorsque Marie Gantois, avant de déposer l'enfant chez sa nourrice, posa la question du prénom, elle se heurta à l'indifférence et au mutisme paternel. En désespoir de cause et d'imagination, elle proposa son propre prénom, ne voulant pas rouvrir une blessure trop fraiche en suggérant celui de la mère. Paul acquiesça sans intérêt et sans commentaires. C'est ainsi que sa troisième fille fut appelée Marie. Il ne sut jamais que sa femme avait envisagé de la prénommer Violette afin qu'elles eussent toutes les trois des noms de fleurs. A cause de cette ignorance, Marie devait plus tard se sentir doublement exclue en entendant son père appeler Rose ma reine des fleurs et Marguerite ma reine des prés. Elle ne fut jamais la reine de son père et en conçut une rancune qui aggrava ses rapports avec ses sœurs.

*

*   *

La ferme où la petite Marie passa sa première année n'était pas éloignée de plus de trois kilomètres du domicile paternel. Malgré une aussi courte distance, Paul ne vint voir sa fille que deux fois. Non qu'il fut un mauvais père mais son statut d'homme lui interdisait de montrer de l'intérêt aux bébés. D'ailleurs, il n'aurait su qu'en faire. Il avait donc des nouvelles de Marie par Rose qui voyait sa petite sœur tous les jours et assurait qu'elle poussait bien. C'était pour lui le principal. Aussi avait-il la conscience tranquille.

Marguerite, désœuvrée et privée de la compagnie de sa sœur aînée, passait le plus clair de son temps chez la voisine ou dans la cour à jouer avec d'autres enfants. Puis, gagnant de l'âge et trottant plus vite sur ses petites jambes, elle prit l'habitude, quand vint l'été, d'accompagner Rose à la ferme. On la chargeait de donner à manger aux poules et aux lapins, de ramasser les pissenlits et la luzerne, tandis que Rose, âgée maintenant de sept ans, faisait la vaisselle, juchée sur un tabouret, nettoyait le carrelage et lavait les couches.

A six ans, Rose savait déjà lire couramment et écrire correctement. Heureusement, car, depuis la naissance de Marie, l'institutrice se plaignait. Les devoirs n'étaient pas faits, les leçons non apprises, et les progrès de Rose s'en ressentaient. Pour essayer d'y remédier et aussi parce que Marguerite, sans surveillance et livrée à elle-même, ne faisait rien, Paul se mit à passer une bonne partie de ses dimanches à faire travailler ses filles. En tant que typographe, il était lettré, chose rare dans son milieu.

*

* *

Au bout d'un an, la petite Marie, sevrée, fut renvoyée chez son père. Un nouveau problème se posa : Qui allait s'occuper de l'enfant ? La sœur aînée de Paul, ayant des enfants en âge de se débrouiller seuls, proposa de venir s'installer chez son frère dans l'attente d'une autre solution.

Mais un enfant met longtemps à grandir et Fernande se trouva confrontée à une atmosphère orageuse. Les deux aînées, Rose et Marguerite, lui en voulaient d'usurper la place de leur mère et Marie, carrément insupportable, multipliait les bêtises dès qu'elle était sans surveillance. Marguerite, ayant pourtant été au même âge une enfant facile et docile, poussait sa cadette à faire ce qui était défendu. Lorsque Fernande s'en apercevait et punissait, Marguerite se vengeait en frappant Marie. Il s'ensuivait de véritables drames.

— Tu devrais te remarier, dit un jour Fernande à son frère. C'est la seule solution. Franchement, je n'en vois pas d'autres. Surtout avec le caractère de tes filles.

Paul était arrivé depuis quelque temps à la même conclusion.

— Evidemment, poursuivait Fernande, tu ne pourras pas te montrer difficile dans ton choix. Néanmoins, une femme à la maison, quelle qu'elle soit, ce sera mieux que rien. Décide-toi vite car je ne resterai plus longtemps ici. Mon mari est compréhensif mais tout de même... Il ne faudrait pas que mon absence se prolonge trop longtemps.

Trois mois plus tard, Paul épousait une jeune ouvrière de l'imprimerie où il travaillait et mettait ses filles devant le fait accompli.

Marie, un an et demi, ne pouvait ni comprendre ni donner son avis. Mais les deux autres, toujours complices puisque Marguerite copiait son comportement et sa conduite sur ceux de sa sœur, n'acceptèrent jamais celle qu'elles considéraient comme une intruse.

Toutefois, elles dissimulèrent tant bien que mal leur hostilité jusqu'à la naissance, un an plus tard, du petit frère tant attendu par le père. A partir de ce moment-là, la hargne et la grogne de Rose et de Marguerite éclatèrent au grand jour. Mathilde, en nouvelle mère comblée, ne voyait plus que son propre sang. Paul, lui aussi et pour la première fois, se pâmait d'aise devant un nouveau-né, négligeant ses filles.

Entre Rose et Marguerite qui faisaient bloc, d'une part, et Paul, Mathilde et Denis, d'autre part, Marie grandissait solitaire. Dés qu'elle put se mouvoir facilement par elle-même, elle fut le moins souvent possible à la maison, allant jouer avec les enfants du voisinage. Elle entretenait avec eux de curieux rapports, faits d'attractions puissantes et irrésistibles suivies de répulsions brutales et inexplicables. Elle se prit d'affection pour un chien perdu et lui installa, sous l'escalier, une niche assez grande pour les contenir tous les deux.

Installée dans la caisse remplie de paille et de vieux chiffons, à côté du chien, elle partageait avec lui le pain de son goûter, redoublait d'astuces pour dérober des restes de nourriture afin d'améliorer l'ordinaire de son protégé. Sachant à peine parler, elle l'avait modestement baptisé Toutou. Elle lui tenait de longs discours faits d'onomatopées n'ayant aucun sens. Le chien, plein de bonne volonté et de reconnaissance, écoutait patiemment, les oreilles dressées, remuant la queue pour montrer son plaisir.

Mathilde n'était pas fâchée d'être débarrassée de la présence de Marie dans la maison. La petite fille, taciturne, capricieuse, avait le don de lui porter sur les nerfs, d'autant plus qu'elle était déjà très éprouvée par son propre fils, qui pleurait beaucoup. Seule Marguerite parvenait à le calmer. Ses cinq ans et demi étaient sans doute déjà dotés d'un charme magnétique perçu par le bébé mâle. Elle adorait d'ailleurs s'occuper de lui et y passait presque tout son temps libre. Mathilde redoutait la présence de Marie qui rendait l'atmosphère électrique. Par contre, elle appréciait celle de Marguerite, regrettant presque que celle-ci fut obligée d'aller en classe. Rose continuant à travailler à la ferme, n'était pas souvent chez elle. Mathilde ne s'en plaignait pas, car lorsque Rose était là, Marguerite n'était plus disponible que pour elle. Et Rose, étendant au petit Denis les sentiments vindicatifs qu'elle éprouvait vis-à-vis de sa mère, en éloignait Marguerite.

Reflétant les émotions de chacun, les relations familiales étaient plutôt compliquées et assez tendues.

Marie grandissait sans aimer ni être aimée vraiment de personne, sauf son chien. C'est un peu juste pour une enfant si jeune qui ne comprend pas. Sûrement pas, en tout cas, que son père et ses sœurs lui reprochent la mort d'une mère dont l'absence lui faisait cruellement défaut. Marie donc se durcissait au fil des années et s'armait intérieurement comme si la vie était une guerre et tout être humain un potentiel ennemi.

CHAPITRE II

Dans un climat familial qui ne changea guère, Marie atteignit ses dix ans la dernière année du siècle. Rose allait en avoir seize et Marguerite quatorze. Le fossé la séparant de ses sœurs aînées s'était creusé et élargi. Elle n'était encore qu'une fillette n'ayant même pas fait sa communion ni passé son certificat d'études tandis que les deux grandes étaient devenues des jeunes filles et travaillaient déjà.

Leur salaire, bien que modeste, avait tout de même permis à la famille de déménager car, dans le deux pièces-cuisine de la rue Saint-Spire, on était, à six, plutôt à l'étroit. C'étaient des cris et des crêpages de chignons perpétuels d'autant plus que Denis était devenu un gamin absolument insupportable.

Dernier né et seul garçon de la famille, il avait été traité en petit roi et ses parents commençaient à ressentir les effets d'une éducation trop indulgente. Il ne craignait et n'obéissait qu'à son père. Malheureusement, Paul n'était pas souvent à la maison : il travaillait dix heures par jour en hiver, douze heures en été, six jours sur sept ! Ce qui laissait à Denis beaucoup de temps pour faire enrager sa mère et ses sœurs. Il n'y avait d'entente réelle entre les trois filles que lorsqu'il s'agissait de faire front contre l'affreux petit frère.

Après avoir fait sa joie et sa fierté, Denis commençait à faire le désespoir et la honte de son père. A huit ans et demi, il savait à peine lire et écrire alors que Rose et Marguerite avaient brillamment passé leur brevet élémentaire et qu'il ne faisait aucun doute que Marie en ferait autant. Denis pratiquait volontiers l'école buissonnière. Il renversait volontairement l'encrier sur les devoirs de Marie ou déchirait ses cahiers. Il s'ensuivait des empoignades violentes et Mathilde avait bien du mal à séparer les combattants. Restait ensuite à panser les plaies d'un garçon qui pleurnichait et de recoudre les vêtements déchirés.

La première année du 20e siècle fut terrible pour Marie car elle fut marquée par la mort de Toutou. Denis ayant eu la malencontreuse idée de l'enfermer dans l'appartement, le pauvre chien qui souffrait de claustrophobie, se jeta par la fenêtre. Déjà vieux, et sans doute surpris par la hauteur, bien qu'il ne fut tombé que d'un premier étage, il se reçut mal au sol et se brisa les reins. Paul dut l'abattre. Marie alerta tout le quartier par ses hurlements et fit une crise de nerfs tellement longue et spectaculaire que Mathilde craignit qu'elle n'en perdit la raison. Complètement prostrée ensuite, après les gifles de son père et le broc d'eau glacée qu'il lui jeta en pleine figure, elle refusa de s'alimenter pendant trois jours. Le matin, on la retrouvait dormant dans la caisse du chien sous l'escalier.

A partir de ce jour-là, Marie se mit à détester son père. Il avait tué ce qu'elle avait de plus cher au monde. Il avait beau lui répéter que c'était pour empêcher le chien de souffrir, cela ne changeait rien pour Marie. Dans son cerveau d'enfant, les choses s'enchaînaient avec une logique implacable : combien de fois, au cours de leurs disputes, Rose lui avait-elle reproché d'avoir tué leur mère ! C'était l'argument massue qui donnait toujours à Rose le dernier mot. Marie en avait déduit que c'était la raison pour laquelle personne ne l'aimait. On ne pouvait pas aimer quelqu'un qui avait tué, que ce soit volontairement ou involontairement, avec ou sans raison.

C'était aussi simple que cela. Les sentiments ne se commandent pas plus qu'ils ne se raisonnent.

Après la mort de Toutou, Marie, que personne n'attendait plus à la maison, prit l'initiative de demander à l'institutrice de lui permettre de rester le soir à l'école pour faire ses devoirs et apprendre ses leçons. Celle-ci, avant d'accepter, convoqua Paul qui admit : Eh ! oui, c'est une enfant bien difficile, quoique je n'aie rien de particulier à lui reprocher. C'est son caractère...

Paul était complètement dépassé par les événements. Denis et Marie, chacun pour des raisons différentes, lui donnaient bien du souci. L'institutrice lui conseilla donc d'accéder au désir de Marie et de la laisser travailler le soir à l'école. Elle-même y habitait et pourrait s'occuper de la fillette.

Marie se fit de Mademoiselle Emilie sa première véritable amie et se mit à travailler mieux que jamais. Elle se passionnait pour l'histoire de France, surtout contemporaine, et ne se lassait pas d'écouter Mlle Emilie lui raconter en détails la guerre de 1870, la trahison de Bazaine, la défaite de Sedan, la perte de l'Alsace-Lorraine, la Commune, le Boulangisme, le suicide du général sur la tombe de sa maîtresse, l'assassinat de Sadi Carnot, l'affaire Dreyfus, l'explosion à la chambre de la bombe lancée par Edouard Vaillant. Marie se souvenait à ce sujet que son père l'avait quelquefois fait sauter sur ses genoux sur l'air entraînant de :

Tarataboum ça y'est
Vaillant est arrêté
Pour avoir fait sauter
La Chambre des Députés

Mais ce n'est qu'en écoutant Mlle Emilie qu'elle comprit de quoi il s'agissait. Longtemps, par une association d'idées familière aux enfants, elle avait cru que Vaillant faisait sauter les députés comme son père la faisait sauter sur ses genoux. A ce souvenir, elle souriait. Mais elle pleurait à l'évocation de toutes les autres histoires, surtout celle de la mort de Boulanger sur laquelle on avait fait une chanson mélodramatique. Quel événement d'ailleurs n'était-il pas gravé dans la mémoire du peuple par un refrain ? Et c'est avec des sanglots dans la voix que Marie chantait aussi le fameux couplet :

Vous n'aurez pas l'Alsace et la Lorraine
Car malgré vous nous resterons Français
Vous avez pu germaniser la plaine
Mais notre cœur, vous ne l'aurez jamais !

Ce qui avait une signification particulière pour la famille Rémeau. Les parents de Louise étant Lorrains, avaient fui leur province et tout abandonné pour ne pas devenir Allemands en 1870.

Comme tous les enfants de son époque, Marie était une ardente patriote. Elle haïssait les Prussiens sans les connaître, craignait l'empereur Guillaume II plus que le diable et vouait un véritable culte à l'uniforme militaire, français bien entendu. Elle aurait voulu être un garçon pour porter un jour la tenue des zouaves ou des spahis qui avaient, à ses yeux, un prestige particulier. Sans doute parce qu'elle avait eu l'occasion d'en voir de près en la personne de deux jeunes oncles, frères de sa mère, venus plusieurs fois se recueillir sur la tombe de celle-ci dans les années qui suivirent sa mort.

Ayant perdu définitivement l'espoir, aux environs de sa cinquième année, de jamais devenir un garçon, Marie s'en consolait en se disant que, lorsqu'elle serait grande, elle épouserait un zouave : il aurait, bien entendu, les traits de son oncle Antoine. Ou un spahi : il ressemblerait évidemment à l'oncle Adolphe.

*

* *

Deux événements d'importance marquèrent l'année 1902 pour Marie : sa première communion et son certificat d'études qui devait marquer la fin de celles-ci. Ensuite, elle entrerait en apprentissage.

Comme d'habitude, son douzième anniversaire fut marqué par les cérémonies commémoratives de la mort de sa mère. Elle n'avait jamais connu la joie des fêtes d'anniversaire, réservées à ses sœurs et à son frère. Le jour de sa naissance, marquant pourtant le début du printemps, était un jour de deuil. Sur la cheminée, la seule photographie existant de sa mère, déjà jaunie dans son cadre de bois, était entourée de crêpe noir. Paul déposait pieusement une bougie allumée. Tôt le matin, toute la famille, ayant ressorti les vêtements de deuil, assistait à la première messe. Puis on allait déposer des fleurs et se recueillir sur la tombe. Ensuite, seulement, chacun se dispersait pour vaquer à ses occupations.

Au mois de mai, la communion solennelle de Marie coïncida avec le dix-huitième anniversaire et le premier bal de Rose. Au moment où Marie ôtait sa robe blanche pour aller se coucher, Rose, dans la même chambre, s'acharnait après son corset, aidée par Marguerite.

— Le mètre, Marie, passe-moi le mètre, demandait Rose, les joues en feu et le souffle court. Et Marguerite de tirer sur les lacets tout en enfonçant un genou dans les reins de sa sœur.

Marie ne bougeait pas.

— Petite peste, tu me le paieras, siffla Rose entre ses dents. Puis elle cria : Mathilde, où est passé le mètre de couturière ?

Alors Marie s'assit ostensiblement sur la robe princesse à la dernière mode étalée sur l'un des lits. D'un bond, Rose fut sur elle et la tira violemment par les cheveux. Les lacets avaient échappé des mains de Marguerite et le corset se relâchait lentement.

— Rose, reste tranquille, gémissait Marguerite, sinon je n'y arriverai jamais.

Sans cesser de foudroyer Marie du regard, Rose revint se planter devant Marguerite, rentra le ventre et retint sa respiration.

Mathilde passa le mètre souple autour de la taille de Rose, serra au maximum et annonça :

— Cinquante-neuf.

— Non, ce n'est pas possible, haletait Rose, jamais je n'aurais dû manger.

— Tu ferais pourtant mieux de ne pas serrer davantage, sinon tu vas étouffer pendant toute la soirée et tu ne pourras même pas danser, conseilla Mathilde.

La petite voix pointue de Marie s'éleva alors dans le silence consterné qui suivit cette sage recommandation :

— J'aurai la taille plus fine que toi, je serai plus jolie que toi, j'épouserai un homme plus beau et plus riche, je monterai à Paris et toi, tu resteras vieille fille.

Rose, prête à défaillir tant son corset la serrait, ne fit pas un mouvement. Mathilde et Marguerite n'en croyaient pas leurs oreilles, abasourdies par l'audace de la benjamine. Il ne leur vint pas un seul instant à l'esprit que la prédiction de la petite communiante pût se réaliser. Rose était l'aînée : en tant que telle, le meilleur devait lui revenir. Compte tenu de son âge et du corset, ses cinquante-neuf centimètres de tour de taille annonçaient un embonpoint précoce, mais, en attendant, elle avait de l'allure. Pour un œil averti, si sa silhouette était un peu imposante, elle impressionnerait ses compagnes et ses cavaliers.

Rose ne répliqua pas à la réflexion venimeuse de Marie. Les joues empourprées par la colère contenue, elle enfila ses jupons, sa robe, puis des bottines qui lui faisaient le pied petit et le mollet galbé, réajusta son chignon sur lequel elle percha un canotier fleuri, boutonna ses gants, saisit son réticule et son mouchoir brodé, contempla le résultat final devant l'armoire à glace, et tourna les talons dans un frou-frou d'étoffes.

Le succès de Rose à son premier bal fut tel qu'elle en revint presque fiancée, officieusement du moins, à un certain Rodolphe Doré, petit cousin du célèbre peintre. La réputation du jeune homme était excellente et sa famille jouissait, dans la commune, d'un certain prestige. Les parents du jeune Rodolphe avaient, en effet, pignon sur rue. Ils possédaient un magasin de nouveautés, sans concurrence à plusieurs lieues à la ronde, merveilleusement bien tenu et bien achalandé, et leurs affaires étaient assez prospères. Les deux fils ayant fait des études, étaient considérés comme de beaux partis. Le plus jeune, Rodolphe, n'hériterait pas de l'affaire paternelle mais il avait, néanmoins, un bon bagage pour démarrer dans la vie.

Mathilde, à l'idée d'un mariage possible entre Rose et Rodolphe, exultait de joie. Le lendemain à table, elle ne tarissait pas de détails sur ce mémorable bal :

— Je peux vous assurer qu'elle n'a pas fait tapisserie. Son carnet de bal a tout de suite été rempli et le jeune Doré l'a si souvent sollicitée qu'ils ont vite été remarqués. J'ai dû, au bout d'un moment, lui demander de faire preuve d'un peu plus de discrétion s'il ne voulait pas rendre publiques ses intentions.

Danser plusieurs fois de suite avec une jeune fille, avoir un aparté remarqué avec elle, la serrer d'un peu trop près au cours d'une valse, voilà qui suffisait en effet pour la compromettre.

Aux propos tenus par sa belle-mère, Rose ne rougissait que pour la forme. Elle n'était pas timide. Plusieurs fois déjà avant ce bal, Rodolphe s'était trouvé comme par hasard sur son chemin lorsqu'elle sortait de l'imprimerie. Ils avaient fait quelques pas ensemble en échangeant quelques mots.

Mathilde, imperturbable, poursuivait :

— Mais le pauvre, évidemment, est bien ennuyé. Il va être incessamment appelé au service militaire et il a demandé à être incorporé dans les troupes coloniales. Il ne peut pas envisager de se fiancer officiellement avant de partir pour trois ans.

— Mathilde, je vous en prie, intervint enfin Rose, ne jetez pas le manche avant la cognée. Il n'est pas question de mariage.

—Taratata, rétorquait Mathilde qui voyait les yeux brillants de Rose, avoue, ma fille, que l'idée ne te déplait pas du tout.

— Peut-être, concéda Rose, réaliste. Mais, en trois ans, l'eau a le temps de couler sous les ponts et moi de trouver dix autres soupirants.

Mathilde était choquée du franc-parler de Rose et le lui fit remarquer :

— Parle-t-on ainsi d'un jeune homme avec lequel on a dansé plus de dix fois la veille ?

Marie suivait la conversation avec intérêt. Elle se livra à un rapide calcul : Dans trois ans, j'aurai quinze ans et demi — calcul qui aboutit à la résolution suivante : si Rose tient toujours à Rodolphe, je le lui prendrai.

Ne connaissant pas le jeune homme, elle ne pouvait pas savoir s'il lui plairait. Mais cela n'avait pas d'importance. Ce qui comptait pour Marie était de priver Rose de l'objet de son désir.

Marie eut bientôt l'occasion d'être présentée à celui qu'elle convoitait par vengeance. En effet, un grand pique-nique fut organisé pour la Pentecôte sur les bords de l'Essonne. Toute la jeunesse des environs y participait, les célibataires étant accompagnés de leurs parents car il n'était pas question de les laisser s'égayer sans chaperons.

En ce beau dimanche matin de début juin, la famille Rémeau au complet partit en direction de la campagne, chacun son panier d'osier sous le bras. Les femmes étaient vêtues de longues jupes cloches. Celle de Marie, plus courte, s'arrêtait à mi-mollets et découvrait entièrement ses bottines à boutons. Les corsages clairs étaient sagement boutonnés jusqu'au cou et jusqu'aux poignets malgré la chaleur. Elles portaient toutes quatre des chapeaux de paille à larges bords pour se protéger du soleil. A son grand regret, Marie avait encore des nattes alors que les trois autres arboraient des chignons haut perchés d'où s'échappaient quelques mèches folles.

Ses cheveux tressés et sa jupe courte mettaient Marie au supplice. Elle se rendait bien compte que cette tenue la reléguait au rang des petites filles. Elle ne pouvait guère espérer capter l'intérêt d'un jeune homme de vingt ans. Néanmoins, elle était bien décidée, par son attitude et par son maintien, à jouer les jeunes filles. Elle avait déjà un ovale de visage presque parfait, un petit nez droit, des pommettes saillantes, un menton volontaire et une bouche bien dessinée. Des cheveux presque blonds, aux reflets dorés, contrastaient avec les yeux noirs qu'elle avait hérités de sa mère. N'eussent-été les nattes, la jupe courte et l'absence de poitrine, elle aurait semblé avoir au moins quatorze ans, surtout à cause de l'expression du regard, déjà dure, et du pli amer de sa bouche.

Lorsqu'on fut arrivé à l'endroit choisi pour le pique-nique — de grandes pelouses s'étendant sous les peupliers au bord de l'eau — une fois déposés les paniers et dépliées les couvertures, tout le monde s'éparpilla gaiement en interpellant des connaissances.

Rose, sur le qui-vive, guettait l'arrivée de Rodolphe qu'elle n'avait pas identifié parmi les jeunes hommes déjà présents. Pour une fois, Marie ne s'éloignait guère et scrutait, elle aussi, le bout du chemin. Précaution inutile car, en aucun cas, le débarquement de Rodolphe n'aurait pu passer inaperçu : il arriva avec son frère à bicyclette ! Ce fut la bousculade générale pour admirer de près les engins insolites que presque personne ne possédait encore. Rose, Marguerite et Marie furent noyées dans une nuée d'autres fillettes et jeunes filles. Les garçons, oubliant toute courtoisie en cette circonstance exceptionnelle, les repoussaient à coups de coude pour s'approcher des deux héros et mieux voir les machines excitant leur convoitise.

L'intérêt qu'avaient suscité les vélocipèdes n'était pas encore tari lorsque les parents battirent le rappel pour le déjeuner. Chacun regagna alors l'endroit où s'était installée sa famille.

En début d'après-midi, Rodolphe, accompagné d'un camarade, vint demander à Paul l'autorisation d'emmener ces demoiselles faire un tour en barque. Marie eut peur de ne pas participer à l'expédition mais Rodolphe lut peut-être dans ses yeux la déception menaçante. Il en eut pitié et proposa aussitôt de prendre deux barques pour pouvoir également emmener les petits.

Malheureusement, Marie se retrouva avec Marguerite dans l'embarcation pilotée par l'ami, tandis que Rodolphe était dans l'autre avec Rose et Denis. Elle ne pouvait donc pas entendre les propos qu'ils échangeaient et elle mourait de curiosité.

Une fois revenu à terre, Rodolphe, par convenance, ne s'éloigna pas avec Rose et s'assit sur l'herbe à portée d'oreille et de voix de Paul et Mathilde. Ce n'était plus aussi intéressant pour Marie : elle savait très bien qu'il ne parlerait pas à Rose de la même façon en présence des parents. Elle aurait été bien surprise, et surtout furieuse, d'apprendre que Rodolphe et Rose s'étaient déjà entretenus quelquefois en tête-à-tête.

Elle devait les y surprendre à quelque temps de là. Un soir, en revenant de l'école — tard évidemment puisqu'elle continuait à rester avec l'institutrice — elle aperçut leurs deux silhouettes devant elle dans la rue. Ils allaient lentement côte-à-côte, le plus lentement possible. Marguerite, de connivence sans aucun doute, avait dû discrètement les devancer sinon elle se serait trouvée avec Rose puisqu'elle sortait en même temps qu'elle de l'imprimerie.

Marie ralentit le pas et rasa les murs. Sa première réaction fut de les dénoncer. Puis elle se ravisa. En agissant ainsi, elle risquait de précipiter les fiançailles. Or Marie savait que celles-ci représentaient un engagement presque aussi sérieux que le mariage et qu'une rupture de fiançailles était quasiment aussi scandaleuse qu'un divorce. Si Rodolphe était un homme d'honneur — et il l'était sûrement — il se verrait contraint de se fiancer à Rose avant de partir au service militaire. Afin de préserver la réputation de la jeune fille, il ne romprait pas ses fiançailles même s'il tombait amoureux d'une autre.

Ayant réfléchi de la sorte, Marie opta donc pour la solution de tenir sa langue, quitte à se servir de sa découverte contre Rose mais uniquement à titre personnel.

*

* *

L'été passa sans incident nouveau. Il y eut un autre bal pour le quatorze juillet, bal de plein air particulièrement joyeux au son des valses, des polkas, des scottiches, des mazurkas et des quadrilles, sous les confettis et les lampions. Le vieux Fischer, père de Louise, qui avait un peu trop bu, se fit beaucoup remarquer en chantant à tue-tête la Marseillaise avec son accent lorrain :

Allonz'enfants du Batrie
Le chour de kloire est d'arrivé...

Debout sur une table, le chapeau de travers, il s'égosillait et personne, pas même sa femme qui le tirait par le bas de son pantalon, ne parvenait à l'arrêter. Ce jour-là, tout était permis. Profitant du vacarme, de la cohue, du relâchement des mœurs et de la surveillance des parents, de jeunes couples parvenaient à s'isoler. Il n'était pas rare que des mariages fussent hâtivement conclus avant le début de l'automne en souvenir d'un 14 juillet. La prise des belles commémorait celle de la Bastille.

Marie s'évertuait donc à ne pas perdre de vue Rodolphe et Rose, décidée cette fois-ci à les dénoncer à son père en cas d'escapade. Mais il ne s'en produisit pas. Rose était une fille sérieuse et Rodolphe, conscient de l'imminence d'une absence prolongée, n'avait aucune envie de courir le risque de se mettre dans une situation particulièrement délicate.

Un dernier bal, au 15 août, marqua la fin des réjouissances populaires jusqu'au prochain Noël. Fin septembre, Rodolphe vint faire ses adieux à la famille Rémeau. Il montait le lendemain à Paris d'où il serait dirigé sur Toulon pour s'embarquer à destination de l'Afrique du Nord. Il serait absent trois ans et il n'y avait aucune permission à espérer lorsqu'on effectuait son service militaire aussi loin.

Tant que Rodolphe fut dans la maison, le comportement de Rose ne connut aucune défaillance mais, dès qu'il eut franchi le seuil, elle se précipita pour s'enfermer dans sa chambre, en interdisant l'accès même à Marguerite. Et Marie sut qu'elle pleurait.

— Pourvu qu'elle l'aime encore dans trois ans, se dit-elle. Ainsi, ma vengeance sera parfaite.

Elle ne doutait pas un seul instant de sa victoire.

— Si je le veux, je l'aurai. Ce fut la première fois, à douze ans, qu'elle prononça cette petite phrase qui allait devenir sa ligne de conduite : faire triompher sa volonté par tous les moyens !

CHAPITRE III

Au cours des trois années qui suivirent, Marie gagna en beauté et en grâce, sinon en charme car elle n'était guère souriante. Pour sa plus grande satisfaction intérieure, sa sœur Rose s'épaississait.

— C'est de langueur qu'elle grossit, répétait Mathilde, car ce n'est pas ce qu'elle mange...

En effet, à partir du moment où, même corsetée, son tour de taille atteignit soixante-cinq centimètres vers sa vingtième année, Rose se mit pour ainsi dire à faire la grève de la faim. Les régimes alimentaires étaient inconnus et quand, l'estomac chaviré, elle se remettait à manger, c'étaient des menus composés pour une grande part de pain, de pommes de terre, de haricots et autres féculents. La viande, quand il y en avait, était toujours cuisinée en sauce.

Ainsi Rose, malgré son jeûne intermittent, continuait à prendre du poids. Ses robes passaient les unes après les autres à Marguerite qui donnait alors les siennes à Marie. A partir de quatorze ans, celle-ci obtint l'autorisation tant attendue de porter des jupes longues.

Marguerite fit à son tour son entrée dans le monde, c'est-à-dire qu'elle assista à son premier bal officiel. Des trois, si Marie était sans doute la plus jolie maintenant, Marguerite était sans conteste la plus charmante. Au fond, elle n'était pas du tout méchante. A l'approche de ses dix-huit ans, elle commençait à développer sa propre personnalité en dehors de l'ascendant qu'avait jusqu'à présent exercé sur elle sa sœur aînée.

Lucide, Marie l'avait compris. C'est pourquoi son ressentiment, égal au départ envers ses deux sœurs, s'était, au fil des ans, cristallisé sur Rose. Elle n'avait pas d'affection vraiment fraternelle pour Marguerite mais elle ne la détestait pas non plus. Marguerite n'était d'ailleurs pas de celles qui font naître les sentiments passionnés.

Pourtant, elle avait hâte de voir Marguerite fréquenter. Elle commençait à redouter en elle une rivale possible auprès de Rodolphe. Elle savait pourtant que Marguerite n'aurait jamais essayé de séduire celui qu'elle considérait comme le fiancé de sa sœur.

Marguerite ne voyait pas ce qui sautait aux yeux de Marie : la femme que Rose était en passe de devenir ne pouvait plus plaire à un homme comme Rodolphe. Rose le redoutait aussi. Au fur et à mesure que la date du retour de Rodolphe approchait, elle aurait dû être chaque jour un peu plus joyeuse. Elle semblait au contraire devenir encore plus malheureuse.

Aucun engagement officiel ne la liait et son penchant pour Rodolphe était loin d'être connu de toute la commune. Pourtant elle n'avait plus le succès de ses dix-huit ans. Lorsqu'elle allait au bal, ce n'étaient plus les meilleurs cavaliers ni les plus beaux partis qui se disputaient ses faveurs. Seuls lui restaient les jeunes gens gauches et timides, paysans ou ouvriers pour la plupart. La modestie de sa famille était un handicap supplémentaire. Son père le savait bien. Il n'avait cessé de lui répéter au temps où elle incarnait toutes ses espérances : seule la beauté peut remplacer la dot.

Paul, qui avait eu la chance d'avoir trois jolies filles, instruites par surcroît, souhaitait les voir s'élever au-dessus de leur condition par le mariage. Rodolphe était allé jusqu'au bachot, puis dans une école commerciale, et ses parents étaient en outre bien établis. Il représentait donc le meilleur parti que la famille Rémeau pouvait espérer.

*
* *

Au mois d'octobre 1905, le retour de Rodolphe n'était toujours pas annoncé. Il avait évidemment participé aux opérations de police effectuées aux frontières marocaines mais il n'était ni mort ni même blessé, sinon toute la commune l'aurait su. Rose, qui avait une peur panique de dévoiler ses sentiments, n'osait questionner personne, et surtout pas sa famille. Marie, elle, n'y tenant plus, prit prétexte d'aller chercher du ruban aux *Ciseaux d'Argent* pour demander incidemment à la mère de Rodolphe :

— Et votre fils cadet, Madame, toujours sous les drapeaux ? Vous devez languir de le revoir.

— Eh ! oui, ma p'tite, bien sûr. A cause du Maroc, son temps a été un peu prolongé mais il devrait être libéré d'ici la fin de l'année.

Marie revint à la maison avec les nouvelles qu'elle avait apprises de source sûre. Pour sa part, ce retard l'arrangeait. Elle avait quelques mois supplémentaires pour se faire : sa poitrine et ses hanches s'arrondissaient de jour en jour !

Evidemment, elle serait morte plutôt que d'avouer qu'elle se préoccupait jusqu'à l'obsession de ses attraits physiques. Comment aurait-elle pu s'enorgueillir ouvertement de détails honteux qu'on ne nommait même pas, si ce n'est par des périphrases qui n'avaient plus rien à

34

voir avec ce qu'elles voulaient désigner ? Ainsi, on ne parlait pas plus de poitrine que de seins mais d'estomac — ce qui était tout de même les faire tomber un peu bas — surtout à une époque où le corset les rehaussait considérablement.

La pudibonderie du langage, si elle ôtait aux filles le droit de parler, ne leur enlevait pas pour autant la faculté de penser, et peut-être justement moins on parlait de ces choses-là, plus on y pensait. Il y avait une grande provocation chez une femme qui, d'une main gantée, relevait sa jupe jusqu'au dessus de la cheville pour monter un trottoir. D'ailleurs on chantait :

Frou-frou, frou-frou, par son jupon la femme,
Frou-frou, frou-frou, de l'homme trouble
l'âme...

(l'âme étant encore, en l'occurrence, un généreux euphémisme !). Et quand on disait : l'esprit vient aux filles, c'était sans doute situer bien haut la chose si l'on situait la poitrine bien bas.

Marie, pour pouvoir escompter de l'effet qu'ils produiraient sur Rodolphe, commençait à exercer ses charmes sur les autres garçons et les regards qu'elle allumait dans leurs yeux la rassuraient assez sur le pouvoir de ceux-ci. Son père aurait été affolé d'apprendre qu'elle traînait après elle une cour d'admirateurs avant même d'avoir assisté à son premier bal. Il avait beau savoir, en son for intérieur, que la petite dernière était la plus précoce et la plus délurée des trois, il serait sans doute mort de honte s'il avait pu percer à jour l'âme de sa fille.

Quant à Rose, elle sembla retrouver un regain d'énergie. Peut-être espérait-elle avoir encore le temps de maigrir un peu d'ici le retour de Rodolphe. Mais, de toute façon, elle n'était plus la même. A l'aube de ses vingt-deux ans, elle était devenue terne et tout en elle s'était avachi. Même sa démarche, naguère si vive et si assurée, et son maintien qui faisait dire à son père : ma reine des fleurs a vraiment un port de reine !

Au début de l'automne, Marguerite s'était mise à fréquenter un conducteur des chemins de fer. Elle ne le voyait qu'épisodiquement mais voulait l'épouser. Ce projet ne plaisait guère à son père car il était question que le jeune ménage allât s'installer dans le Nord. A l'idée de voir sa fille s'éloigner de deux cents kilomètres, Paul avait l'impression de la perdre pour toujours. Pour le décider, Marguerite plaidait :

— Mais, papa, c'est un métier d'avenir. Edmond aura une très belle situation et nous serons logés par la compagnie avec le gaz et l'eau dans l'appartement !

Quel luxe et quelle promotion ce confort représentait-il en effet pour la jeune fille habituée à prendre l'eau dans la cour à la fontaine qu'on actionnait avec une pompe et à allumer la cuisinière avec du bois et du charbon !

Paul finit par céder et les parents d'Edmond vinrent faire leur demande officielle.

Marie se réjouissait à la perspective du mariage de sa sœur, non pour celle-ci, mais par intérêt personnel : elle allait avoir, grâce à la noce, une occasion de danser bien avant son premier bal. Comme, d'ici là, Rodolphe serait revenu, c'était vraiment une aubaine inespérée.

Il revint effectivement au mois de janvier 1906 et Marie, toujours à l'affût, fut la première à l'apercevoir. Il lui parut beaucoup plus beau que dans son souvenir. Il ne la reconnut manifestement pas et elle n'osa tout de même pas le saluer la première.

Avait-il appris par son frère, ou toute autre bonne âme, l'évolution peu encourageante de Rose ? Toujours est-il que deux jours après la rencontre de Marie, il ne s'était pas encore présenté chez les Rémeau. Rose comprit d'autant mieux sa disgrâce que Rodolphe ne s'était pas davantage montré aux abords de l'imprimerie le soir quand elle en sortait.

Les retrouvailles entre Rose et Rodolphe eurent donc lieu le dimanche suivant à la sortie de la messe. Elles furent extrêmement cordiales en apparence. Pour sa plus grande satisfaction, Marie se rendit compte que, tout en parlant à Rose, Rodolphe jetait des regards vers elle. Elle gardait pudiquement les yeux baissés comme il seyait à une toute jeune fille mais elle avait développé l'art de regarder entre ses cils.

Lorsque Rose fut obligée de présenter Marie que Rodolphe ne remettait toujours pas, il ne trouva rien d'autre à dire que cette banalité :

— Vous avez tellement grandi que je ne vous avais pas reconnue.

Avec un aplomb saisissant pour l'éducation qu'elle avait reçue, Marie répondit du tac au tac :

— Je n'ai guère grandi depuis votre départ, Monsieur, j'aurais plutôt grossi...

Sous le langage pudique qui était de mise, elle ne pouvait faire plus clairement allusion au développement de ses formes.

Le jeune homme eut alors un sourire amusé pour lui montrer qu'il avait compris et, peut-être, qu'il appréciait. On lit tant de choses dans un regard à défaut d'autres moyens de communication !

Tandis que Rodolphe se remettait à parler avec Rose, Marie continuait à l'observer. Etait-ce parce qu'elle avait beaucoup pensé à lui ces trois dernières années qu'il lui paraissait soudain si séduisant avec ses moustaches conquérantes, son teint encore hâlé par le soleil d'Afrique, ses yeux vifs et perçants ?

Elle avait cru pouvoir froidement calculer sa séduction et délibérément s'attacher cet homme. Or voilà qu'elle ressentait en sa présence un émoi qui la troublait et accélérait les battements de son cœur.

— Ah ! non, protestait-elle intérieurement, tout en faisant un effort de contrôle sur elle-même, pas question que j'en tombe amoureuse avant d'être parvenue à mes fins.

Trahie par ses sens, elle prit conscience que le jeu serait plus difficile à mener qu'elle ne l'avait imaginé. A vingt-trois ans Rodolphe possédait évidemment une certaine expérience des femmes. Marie avait à peine seize ans ! Il faudrait jouer serré pour l'amener à la considérer autrement que comme une gamine et parvenir à se faire désirer tout en lui tenant la dragée haute.

*
* *

Depuis l'automne 1902, Marie était petite main chez la couturière du bourg qui employait plusieurs jeunes filles car le travail ne manquait pas. Le prêt-à-porter n'existant pas, les vêtements étaient confectionnés sur mesure. Les femmes des familles modestes les réalisaient elles-mêmes ou héritaient des dons des plus riches. Les plus aisées avaient recours aux services des couturières professionnelles.

Le soir, à la sortie du travail, les garçons venaient admirer de près ces demoiselles, faisaient leur choix et espéraient attirer l'attention, sinon les faveurs, de leur préférée. Il s'ensuivait de part et d'autre, côté masculin et côté féminin, un manège subtil qui ne manquait pas de charme. Marie y avait fait ses premières armes avec beaucoup de plaisir. Depuis le retour de Rodolphe, le jeu avait perdu de l'intérêt : il ne se trouvait jamais aux abords de l'atelier de couture comme il s'était naguère trouvé aux environs de l'imprimerie pour y rencontrer Rose.

Marie prit alors l'habitude, avant de rentrer chez elle, de raccompagner son amie Berthe dont elle était devenue inséparable et qui habitait non loin de chez les Doré. Elle ne réussit pas pour autant à rencontrer Rodolphe mais elle apprit qu'il s'occupait de la comptabilité de son père. Dès lors, tous les prétextes lui furent bons pour aller faire quelques emplettes aux *Ciseaux d'Argent* et elle multipliait les achats de rubans et de dentelles. Un jour elle aperçut enfin Rodolphe, penché sur de gros livres de comptes, dans l'arrière boutique. A sa deuxième visite, il leva la tête et la regarda. Elle ne baissa pas les yeux sans toutefois lui sourire ni lui adresser le moindre signe.

Rodolphe commençait à s'intéresser à cette curieuse fille — ce petit bout de femme, disait-il en son for intérieur. Elle ne ressemblait pas aux autres et, sous une froideur apparente, cachait une personnalité de feu. De cela il était certain. Marie était incontestablement jolie et il émanait d'elle une provocation savamment calculée. Marie, il l'avait remarqué, ne se départissait jamais de sa dignité, une dignité surprenante d'ailleurs chez une fille si jeune. Elle la possédait déjà la première fois qu'il l'avait vue alors qu'elle n'avait qu'une douzaine d'années. On aurait dit qu'elle jouait un rôle, mais elle le jouait à la perfection. Rodolphe lui trouvait, malgré la différence d'âge, une certaine ressemblance avec Madame Sarah qu'il avait eu l'occasion d'admirer à Paris dans le rôle masculin de l'Aiglon. L'actrice aussi était petite et menue. Pourtant, lorsqu'elle paraissait, on ne voyait plus qu'elle. Décidément, Marie éveillait la curiosité de Rodolphe et il se demandait quel genre de femme elle allait devenir. Il était loin de se douter, évidemment, qu'elle avait jeté son dévolu sur lui...

Lorsqu'il fut officiellement convié aux noces de Marguerite et d'Edmond, Rodolphe se sentit extrêmement mal à l'aise. S'il avait pu trouver un prétexte convenable, il se serait empressé de se faire excuser. Rose n'exerçait plus aucun attrait sur lui. Il avait déjà commencé à l'oublier dans les bras de partenaires méditerranéennes pendant son service militaire. Lorsqu'il l'avait revue, il avait compris qu'il ne lui serait plus possible de renouer l'ancienne idylle. Il savait aussi que la jeune fille, elle, l'aurait volontiers recommencée et il se tourmentait à l'idée qu'elle avait pu espérer pendant trois ans.

Il se serait senti moins fautif s'il avait retrouvé la Rose de son souvenir. Peut-être alors n'y aurait-il pas eu de problème puisqu'il se serait sans doute remis à l'aimer. A l'évocation de son penchant passé, il s'attristait sur le sort de Rose dont la beauté n'avait duré que ce que durent les roses...

Malheureusement, il n'éprouvait plus pour elle que de la pitié et ne se sentait pas capable d'envisager un mariage fondé sur un tel sentiment. Toutefois, il n'était pas assez cynique pour être indifférent à ce que Rose pouvait penser. L'idée de devoir évoluer devant elle au mariage de sa sœur lui ôtait toute impression de liberté.

Dans un état d'esprit bien différent, Marie tirait des plans pour savoir comment s'y prendre pour faire des noces de Marguerite le jour J dans son approche de Rodolphe. Elle était fermement décidée à ne pas laisser passer une aussi belle occasion. Elle n'avait aucun scrupule à blesser Rose (puisque c'était là son but d'origine) ni même éventuellement à scandaliser son père et sa belle-mère, mais elle ne voulait à aucun prix choquer Rodolphe, ce qui serait contraire à l'effet recherché.

Devant la difficulté de la situation qui l'attendait, Marie était encore plus excitée que Marguerite. On aurait pu croire que c'était son mariage à elle qu'elle préparait. C'était un peu cela d'ailleurs mais nul n'aurait pu l'imaginer.

*
* *

Le bal des noces de Marguerite était la première réception jamais donnée par les Rémeau. C'était pour eux un événement encore presque plus important que le mariage lui-même. Leur logement étant évidemment beaucoup trop petit pour la cinquantaine d'invités qu'ils avaient prévue, ils avaient loué une salle à la municipalité et prévu de faire apporter victuailles et rafraîchissements par un traiteur. Cela représentait une dépense somptueuse bien que la famille d'Edmond partageât les frais. Paul, pour le premier mariage célébré dans la famille, avait tenu à bien faire les choses, dut-on se priver pendant longtemps une fois la fête terminée.

Marguerite avait une très jolie toilette : les guimpes de dentelle blanche, emboîtant le cou, étaient de rigueur pour toutes les femmes. Par dessus les guimpes, les corsages se croisaient en châles à larges plis se fermant à la taille pour se rouvrir au début de la jupe. La guimpe était un progrès par rapport à la pudibonderie des mœurs car, sous la dentelle, on apercevait la peau jusqu'à la naissance des seins. Les chapeaux, que l'on ne quittait jamais à l'extérieur — (une femme *en cheveux*, quelle horreur !) — étaient des capelines à larges bords surmontées d'un amoncellement de plumes, de fleurs ou de rubans. Seule la mariée portait son voile directement posé sur la tête et maintenu par une sorte de charlotte piquée des symboliques fleurs d'oranger. Les cheveux, frisés au fer, formaient quelques crans ou quelques ondulations autour du visage avant d'être emprisonnés dans un chignon qui se portait haut. Le maquillage était inexistant à part un soupçon de poudre de riz pour unifier le teint.

Rose et Marie, en tant que sœurs de la mariée, étaient assurées d'être invitées au moins une fois par chacun des hommes présents. Elles avaient toutes les deux à la main leur carnet de bal où la première danse était réservée d'office à leur cavalier de cortège, c'est-à-dire le frère d'Edmond pour Rose, l'un de ses cousins pour Marie.

Les parents de Marguerite et d'Edmond s'étaient groupés près du buffet pour recevoir les félicitations. Rose et Marie jouaient leur rôle de jeunes filles de la maison en circulant à travers la salle pour conduire les nouveaux arrivants vers les jeunes époux et leurs parents.

Tout en ayant l'air de rien, Marie ne perdait pas de vue l'entrée de la salle. Dès qu'elle aperçut Rodolphe et ses parents, elle zigzagua avec rapidité et souplesse à travers les invités pour être la première à les accueillir. Toutefois, elle fit semblant d'ignorer le jeune homme, alors que lui seul pourtant l'intéressait, et ne se mit en frais que pour ses parents. Cela lui valut de la part de la mère de Rodolphe cette réflexion qui la glaça et qu'elle se jura de lui faire payer un jour :

— Vous avez de bien belles manières et beaucoup d'entregent, ma chère petite, pour quelqu'un qui ne sort guère dans le monde. On ne dirait vraiment pas que c'est là votre première réception.

Rodolphe vit la couleur disparaître des joues de Marie, ses yeux se durcir, son dos se redresser sous l'affront et sa main se crisper sur sa jupe. Il ne savait que dire ni que faire pour rattraper l'offense. Impulsivement il murmura, tandis que ses parents félicitaient les jeunes mariés :

— Pouvez-vous me réserver la première valse ?

Marie le dévisagea, n'en croyant pas ses oreilles. Oh ! comme elle aurait voulu pouvoir se permettre de le vexer à son tour en lui répondant : Non, Monsieur, je regrette.

Elle faillit le dire sous le coup de la colère mais se retint à temps. Il eut été stupide de compromettre ses plans alors que Rodolphe lui offrait lui-même une couverture inespérée. Aussi, sans un mot, sans un sourire, elle l'inscrivit sur son carnet de bal. Elle n'était pas dupe. Elle avait compris pourquoi Rodolphe lui avait fait implicitement cette proposition et elle aurait presque dû être reconnaissante à sa mère d'en être l'instigateur involontaire. Au lieu de cela, elle se dit dans le langage peu châtié qu'elle employait pour se parler à elle-même :

— Toi, la vieille, tu vas en crever d'avoir une belle-fille qui n'appartient pas au beau monde, mais te prendre ton fils ne sera qu'un début...

Après avoir défoulé sa honte en déversant intérieurement sa bile, elle réalisa que Rodolphe avait dit : première valse et non pas quadrille, scottish ou polka. Elle serait dans ses bras pour toute la durée de la danse la plus voluptueuse et non pas en face de lui au hasard des figures ou emportée par un rythme essoufflant. Hasard ? Coïncidence ? ou décision dictée par l'inconscient ?

Au même instant, Rodolphe se posait la même question en se demandant quel diable l'avait poussé.

Le bal s'ouvrit par le quadrille des lanciers que Marie dansa, comme convenu, avec le cousin de son beau-frère. Il y eut ensuite pour mettre de l'ambiance une mazurka, une polka, puis un nouveau quadrille. A la cinquième reprise, l'orchestre attaqua :

Je t'ai rencontrée simplement
Et tu n'as rien fait pour chercher à me plaire
Je t'aime pourtant d'un amour ardent
Dont rien je le sens
Ne pourra me défaire...

Rodolphe venait de danser le deuxième quadrille avec Rose et la raccompagnait à sa place, auprès de ses parents. Aux premières mesures de la célèbre valse lente, ses yeux rencontrèrent ceux de Marie une seconde. Il se pencha vers Mathilde et lui demanda selon l'usage :

— Vous permettez, Madame, que j'invite votre benjamine ?

— Mais bien sûr, Rodolphe, amusez-vous. C'est de votre âge.

Il remercia et se redressa. Marie était debout. Leurs regards se croisèrent de nouveau. Il lui tendit la main. Elle y posa la sienne et, de sa main restée libre, releva légèrement sa jupe. Il l'amena à pas lents sur la piste, s'arrêta, la regarda droit dans les yeux, l'enlaça et démarra à la reprise du premier temps.

Un contact immédiat, un courant dont l'intensité les prit au dépourvu, s'établirent aussitôt entre eux à travers les parties de leur corps qui se touchaient, ceci malgré le peu de surface concernée et la protection des étoffes : la main gauche de Rodolphe touchant du bout des doigts la main droite gantée de Marie, sa main droite posée à plat juste au-dessus de la taille de la jeune fille, ils glissaient et tournaient lentement au rythme de la valse dont *Fascination*, le titre, était prémonitoire. Chacun d'eux détournait les yeux pour cacher à l'autre le trouble réciproque qui les avait saisis simultanément. Reprenons nos esprits, se morigénait Marie, Je joue mon avenir. Il n'est pas question de perdre la tête. Que m'arrive-t-il ?, s'affolait de son côté Rodolphe. Je ne vais pas me mettre à désirer cette petite fille, la propre sœur de Rose pour comble de malheur.

Pour essayer d'atténuer la tension, il murmura :

— Vous dansez à ravir. Vous avez le sens de la mesure.

— Dois-je vous remercier si vous êtes sincère, répondit Marie, ou espérez-vous seulement faire passer par un compliment la réflexion désobligeante que m'a faite votre mère ?

— Je vous en prie, Marie, ne me tenez pas rigueur des propos tenus par ma mère. Je n'en suis pas responsable et je ne cherche nullement à les effacer. Je regrette simplement qu'elle vous ait blessée.

Ses idées s'embrouillaient. La gorge de Marie palpitait sous son nez. Il sentait les hanches de la jeune fille remuer légèrement sous sa main. Avant la fin de la danse, elle avait, quant à elle, recouvré tout son sang-froid.

La musique s'arrêta. Rodolphe lâcha la taille de Marie à regret, s'inclina pour la saluer et, tout en la reconduisant à sa place, s'entendit lui dire malgré lui :

— Puis-je espérer que vous m'accorderez une autre danse ?

— Une valse de préférence ? demanda-t-elle froidement.

— Une valse de préférence, répéta-t-il affirmativement en soutenant son regard.

— C'est entendu. Comptez-les. Vous aurez la cinquième à partir de maintenant.

Et, sortant son carnet de son réticule, elle le nota sur le champ.

— Merci, dit-il en s'éloignant sans que rien dans son attitude ne trahît une reconnaissance particulière. Il ne faudrait tout de même pas qu'elle s'imagine, pensait-il en effet, me mener par le bout du nez. Elle est attirante, c'est un fait, mais si je ne me méfie pas, elle va tirer outrancièrement parti de son avantage.

Marie était très satisfaite de la tournure des événements. Elle pensait avoir bien agi en imposant un délai relativement long à Rodolphe : d'une part, il ne pourrait pas imaginer qu'elle se jetait à sa tête, prête à lui tomber dans les bras ; d'autre part, les gens ne pourraient pas jaser. Elle gagnait sur tous les tableaux. Elle savait Rose suffisamment intelligente pour avoir remarqué l'entente entre Rodolphe et elle. Une femme amoureuse a, en outre, des antennes que les autres n'ont pas. Elle fut certaine d'ailleurs d'avoir éveillé la jalousie de Rose lorsque celle-ci lui dit à brûle-pourpoint :

— Il danse bien, n'est-ce pas ? Mais c'est un séducteur. Il fait la cour à toutes les femmes. Ne te mets pas martel en tête, ma chère...

— Merci pour le conseil, répondit Marie, mais je me moque éperdument de ton Rodolphe, moi. Lui ou un autre, je ne songe qu'à m'amuser.

Pourquoi cherchait-elle à tromper Rose alors qu'en fait elle l'eut presque mieux atteinte en avouant être follement amoureuse de Rodolphe ou, du moins, prête à le devenir ? Pour mieux s'abuser elle-même.

Il se dessinait déjà chez Marie cette tendance qui allait s'accentuer jusqu'à fausser son existence. Elle affichait des sentiments qu'elle n'éprouvait pas pour mieux camoufler ceux qu'elle ressentait réellement. Ce mécanisme d'autodéfense lui faisait projeter une contrevérité à partir d'une réalité traumatisante. Ainsi, plus elle aimerait quelqu'un, moins elle le montrerait, réservant les grands et les bons sentiments, excessifs évidemment par compensation, à ceux qui, en fait, n'auraient que peu d'emprise sur elle. Rodolphe allait payer cher d'avoir fait naître en elle un sentiment dont elle n'était pas maîtresse et dont la puissance l'effrayait. Par peur d'aimer plus qu'elle n'était aimée en retour, Marie allait s'acharner, sa vie durant, à tuer en elle tous les élans pouvant faire croire à Rodolphe qu'il avait pris possession de son cœur. Ce malentendu dramatique allait faire d'un couple prédestiné un couple atrocement déchiré.

Cependant, Rodolphe était bien décidé à donner une leçon à Marie. Aussi se fit-il, sans perdre de temps, inscrire sur les carnets de bal de cavalières soigneusement choisies pour exciter sa jalousie : il offrit donc une valse à Rose, une autre à Berthe, la meilleure amie de Marie, la troisième à la plus riche héritière présente à la soirée et la quatrième à celle qui avait une réputation méritée d'aguicheuse. Aucune ne lui fut refusée et, bien que porté un peu au hasard, le coup atteignit son but. Marie trépignait intérieurement de rage d'autant plus qu'elle ne pouvait pas, elle, choisir ses cavaliers. Elle était bien obligée d'accepter ceux qui se présentaient de peur de faire, ne serait-ce qu'une seule fois, tapisserie.

Tout en dansant chacun de leur côté, Rodolphe et Marie ne se perdaient mutuellement pas de vue. Ils se retrouvèrent pour la cinquième valse dans un état de tension accru par l'attente imposée. Marie avait lâché du lest. Rodolphe la sentit dans ses bras moins réticente, moins agressive, moins cabrée.

— Votre personnalité évoque en moi de nombreuses images assez contradictoires, lui dit-il. Selon le moment, vous me faites penser soit à Sarah Bernardht, soit à une pouliche sauvage, soit à une harpie. Vous êtes déconcertante et imprévisible mais quelqu'un qui aime la variété est comblé. Ni tout à fait la même, ni tout à fait une autre, comme disait Verlaine. Malheureusement je ne pense pas que vous puissiez aimer, encore moins comprendre.

— En effet, répondait Marie, un peu décontenancée mais n'en laissant rien paraître. D'ailleurs, cela ne m'intéresse pas. Mais je vous trouve, Monsieur, très indiscret et presque incorrect de tenir des propos aussi osés à une jeune fille.

— Allons donc, ma chère, rien ne saurait vous choquer vraiment. Ce n'est qu'une parade, un rôle que vous jouez pour la galerie. On en apprend beaucoup sur une femme en dansant une valse avec elle et, aussi, en se servant de ses yeux et de sa matière grise.

— En tout cas, rétorqua Marie vexée, vous ne manquez pas d'assurance et vous devez vous croire très intelligent.

— Taisez-vous. Ne parlons plus. Je ne veux pas gâcher une des rares danses que vous voulez bien m'accorder. Je ne sais pas si je suis intelligent mais je crois que nos corps, eux, le sont encore davantage.

Marie se contint. Son but n'était pas en effet de pousser Rodolphe à bout. Elle avait compris qu'il ne faudrait tout de même pas qu'elle allât trop loin si elle voulait le séduire tout à fait. Il ne l'avait que trop bien percée à jour. Heureusement cela n'avait pas l'air de le refroidir. Mieux valait néanmoins être un peu plus prudente.

Le bal s'acheva peu après. Au cours du cotillon clôturant la soirée, Rodolphe glissa à l'oreille de Marie :

— J'espère que nous nous retrouverons au 14 juillet.

Cette fois-ci, Marie ne put se retenir de répliquer :

— Vous avez dû dire la même chose à ma sœur il y a trois ans.

— En effet, répondit-il, on ne peut rien vous cacher. Si cela représente à vos yeux un grief sans appel, il serait plus honorable de votre part de m'opposer une fin de non-recevoir plutôt que de me porter des coups bas.

Le jeu des figures les éloigna irrémédiablement l'un de l'autre. Un point partout : le match était nul !

CHAPITRE IV

Le lendemain, Marguerite et Edmond partirent pour Valenciennes où ils devaient s'installer. Un salaire de moins dans la maison et les frais du mariage à éponger. Paul avait vieilli brusquement, Rose semblait s'être résignée à son sort. Marie, toute à ses préoccupations personnelles, ne s'apercevait de rien. Vexée à la fois par la dernière riposte de Rodolphe et par la réflexion de la mère de celui-ci, elle s'était juré de ne plus remettre les pieds aux *Ciseaux d'Argent,* dût-elle ne pas revoir Rodolphe jusqu'au 14 juillet.

Quant au jeune homme, peu disposé à recevoir une rebuffade qu'une danse ne pourrait arranger, il se garda bien d'aller rôder du côté de l'atelier de couture. Toutefois, il ne se leurrait pas : il avait Marie dans la peau et il était en proie à un cruel dilemme. En dehors du mariage, il ne voyait pas d'issue possible à ses sentiments

Or il savait que sa famille s'opposerait à une union avec les Rémeau. Il lui avait suffi pour le comprendre d'entendre sa mère exprimer son opinion lorsqu'il avait fréquenté Rose. Son père évidemment avait fait chorus. Rodolphe était en âge de se passer de l'autorisation de ses parents, voire de leur assentiment. Cependant il estimait que se marier contre le gré des siens était un mauvais départ dans la vie. Cela ne se faisait que dans des cas extrêmes en marge de la bonne société.

Du côté de la famille Rémeau, les perspectives n'étaient pas très encourageantes non plus. Paul verrait certainement d'un très mauvais œil que Rodolphe osât demander la main de la benjamine après avoir fait sa cour à la fille aînée. Même si le mariage était flatteur, la morale passait avant l'intérêt dans l'esprit d'un homme tel que Paul. Rodolphe le savait bien. Marie, elle, avait absolument besoin du consentement de son père. En mettant les choses au mieux, on pouvait imaginer qu'il finirait par le donner à contrecœur et la main forcée.

Dans de pareilles conditions, Rodolphe savait très bien qu'il lui faudrait partir. Il n'était pas question, en effet, dans une aussi petite ville, de demeurer à proximité de parents avec lesquels on était brouillé pour avoir transgressé leur avis. Rodolphe avait envisagé de s'installer à Paris un jour ou l'autre : le faire en coupant les ponts avec sa ville natale et entraîner une femme dans l'aventure, était un peu plus difficile.

Marie, elle, ne voyait pas si loin. Elle se refusait à appeler par leur nom les sentiments qui l'habitaient, mais elle attendait le 14 juillet en comptant les jours comme toutes les femmes amoureuses. Trois mois s'écoulèrent lentement et ce jour arriva enfin.

Les réjouissances avaient commencé tôt par un défilé militaire, un discours du maire, un déjeuner champêtre, des farandoles et, dès le début de l'après-midi, on dansait déjà dans la rue. Le bal populaire fut interrompu à la tombée de la nuit par une retraite aux flambeaux puis il reprit vers vingt et une heures après le dîner.

Rodolphe se fit plus assidu et plus pressant auprès de Marie, protégé par le relatif anonymat de la foule en liesse et la semi-obscurité. L'absence providentielle de Rose, retenue au lit par une indisposition, lui permettait également de se sentir plus libre.

Marie, beaucoup plus à l'aise au milieu du peuple que dans l'atmosphère guindée d'une salle de bal, était d'excellente humeur, parfaitement détendue et naturelle. Elle ne cherchait plus à se donner une contenance, à marquer des points. Elle profitait du moment présent avec tout l'enthousiasme et le dynamisme infatigable de ses seize ans.

Tirant parti de tous ces éléments réunis en sa faveur, Rodolphe multipliait ses invitations. Plus la soirée avançait, plus son désir s'exaspérait et plus sa résolution se raffermissait : Je veux cette petite, se disait-il. Je veux en faire ma femme. Quand bien même ce serait une regrettable bêtise à tous points de vue.

Le vin, la bière, le cidre coulaient à flots. Tout à son idée fixe, Rodolphe buvait plus que de coutume. Marie elle-même, qui ne goûtait que du cidre, multipliait les lampées pour étancher une soif sans cesse renouvelée à la fois par la chaleur orageuse du temps et le mouvement incessant.

Vers onze heures, n'y tenant plus, Rodolphe murmura à l'oreille de Marie :

— Marie, je voudrais vous parler. Allons faire quelques pas hors de ce vacarme infernal.

Exceptionnellement, Marie oublia de monter sur ses grands chevaux et de protester pour la forme. Rodolphe la prit par la main, la guida à travers la foule ; elle le suivit docilement, comme une pouliche provisoirement domptée. Ils arrivèrent ainsi par une ruelle déserte et obscure jusqu'aux bords de l'Essonne.

— Je ne vais pas y aller par quatre chemins, Marie. Je suis amoureux de vous. Je ne vois pas d'autre solution que de vous épouser. Après y avoir bien réfléchi pendant ces deux derniers mois où vous m'avez atrocement manquée, je suis prêt à le faire. Seulement voilà, il y a ma famille et la vôtre.

— Votre famille ?, dit-elle seulement. Je ne vois pas très bien...

— Oh ! mais si, coupa brusquement Rodolphe sans la laisser achever sa phrase. Ma famille s'opposera, j'ai des preuves pour le savoir, à une alliance avec une fille Rémeau. Ma mère notamment n'hésitera pas à faire un scandale.

— Ah ! Je vois, dit Marie, nous ne sommes pas du même monde. Je ne suis pas assez bien pour vous. Mais, Monsieur, dans ce cas, ou vous vous passez du consentement de votre famille ou vous cessez de m'importuner.

Elle retira la main qu'il tenait toujours. Il l'attrapa alors par la taille et l'approcha de lui.

— Marie, ne vous fâchez pas, je vous en prie. Il n'y a pas que ma famille. Si je suis prêt à rompre avec elle pour vous, il n'en reste pas moins la vôtre... A cause de Rose, vous comprenez ?

— Faisons un enfant pour leur forcer la main à l'une et à l'autre.

Marie n'avait pas prémédité ces paroles. Elle les prononça impulsivement sans même mesurer leur signification exacte ni imaginer leur concrétisation. Mais pour l'homme qu'était Rodolphe, il en allait tout autrement. A ces mots extrêmement évocateurs, il perdit complètement le peu de tête qu'il lui restait, son sang afflua à ses tempes et à son sexe tandis que son cœur et sa respiration s'emballaient.

— Marie, vous êtes folle... Marie, vous êtes sûre...

Il lui plia la taille et la renversa sur l'herbe. Il se mit à l'embrasser comme on dévore. Marie perdait toute conscience, toute notion du temps, du lieu, des conséquences. La tête lui tournait. Elle ne comprit pas très bien ce qui lui arrivait, pas même quand une douleur cuisante lui fit pousser un cri.

Elle ne reprit un peu ses esprits que lorsque la tête de Rodolphe s'abattit sur son épaule et qu'elle l'entendit pleurer.

— Marie, je suis fou. Pardonne-moi. Je n'aurais pas dû. Tu n'aurais pas dû. Je t'aime. Oh ! mon Dieu, mon Dieu...

Ils restèrent un moment prostrés, couchés l'un contre l'autre, jusqu'à ce que Rodolphe, s'étant un peu calmé, pensât tout haut :

— Il faut retourner au bal. Notre absence va finir par être remarquée. Elle l'est peut-être déjà.

Il l'aida à se relever. Elle n'avait toujours pas dit un mot. Elle pensait comme une automate : J'ai seize ans. Je vais peut-être avoir un enfant. En tout cas, je vais épouser Rodolphe. C'est ce que je voulais, non ? Alors peu importe les moyens. Du courage, ma fille, et dis m... à tout le monde.

Ses nerfs étaient un peu ébranlés. Elle tremblait légèrement malgré la chaleur et marcher lui était douloureux. Elle s'appuyait sur Rodolphe. Ils remontèrent la rue à pas lents et mal assurés.

— Ecoute, lui disait-il, je vais parler à ma mère dès demain. Ensuite j'irai trouver ton père. Si la moindre opposition se présente, je fais état de ce qui s'est passé. Devant le fait accompli, il ne pourra que s'incliner. Si tu attends un enfant à la suite de ce soir, nous serons mariés avant que cela se voie. Nous partirons à Paris. Les gens d'ici ne sauront rien. Es-tu d'accord ?

— Oui, bien sûr, répondit-elle doucement.

Il prit le temps de l'embrasser encore une fois.

— Tu es une vraie femme, dit-il. Tu as du cran. Je t'aime. Nous serons heureux, je te le jure.

Mais l'alliance de ces deux impulsivités pouvait-elle engendrer autre chose que la foudre ?

Seule Mathilde s'était aperçu de l'absence de Marie et de Rodolphe mais elle s'était bien gardée d'en parler à Paul. Pourtant, quand elle vit Marie, le regard un peu flou de celle-ci lui confirma ce qu'elle craignait. Elle pressentit qu'un orage allait éclater.Et dire que depuis qu'elle est toute petite, je me suis toujours attendue au pire avec elle sans pouvoir rien empêcher. Peut-être aurais-je dû m'en occuper davantage, essayer de l'aimer ? Mais non, ce n'aurait pas été possible. Elle ne se serait pas laissé faire. Et puis elle avait le don de m'exaspérer ou de me paralyser.

Elle se souvint alors du premier bal de Rose et des paroles prononcées par une petite communiante qu'elle avait refusé de prendre au sérieux. Aujourd'hui elle comprenait que Marie ne disait rien à la légère : ce qui était une fois formulé par son cerveau prenait immédiatement valeur de décision. Elle se souvint aussi combien elle s'était réjouie à l'idée d'un mariage possible entre Rose et Rodolphe.

Aujourd'hui le même homme était concerné et elle avait peur. Elle ne fit pas la moindre réflexion à Marie et se contenta d'observer la jeune fille avec plus d'attention que d'habitude. Mais celle-ci restait distante, fermée, impassible, ne trahissant aucune émotion à tel point que Mathilde se demandait, en priant le ciel pour qu'il en fût ainsi, si son intuition ne l'avait pas trompée.

Contrairement à sa première idée, Rodolphe décida finalement de parler d'abord à son père. Auguste Doré était un homme distingué, aux cheveux et à la moustache entièrement blancs, sec et droit, ayant dépassé soixante ans. Il s'était marié à plus de trente ans avec une femme de douze ans sa cadette. Malgré cela, c'est lui qui subissait l'influence de son épouse.

Lorsque Rodolphe annonça brutalement à son père son intention d'épouser Marie Rémeau, le premier réflexe de celui-ci fut de chercher une chaise sur laquelle il se laissa littéralement tomber. Le sang se retira complètement de son visage déjà naturellement pâle. Une longue minute s'écoula avant qu'il pût prononcer une parole.

— Mais, mon fils, tu as complètement perdu la tête, articula-t-il enfin.

— C'est un peu ça, avoua humblement Rodolphe.

— Alors tu es complètement fou. On ne se marie pas sur un coup de tête.

— Mais père, protesta Rodolphe, vous m'avez mal compris. J'ai peut-être en effet perdu la tête mais il ne s'agit pas d'un coup de tête. Ce sont deux choses différentes. J'ai longuement réfléchi.

— Longuement réfléchi ? tenta d'ironiser Auguste.Allons donc, tu plaisantes. Avant de partir au service, pour autant que je me souvienne, c'était l'aînée que tu avais en tête. Aujourd'hui, à peine revenu, c'est la benjamine. Encore heureux que la cadette soit mariée, sinon tu te serais sans doute amouraché des trois. Qu'est-ce qu'elles ont donc ces filles-là ? Elles t'ont jeté un sort ou quoi ? Tu sais très bien ce que nous pensions, ta mère et moi, d'une union avec Rose. Mais Marie, c'est encore pire évidemment. Une gamine qui a tout juste seize ans, qui s'affiche et qui veut se donner des allures de grande dame. Allons, mon fils, à vingt-trois ans passés, que diable, ce n'est pas sérieux. Inutile de mettre ta mère au courant. Ce serait lui causer chagrin et souci pour rien. Tu vas réfléchir. D'ici quelques mois, il n'y paraîtra plus. Tu seras le premier à rire d'avoir eu une idée aussi folle. Il ne manque pas de jeunes filles bien, ayant dépassé l'adolescence, parmi lesquelles tu n'as que l'embarras du choix.

— Excusez-moi, mon père, mais mon choix est fait. N'espérez pas que je revienne dessus.

Le père et le fils s'affrontèrent du regard. Dans la mesure du possible, Rodolphe voulait éviter d'avouer à ses parents qu'il avait irrémédiablement compromis Marie. Ce serait la perdre à jamais de réputation dans leur esprit.

Au bout d'un moment, Auguste reprit :

— Tu sais que ni ta mère ni moi ne pouvons accepter un tel mariage. Tu sais aussi ce que cela signifie. As-tu bien mesuré les conséquences de ton entêtement ?

— Parfaitement, père. Je sais que si j'épouse Marie Rémeau, je n'ai plus qu'à quitter la maison, me retrouvant d'un seul coup sans gîte et sans emploi.

— Que vas-tu faire alors ?

— Monter à Paris me faire embaucher par Louis Renault. Sa construction d'automobiles est en pleine expansion et son industrie ne va pas cesser de prospérer : l'automobile, c'est l'avenir. Pour le moment il embauche à tour de bras. Je trouverai bien un emploi aussi lucratif que celui que j'ai ici.

— Peut-être, reconnut à contrecœur Auguste tout en se caressant la moustache. Ce geste, chez lui, comme chez la plupart des hommes de son temps ,indiquait une réflexion profonde. Mais en plus avec une femme et un ou des enfants à entretenir, un loyer à payer, etc. A Paris, la vie est chère.

— Papa, je vous reconnais bien là. Voilà que maintenant vous vous préoccupez de mon sort.

— Pas du tout, riposta immédiatement Auguste regrettant déjà de s'être laissé aller. J'essaie de te faire mesurer les conséquences de ta décision irréfléchie et revenir à la raison.

— Je regrette, père, ma décision est irrévocable. Vous pouvez parler à maman. Quant à moi, je vais aller trouver le père de Marie.

— Ainsi mon fils va louer ses services chez Renault comme un vulgaire pékin et épouser une gamine de seize ans d'un milieu nettement inférieur au nôtre. Mon pauvre enfant, une telle nouvelle tuera ta mère.

— Mais non, rassurez-vous. La mettra en colère, c'est tout. D'ailleurs, elle a Raoul pour se consoler. C'est l'aîné et il n'a pas failli, lui. Il a épousé une femme faite et de sa condition. Il est bien parti pour monter très haut.

— Et toi pour descendre bien bas. Les enfants regrettent toujours de ne pas avoir écouté leurs parents. Rodolphe, tu t'en repentiras !

— Je verrai bien. Mon avenir m'appartient. Vous n'aurez pas à en pâtir.

Et sur ces paroles irréversibles, il salua son père et quitta la pièce, le cœur gros. Il aimait son père et avait conscience de lui avoir fait de la peine. Pourquoi donc, se disait Rodolphe, faut-il que les parents veuillent toujours décider du destin de leurs enfants et s'estiment lésés ou outragés lorsqu'ils ne sont pas écoutés ?

A l'issue de cet entretien déjà pénible, le plus dur restait à faire : affronter le père de Marie.

A cause de Rose, Rodolphe ne pouvait décemment pas aller trouver Paul chez lui. Il décida donc de l'attendre à la sortie de l'imprimerie. Il l'aborda le lendemain soir, le salua d'un coup de chapeau très correct et lui demanda de lui accorder un entretien.

Ne se doutant pas du tout de ce qui amenait Rodolphe, Paul se montra très aimable et même enjoué. Au fond, il aimait bien le jeune homme. Il regrettait amèrement que ses relations avec Rose se fussent considérablement refroidies. En entendant Rodolphe solliciter un aparté , il eut un dernier espoir : Peut-être me suis-je trompé, pensa-t-il. Il est revenu à de meilleurs sentiments. Il va me demander la main de ma fille. Le pauvre homme était loin de soupçonner de laquelle il allait être question !

— Allons donc au café, proposa Paul. On essaiera de s'installer à une table un peu à l'écart.

A l'heure de la sortie du travail, le Café de la Place était le lieu de rendez-vous de prédilection non seulement des célibataires mais aussi des maris peu pressés de rentrer chez eux. Il y régnait une joyeuse atmosphère, exclusivement masculine à l'exception de la patronne et d'une ou deux filles de joie. Les hommes en profitaient pour lire les journaux qu'on se passait à la ronde, commentaient les dernières nouvelles en buvant une chope de bière, un verre de vin ou d'absinthe, tandis que d'autres jouaient aux cartes ou au billard.

Au milieu de l'agitation générale, Paul et Rodolphe, accueillis à bras ouverts car tout le monde se connaissait, eurent bien du mal à faire comprendre qu'ils avaient à parler et voulaient s'isoler. La patronne finit par accéder à leur désir en dressant spécialement pour eux une petite table dans l'arrière salle le plus loin possible des joueurs de billard.

— Monsieur Rémeau, se décida enfin Rodolphe une fois les consommations servies, la question qui m'amène est, vous vous en doutez, importante. Mais je ne veux pas vous faire perdre votre temps. Aussi vais-je aller droit au but. Voilà, je voudrais que vous m'accordiez la main de Marie.

— De Marie ?, répéta Paul complètement interloqué et qui s'attendait à tout sauf à cela. De Marie as-tu dit ? La petite ?

Rodolphe acquiesça d'un signe de tête.

— Ah ! mais ça alors, explosa Paul en reposant son verre si brutalement qu'il faillit le briser, es-tu subitement devenu fou ?

— Non, Monsieur, rétorqua Rodolphe poliment. Je l'aime. Enfin, nous nous aimons et je ne vois pas d'autre moyen...

— Ah ! vraiment ? Il y a trois ans, c'est Rose que tu aimais...

_Toujours la même histoire, pensa Rodolphe derechef, nous n'en sortirons donc jamais ?, tandis que Paul continuait :

— ...enfin, je le présume, et maintenant tu as le culot de venir me demander la main de sa petite sœur, une enfant. Ah ! mais ça, mon garçon, tu ne manques pas de toupet et en tant que père tu m'insultes.

— Mais pas du tout, s'empressa de dire Rodolphe, affolé à l'idée que Paul se levât et partît ou lui envoyât un soufflet ou un coup de poing en pleine figure. Je n'ai pas du tout cette idée. Je vous estime et je vous respecte. C'est uniquement une question de sentiments. J'aime Marie, j'en suis certain. Avec Rose, ce n'était pas pareil. Je n'étais pas sûr, vous le savez. Je ne me suis jamais engagé et quand je suis revenu du service...

— Tu l'as trouvée trop grosse à ton goût, acheva Paul d'une façon brutale et réaliste. D'accord. En tant qu'homme, je te comprends. En tant que père, je ne peux l'admettre. Loin de moi l'idée de te forcer à épouser Rose. Là n'est pas la question. Mais oser, après cela, jeter ton dévolu sur Marie... Non, je regrette, Rodolphe, cela ne me paraît pas du tout honorable. C'est même tout à fait indigne de toi. Enfin, ce n'est pas possible ! Qu'est-ce que Marie a bien pu te faire pour que tu te décides à oser me débiter de telles âneries ?

— Marie n'est pas en cause. Enfin, elle n'est pas responsable. Je suis tombé amoureux d'elle, c'est tout. Je n'y peux rien. Les sentiments ne se commandent pas.

— C'est ton affaire. Mais ne compte pas sur moi pour te donner ma bénédiction. Que diable, si je faisais une chose pareille, je n'oserais plus regarder Rose en face. Non, Rodolphe, reprends tes esprits. Et dis-toi bien, pour te consoler que, de toute façon, même s'il n'y avait pas Rose, je n'autoriserais aucune de mes filles à se marier avant dix-huit ans. Or Marie en a seize. Ce qui te laisse deux ans pour réfléchir et changer d'avis, je l'espère. C'est mon dernier mot.

Rodolphe sentit que la bataille était perdue et qu'il allait lui falloir jeter son dernier atout.

— Monsieur, je ne peux pas attendre. Nous ne pouvons pas attendre.

— Comment ça, pas attendre ? Où as-tu vu qu'une fille de seize ans ne pouvait pas attendre ? Elle a besoin de mon consentement. Elle ne l'aura pas. Elle sera donc bien obligée d'attendre.

— Monsieur, je... Monsieur, nous...

Rodolphe s'embrouillait complètement. Il aurait voulu qu'une trappe s'ouvrît sous sa chaise et l'engloutît. Devant la gêne manifeste de Rodolphe, Paul eut soudain une illumination lui permettant d'entrevoir ce qu'il se refusait à comprendre. Il saisit le jeune homme par le bras et le secoua violemment :

— Parle maintenant. Tu en as trop dit. Pourquoi veux-tu épouser Marie ? Que s'est-il passé exactement ?

— Monsieur, je vous en prie, ne me mettez pas au supplice de devoir m'expliquer en termes clairs. Vous m'avez compris. Je souhaiterais que le mariage ait lieu le plus vite possible.

Avant que Rodolphe ait pu tenter un geste, la table et les verres vides s'écroulaient dans un grand fracas et Paul sortait précipitamment sans même avoir eu le réflexe de ramasser sa casquette.

Il courut d'une traite jusque chez lui et débaula, complètement essoufflé, ivre de colère, dans une cuisine où les trois femmes préparaient le souper et dressaient la table.

— Dehors vous deux, hurla-t-il à peine arrivé, en désignant Mathilde et Rose. Je veux parler à Marie, seul à seule.

Personne n'avait jamais vu Paul dans un état pareil. Pétrifiées, les deux femmes ne bougèrent pas d'un pouce.

— Dehors, j'ai dit, répéta-t-il, et pas dans la maison. Sur le palier, compris ?

Relevant machinalement leurs jupes, Mathilde et Rose sortirent le plus rapidement possible, plus mortes que vives. Dès qu'elles eurent refermé la porte derrière elles, Paul se précipita sur Marie qui était restée debout, droite, contre le mur. Une grêle de coups s'abattit sur sa tête qu'elle tenta de protéger de ses bras repliés. Des cloches carillonnaient dans ses oreilles, des étoiles se mettaient à danser derrière ses paupières, elle entendait vaguement ce que disait son père, tout en bandant ses muscles et sa volonté pour ne pas s'effondrer.

— Petite garce, petite traînée, ainsi tu as pris le fiancé de ta sœur et tu m'as volé mon consentement par la même occasion. Heureusement que tu as déjà fait mourir ta pauvre mère, sinon tu la ferais mourir aujourd'hui de honte et de chagrin.

— Rodolphe n'a jamais été le fiancé de Rose, tenta de protester Marie.

Une nouvelle gifle l'arrêta.

— Et en plus elle se permet de répondre à son père, cette effrontée. Hors d'ici ! Va te coucher et que je ne te vois plus.

Marie se redressa et se dirigea vers la porte en trébuchant un peu et en faisant un effort surhumain pour ne pas pleurer devant son père. Elle ne pleurait pas de douleur ou de honte ni même d'humiliation. Elle avait les larmes aux yeux et des sanglots dans la gorge parce qu'elle venait d'évoquer la mort de Toutou et que ce souvenir lui était encore intolérable bien que six ans se fussent écoulés.

C'était la deuxième fois que son père la giflait. La première était indissolublement liée, dans la mémoire de Marie, à la mort de son chien, quand elle avait eu une crise de nerfs. C'était aussi la deuxième fois que son père la jetait dehors. La première fois, c'était quelques minutes après sa naissance. Elle n'en avait pas eu conscience, mais à quel moment s'éveille l'instinct ? Marie avait raté sa naissance. Elle allait rater son mariage.

Au bout d'un moment, n'entendant plus rien du palier où elle s'était réfugiée avec Rose, Mathilde risqua un regard dans la cuisine et vit Paul effondré sur la table, la tête dans les bras. La soupe brûlait sur le fourneau mais il n'avait même pas senti l'odeur. Mathilde ôta machinalement la casserole du feu et ouvrit la fenêtre. Paul releva la tête :

— Marie va épouser Rodolphe Doré, lui dit-il froidement, soudainement calmé, voire même anéanti. Je serai grand-père dans neuf mois si Dieu le veut. Je te charge de l'annoncer à Rose. Je n'en ai pas le courage. Je te laisse également le soin de t'occuper des formalités du mariage qui sera le plus simple possible évidemment. Je me contenterai de donner ma signature puisque j'y suis forcé. Non, je ne souperai pas. Je vais me coucher. Bonsoir.

CHAPITRE V

Triste mariage qui eut lieu le 20 août. Pourtant Marie, dans la robe de mariée de Marguerite, et Rodolphe en jaquette étaient très beaux dans leur insolente jeunesse.

Rose assista à la cérémonie afin de ne pas montrer à quel point elle était blessée. Par contre, la mère de Rodolphe ne vint pas, ce qui obligea le jeune homme à remonter la nef au bras de Mathilde contre tout protocole.

Marie ne devait jamais pardonner l'affront de sa belle-mère. Puisque la mère n'avait pas daigné assister au mariage de son fils, elle empêcherait le fils d'assister à l'enterrement de sa mère. Dût-il me passer sur le corps, il n'ira pas, se promit-elle tandis qu'elle prenait le bras de Paul pour entrer dans l'église.

Il n'y eut évidemment ni bal, ni réception, ni même repas de famille. Pour éviter toute situation gênante aux yeux de la petite ville, Rodolphe avait décidé que Marie et lui prendraient le train pour Paris l'après-midi même. Après la cérémonie, Marie ne regagna le logis paternel que pour changer de toilette et prendre sa malle bouclée depuis la veille.

Par souci des convenances et du qu'en-dira-t-on, Paul et Rose accompagnèrent Marie à la gare, mais le cœur n'y était pas. Mathilde et Berthe, par contre, pleuraient à chaudes larmes.

— Ecris-nous. Donne-nous ton adresse dès que tu seras installée. Et, souviens-toi, j'aimerais tant être la marraine de ton premier-né, disait Berthe qui était dans la confidence. Tu sais, je finirai bien par aller m'installer à Paris, moi aussi. C'est la mode.

— Oui, oui, répondait Marie ayant hâte d'en terminer avec les adieux et de monter dans le train qu'elle prenait pour la première fois.

Cinquante kilomètres à peine séparent Corbeil de la capitale ! Marie ne se doutait pas qu'elle n'y reviendrait jamais, sauf une fois en une sorte de pèlerinage à la veille de sa mort. Elle quittait sa ville natale sans aucun regret. Elle ignorait qu'elle ne reverrait jamais son père et qu'un cataclysme sans précédent se profilait à l'horizon. Elle n'eut aucun serrement de cœur, aucun pressentiment néfaste en les embrassant tous les uns après les autres. Elle monta dans le train, fière comme toujours. Au premier Attention au départ, elle agita son mouchoir et tout fut dit. Elle venait de rayer de sa conscience seize années de son existence, ne sachant pas que le subconscient et l'inconscient sont les plus forts.

Le convoi s'ébranla dans un cliquetis infernal et le petit groupe sur le quai disparut dans un nuage de fumée.

Rodolphe serra alors Marie contre lui et lui dit en l'embrassant :

— A nous deux la vie, ma tigresse de salon !

*

* *

Arrivée gare de Lyon, Marie ne tarda pas à être complètement affolée. Tout ce monde, tout ce bruit ! Il y a de tout sur l'esplanade et sur le boulevard qui longe la gare. La cohue est indescriptible entre les gens, les chevaux, les fiacres, les omnibus, les tramways, les bicyclettes, les automobiles particulières et les voitures de place. De plus, les gigantesques travaux du métropolitain rongent le sous-sol parisien comme un énorme termite.

Marie est fascinée, médusée. Physiquement, elle se sent mal : elle a l'impression d'étouffer. Accrochée à la main de Rodolphe, elle s'efforce de le suivre, paniquée à l'idée de le perdre dans ce monstrueux Paris. Mais lui la guide d'une main sûre, apparemment très à l'aise dans cet enfer.

— Nous allons prendre le tramway Vincennes-Porte de Saint-Cloud. Ça va être très long, tu sais, lui dit-il. Presque aussi long que le voyage en train. Paris est grand et nous allons à la périphérie. Je voudrais trouver un logement avenue de Versailles. En attendant, nous descendrons dans un hôtel que je connais *Au Point du Jour*, non loin du viaduc d'Auteuil. J'ai un copain de régiment qui habite par là.

Point du Jour et Auteuil, c'est du chinois pour Marie. Il pourrait parler de l'Eldorado que ça ne lui ferait pas plus d'effet.

Après avoir marché encore un peu dans la bousculade et attendu un certain temps à l'arrêt, ils finissent par s'engouffrer dans l'un des tramways à vapeur de la ligne Porte de Vincennes-Porte de Saint-Cloud. Le convoi est bondé. Marie est vraiment mal à l'aise. Elle manque d'air. Elle a peur de s'évanouir. Devant la pâleur de sa mine défaite, un monsieur galant lui cède sa place assise. Elle n'en continue pas moins à s'accrocher au bras de Rodolphe. Certains passagers sourient. Les chapeaux des femmes, véritables pièces montées, s'entrechoquent. Le tramway longe les quais de la Seine. Au fur et à mesure, Rodolphe nomme les monuments à Marie qui se tord le cou pour mieux les voir. Elle est à la fois fière de l'érudition de son mari et honteuse d'avoir l'air de ce qu'elle est : une petite provinciale fraîchement débarquée. C'est pourquoi elle ponctue chacune des déclarations de Rodolphe d'un : Oui, je sais, alors qu'elle ne sait rien du tout. Quand on passe devant la Samaritaine, elle n'en croit pas ses yeux qu'un magasin puisse être aussi grand, ni les immeubles en général aussi hauts.

Pourtant, au bout d'un moment, elle commence à être moins dépaysée. Les maisons sont moins imposantes. Il y a de vastes espaces verts qui descendent jusque sur les berges de la Seine, de nombreux pavillons entourés de petits jardins, et surtout moins de monde, moins de bruit.

— On est bientôt arrivés, lui souffle Rodolphe à l'oreille pour lui faire prendre patience.

Ils descendent enfin à une station du terminus. Marie n'en peut plus et Rodolphe est presque obligé de la porter hors du tramway. Heureusement, l'hôtel n'est pas loin.

— Tu vois là-bas les grilles, lui dit encore Rodolphe, c'est la Porte de Saint-Cloud. De l'autre côté, c'est le viaduc d'Auteuil qui enjambe le boulevard. Nous allons habiter ici. Ça te plaît ?

— Oui, répond Marie sans aucune conviction. Elle a sommeil et elle a peur. Elle a seize ans et demi tout juste. Elle vient d'être catapultée dans un nouveau monde. Elle attend peut-être, sans doute même, un enfant. C'est beaucoup. Pour une fois elle implore :

— Je voudrais dormir.

Dormir ! Elle va dormir dix-huit heures d'affilée. Elle ne se réveillera que le lendemain à deux heures de l'après-midi. Quand elle ouvrit les yeux, Rodolphe était à son chevet, frais et dispos, rasé et habillé.

— Je t'ai laissé dormir, mon petit chat, tu en avais besoin. Mais je n'ai pas perdu mon temps. Nous ne resterons pas longtemps dans cet hôtel. Il y a un logement à louer de l'autre côté des grilles. C'est Billancourt. Je ne serai pas loin si je travaille chez Renault dont les usines sont proches. Le logement se compose de deux petites pièces avec une cuisine au rez-de-chaussée sur cour. Tu ne seras pas trop dépaysée. Il n'y a pas encore l'eau ni les WC dans le logement mais ils sont en train de faire les travaux pour le gaz. De toute façon, nous déménagerons dès que je serai sûr de mon travail. En attendant, je préfère que nous soyons chez nous le plus vite possible. Je ne veux pas te laisser seule dans un hôtel. Nous achèterons le strict nécessaire avec l'argent que m'a quand même donné mon père. Maintenant, Marie, autre chose : si tu crois que tu attends un enfant, je veux que tu voies un médecin.

Aussitôt dressée sur ses coudes, et bien réveillée cette fois après ce long discours, Marie, ayant retrouvé toute sa verve et toute son agressivité, riposta :

— Il n'en est pas question.

— Marie, plaida Rodolphe, tu es très jeune. C'est dangereux.

Il n'osait pas dire : Souviens-toi ce qui est arrivé à ta mère, mais il le pensait.

— Non, je ne veux pas. Il n'y a rien à faire. Un médecin c'est quand on est malade. Je ne suis pas malade. Je ne verrai pas de médecin. C'est toi qui vas me rendre malade si tu veux m'y forcer.

Elle rejeta les couvertures d'un geste théâtral et sortit du lit avec l'air d'une matrone dont on aurait offensé la dignité.

Rodolphe jugea plus prudent de ne pas la contrarier davantage. Pour changer de sujet, il lui proposa de s'habiller et de venir visiter l'appartement après s'être restaurée un peu.

— Ce soir, ajouta-t-il tandis qu'elle s'affairait à sa toilette, nous dînons chez les Auger. Tu sais le copain de régiment dont je t'ai parlé. Il vient de se marier, lui aussi, mais il habite encore chez ses parents. J'espère que tu te feras une amie de sa femme, comme ça elle te pilotera un peu partout. Tu seras moins perdue.

Accueillie à bras ouverts par les Auger, Marie commença à se faire à la vie parisienne. Elle lui plaisait même beaucoup. Il y avait tellement d'animation, des distractions offertes à tous les coins de rue.

Leur petit logement était à peu près installé. Chaque matin, Rodolphe partait à son travail à bicyclette. Marie se levait un peu plus tard et rejoignait Laura Auger de l'autre côté de la Barrière pour aller faire son marché avec elle au Point du Jour.

A midi quinze, ponctuellement, Rodolphe était de retour pour le déjeuner. Marie souvent en retard pour le lui servir, s'attardait en route. Elle ne pouvait s'empêcher de s'attrouper avec les badauds pour écouter les chanteurs des rues qui lançaient dans le tout Paris les rengaines à la mode. Même les informations étaient diffusées de cette manière. Marie trouvait plus vivant, plus amusant, d'apprendre dans la rue les dernières nouvelles à sensation, copieusement commentées, que de lire les journaux.

Rodolphe, sans se plaindre, avalait donc en toute hâte un repas à moitié cuit et se remettait en selle. Marie, après avoir fait la vaisselle, s'allongeait pour une petite sieste. Vers trois ou quatre heures de l'après-midi, c'était souvent une voisine, à moins que ce ne fut Laura elle-même, qui venait la réveiller. On faisait alors chauffer du café et on bavardait à perdre haleine. Ensuite, on allait faire quelques emplettes ou se promener sur les fortifications

. Laura avait une foule d'amies qui habitaient Auteuil. Il arrivait souvent à Marie de l'accompagner chez l'une d'elles. Le soir, elle revenait, juste à temps cette fois-ci avant le retour de Rodolphe, pour préparer le souper. Les après-midi où elle restait seule chez elle, elle écrivait à Berthe, à Marguerite, plus rarement à Mathilde, ou bien elle dévorait un roman.

Les nouvelles qu'elle recevait de Marguerite étaient bonnes : celle-ci était confortablement installée à Valenciennes dans un logement spacieux en plein centre ville. Comme son mari était souvent absent, elle travaillait en tant que vendeuse dans un grand magasin pour tromper son ennui. Mais elle précisait qu'elle cesserait à la naissance de son premier enfant attendu pour avril ou mai.

Par contre, du côté de Corbeil, c'était plus alarmant : Mathilde cachait mal son inquiétude sous un style un peu gauche en annonçant à Marie que Denis avait fait une fugue. A l'heure où elle écrivait, on ignorait toujours où il était. L'année a été vraiment terrible pour ton père, poursuivait Mathilde dans sa missive, je le trouve très mal. Il est partagé entre le souci et la colère. Il boit. Nous nous languissons beaucoup. Trois enfants envolés en six mois, c'est trop. J'espère que Denis va revenir. Enfin je ne sais même plus ce que je souhaite. J'ai peur que ton père le tue dans un mouvement de colère irraisonné ou, du moins, lui fasse très mal.

— Bien fait pour elle, pensa immédiatement Marie.

Sa rancune ne désarmait pas à la lecture de cette attristante nouvelle. Tout pour Denis, rien pour les autres. Papa suivait, l'imbécile ! Ça leur apprendra. Mais si papa se met à boire, heureusement que j'ai quitté Corbeil !

Marie était quand même loin de se douter que le nom de Denis allait être mêlé à l'affaire de la bande à Bonnot quelque cinq ans plus tard et son père succomber à une crise cardiaque en apprenant l'arrestation de son fils. Elle répondit à Mathilde qu'elle était désolée mais que voilà comment Dieu punissait les parents quand ils gâtaient trop un enfant au détriment des autres. Maintenant qu'elle était majeure par son mariage et éloignée de sa famille de cinquante kilomètres, elle pouvait se permettre de déverser la bile qu'elle avait accumulée sans rien pouvoir dire pendant de nombreuses années.

Pourtant, elle avait désormais tout pour être heureuse : un mari attentionné dont la fougue amoureuse n'avait pas fléchi, peu exigeant par ailleurs. Il excusait le comportement parfois fort négligent de sa femme par l'état intéressant dans lequel elle se trouvait.

Début octobre, Marie n'avait toujours pas consenti à consulter un médecin malgré les avis réitérés de Rodolphe soutenu par Laura. Le doute, cependant, n'était plus permis. Rodolphe, en désespoir de cause et rebuté par l'attitude nettement agressive de Marie dès qu'il revenait à la charge, s'était fait une raison en constatant qu'apparemment elle était en parfaite santé. Laura avait contribué à le rassurer en lui disant que sa belle-mère connaissait non seulement une sage-femme experte mais encore un très bon médecin qui habitaient le quartier. Laura s'était d'ailleurs mise d'accord avec une voisine de Marie afin que celle-ci vînt la prévenir immédiatement en cas de besoin. C'était ne pas compter avec l'entêtement de Marie dont la pudeur atteignait un degré inimaginable.

Le 15 février 1907, peu après le départ de Rodolphe, Marie fut prise de douleurs dans le ventre. Elle n'imagina pas un seul instant qu'il pût s'agir de la délivrance puisqu'on était bien loin du compte. Il s'en fallait en effet de deux mois.

Elle se força donc à se lever, à s'habiller et à sortir comme d'habitude. Avec la marche d'ailleurs, la douleur cessa, du moins s'estompa-t-elle considérablement. Toutefois, Laura remarqua tout de suite :

— Tu as une bien petite mine ce matin.

— Oui, mentit Marie, j'ai très mal dormi.

— Ah ! Ah !, plaisanta Laura, encore une folle nuit d'amour avec ton fringant mari. Tu sais que ça devient dangereux. Vous feriez bien d'arrêter.

— C'est toi qui devrais arrêter tes bêtises, répondit Marie, peu d'humeur à plaisanter. Il ne s'agit pas du tout de ce que tu crois. J'ai eu une migraine et une insomnie, voilà tout.

— Dans ce cas, compte tenu de ton état, tu vas rentrer te coucher. Je ferai les courses à ta place et je t'apporterai tes provisions.

En vérité, Marie ne se sentait pas bien du tout et l'idée de revenir avec des paniers chargés ne lui souriait guère. Elle accepta donc la proposition et rebroussa chemin.

Quand Laura arriva chez Marie à onze heures, elle trouva son amie debout. Elle s'exclama avec une nuance de réprobation dans la voix :

— Mais qu'est-ce que tu fais ? Tu ferais mieux de t'allonger.

— Non, je suis trop énervée. Je ne tiens pas en place. Je vais faire la cuisine. Ça m'occupera. Pour une fois, Rodolphe trouvera le déjeuner prêt à l'heure.

— Tu es sûre que tu ne veux pas que je t'aide ? Tu es certaine que tu vas bien ? Tu n'as pas mal au ventre au moins, ni dans le dos ?

— Non, non, mentit Marie alors qu'elle souffrait justement des reins. Je n'ai mal nulle part. Ne t'inquiète donc pas. Je suis assez grande. Je sais me débrouiller toute seule. Cessez de me traiter comme une enfant.

Laura ne pouvait insister sans risquer de se montrer carrément importune.

— S'il y a quoi que ce soit, fais-moi prévenir immédiatement par Rodolphe ou par la voisine, dit-elle encore avant de se décider à quitter Marie.

Le même dialogue, à peu de détails près, se poursuivit avec Rodolphe pendant le déjeuner. Lui aussi, ayant trouvé à Marie très mauvaise mine, ne se résolut à partir que lorsqu'elle l'eut pratiquement mis à la porte.

Après le départ de son mari, elle n'eut pas le courage de débarrasser la table ni de faire la vaisselle et s'allongea immédiatement. Elle souffrait mais elle ne pouvait se décider à appeler quelqu'un.

— Je vais me rendre ridicule, pensait-elle. On n'accouche pas à sept mois. J'aurai l'air fine si Laura revient avec la sage-femme ou le médecin.

Quand Rodolphe arriva vers sept heures du soir, elle n'avait pas bougé. Il la trouva gémissant faiblement dans un lit trempé : elle avait depuis longtemps perdu les eaux mais elle ignorait la signification de ce détail. Rodolphe, complètement affolé, réenfourcha précipitamment sa bicyclette et, avec des ailes aux talons, fila, tel Mercure, chez les Auger.

Marie eut droit au médecin. Mais il était trop tard. A neuf heures du soir, elle mettait au monde un minuscule bébé bleu qui ne survécut pas. L'heure des châtiments avait commencé de sonner.

*

* *

L'événement marqua durement Marie. Dans son esprit, elle appelait le petit être mort-né l'enfant du péché. Il avait été conçu en dehors du mariage, c'est pourquoi il n'avait pas vécu. Très impressionnable, Marie était en outre abreuvée de mauvaise littérature.

Elle ne pleurait pas mais elle était d'une morosité dont rien ne la faisait sortir. Pourtant, tant qu'elle n'eut pas le droit de quitter son lit, Laura passa toutes ses journées avec elle, essayant de la distraire et de lui changer les idées du mieux qu'elle pouvait. Rodolphe, de son côté, redoublait d'attentions et la consolait à sa façon :

— Ne t'en fais pas, mon petit lapin, nous en aurons d'autres. Tu es si jeune !

— Ah ! non, hurla Marie, je n'en veux plus. C'est dégoûtant.

— Qu'est-ce qui est dégoûtant ? interrogea Rodolphe.

— Tout, les enfants, l'amour. Avant, pendant, après. Ne me parle plus de ça, jamais.

Rodolphe, stupéfait, questionna le médecin.

— Patience, lui conseilla celui-ci. Elle a été très éprouvée, choquée si vous préférez, dans le sens où elle a reçu un choc. C'est un tempérament émotif. Ne lui parlez plus de cela. Faites comme elle vous le demande. Du moins pour le moment. Avec le temps, elle reviendra d'elle-même à de meilleurs sentiments. Mais je ne vous cacherai pas que vous allez peut-être être obligé de faire abstinence pendant plusieurs mois.

Rodolphe était atterré. Lui qui désirait tellement sa jeune femme.

Hélas, la prédiction du médecin devait se réaliser largement. Pendant un an, Marie se refusa catégoriquement à son mari. Elle entrait en transes dès qu'il faisait mine de la toucher. En désespoir de cause, il s'était installé un divan dans la salle à manger parce qu'il lui était trop pénible, dans de telles conditions, de partager la couche de sa femme.

Au bout de trois mois de vaines tentatives de rapprochements, Rodolphe, n'y tenant plus, prit une maîtresse, plus exactement il alla trouver une femme qui exerçait discrètement chez elle le plus vieux métier du monde. Il préférait encore avoir affaire à une professionnelle pour éviter les ennuis. Néanmoins, il ne pouvait la voir souvent car Marie contrôlait strictement son emploi du temps. Il avait été obligé de mettre Maurice Auger dans la confidence pour qu'il lui procurât de temps en temps des alibis.

De son côté, Laura essayait de raisonner Marie. Elle lui laissait entendre qu'elle jouait un jeu dangereux auquel elle risquait de perdre son mari. Malgré toute sa diplomatie, Laura n'obtenait guère de résultats. Marie ne permettait à personne de se mêler de sa vie privée et montait sur ses grands chevaux à la moindre allusion de caractère un peu intime.

Rodolphe, lui, était déchiré. Il aimait sa femme et cette situation lui était intolérable. Ses ébats avec la fille de joie lui laissaient un arrière-goût amer de remords et de regret. Il sortait de chez elle plus déprimé qu'il n'y était entré, se disant à chaque fois que c'était la dernière.

Il n'arrivait vraiment pas à comprendre comment Marie, d'une nature si chaude, si sensuelle, si passionnée, avait pu se transformer en glaçon, pire en furie toutes griffes dehors dès qu'il essayait de l'embrasser en s'attardant un peu. Il ne pouvait tout de même pas se résoudre à violer sa femme ! D'ailleurs, avait dit le médecin, ce serait pire et, cette fois-ci, sans doute irrémédiable.

Plus le temps passait et moins Rodolphe parvenait à imaginer que son cauchemar pût avoir une fin. Il commençait presque à s'habituer à sa double vie lorsqu'un beau jour, ou plus exactement une belle nuit, un an après sa fausse-couche à quelques jours près, Marie vint se couler contre Rodolphe sur l'étroit divan.

La jeune femme ne comprenait pas ce qui la faisait agir ainsi mais un psychanalyste aurait pu l'expliquer. Elle avait voulu infliger un châtiment à Rodolphe en espérant lui donner par la même occasion un sentiment de responsabilité, voire de culpabilité. Aujourd'hui elle avait décidé, comme elle décidait toujours de tout, que cela avait assez duré et qu'elle voulait retrouver un amant.

Malheureusement le long refus de sa femme avait réussi à briser le bel élan de Rodolphe. Le désir qu'il avait d'elle, après s'être exacerbé, avait fini à la longue par se calmer. Il s'en fallut de peu que ces retrouvailles, imposées brusquement par Marie, ne se soldassent par un échec. D'autant plus qu'au moment où il fut en état de reprendre possession d'elle, elle trouva opportun de lui murmurer :

— Fais attention, je t'en supplie. Car un enfant, je n'en veux toujours pas. Si j'en attends un autre, je me suicide.

Il se souvint alors d'une Marie fougueuse, impétueuse, qui disait : Faisons un enfant pour leur forcer la main... Comme ce temps-là, datant de moins de deux ans pourtant, lui semblait loin ! La main était forcée. Le but était atteint. Maintenant elle ne voulait plus d'enfant pour son seul plaisir à lui.

Dans son désarroi, Rodolphe se confia de nouveau au médecin qui le rassura encore :

— Ayez confiance. Vous avez déjà gagné une première manche. Le reste suivra en son temps.

Puis il ajouta, comme à regret :

— Vous n'avez pas épousé une femme de tout repos, mon pauvre ami. C'est une écorchée vive. Prenez sur vous. Vous êtes plus âgé qu'elle. Sinon vous n'allez pas être heureux en ménage. Pour ce qui est des enfants, il vaut mieux, de toute façon, attendre un peu. Non que sa fausse-couche ait une cause physique. Je pense au contraire qu'il s'agit d'un accident d'origine purement psychologique. Inconsciemment, elle refusait cet enfant.

— Mais, docteur, tenta de protester Rodolphe, c'est elle-même qui l'avait voulu...

— Oui, dans un moment d'égarement et de passion sans doute. Mais neuf mois séparent la conception de la naissance. Ce qui laisse à la femme le temps de reprendre ses esprits, de réfléchir et éventuellement de changer d'avis.

CHAPITRE VI

Au début de l'été 1908, Berthe fit un mariage à sensation en épousant le plus jeune fils des châtelains de Corbeil-Evry. Le couple vint s'installer à Paris où il loua un petit hôtel particulier à Passy, non loin du bois de Boulogne.

Tenue au courant, par lettres, des péripéties ayant abouti au mariage de son amie avec Louis d'Arblay, Marie avait été fort dépitée que cette union soit finalement conclue. La promotion sociale de Berthe lui faisait de l'ombre. Pensant avoir épousé elle-même le dessus du panier, elle éprouvait une jalousie irraisonnée.

Pourtant, la situation de Rodolphe allait en s'améliorant. Ils venaient d'emménager dans un logement donnant directement sur la route de Versailles. Il n'était guère plus spacieux que le précédent, mais nettement plus confortable. L'eau courante et le gaz simplifiaient considérablement la vie quotidienne de Marie. Situé au deuxième étage, avec des fenêtres s'ouvrant sur la large avenue, l'appartement était clair et aéré. Jamais totalement satisfaite, Marie se plaignait du bruit infernal et des trépidations causées par les tramways. Elle prétendait aussi que les branches des platanes lui masquaient la vue.

— Mais je m'y habituerai, ajoutait-elle avec un air de martyre résignée.

Les inconvénients de son nouveau foyer ne lui étaient apparus qu'à partir du moment où elle avait pu faire la comparaison avec la maison de Berthe. Rodolphe commençait à perdre patience devant l'attitude systématiquement négative de sa femme. Un jour, particulièrement exaspéré par l'une de ses réflexions, il lui fit brutalement remarquer :

— Tu ne sais pas ce que tu veux. Tu ne voulais pas quitter ton logement sur cour et sans confort. Il a fallu que j'insiste pour t'y décider. Et maintenant tu trouves que ce que tu as n'est pas encore assez bien. Tu ferais mieux de te faire une raison tout de suite car, si c'est un hôtel particulier que tu veux, je ne pourrai jamais te l'offrir. Il eut fallu réfléchir avant et jeter ton dévolu sur l'un des fils d'Arblay plutôt que sur moi.

— Comment oses-tu... comment peux-tu... suffoquait Marie. Elle avait pris l'habitude de pleurer et de simuler la crise de nerfs dès qu'elle ne pouvait pas avoir le dernier mot dans une discussion.

Mais Rodolphe n'en entendit pas davantage. Il claqua la porte et partit travailler un quart d'heure plus tôt que d'habitude, sans même prendre le temps d'avaler son café.

Marie était beaucoup plus nuancée avec Berthe et ne laissait pas entrevoir clairement à son amie les sentiments d'envie qu'elle éprouvait à son égard. N'ayant pas vécu deux ans avec Marie pour la comprendre à demi-mot, Berthe ne soupçonnait pas la vérité dans les allusions voilées de Marie. D'ailleurs celle-ci restait prudente car elle ne voulait pas se fâcher. C'était bien trop agréable d'aller prendre le thé de temps en temps chez Berthe. Cela la posait de fréquenter les d'Arblay, elle la petite fille pauvre dont la sœur avait été domestique pendant trois ans pour pouvoir la nourrir et qui était elle-même entrée en apprentissage à douze ans !

Presque tous les dimanches, les trois jeunes couples (Rodolphe et Marie, Louis et Berthe, Maurice et Laura) se retrouvaient pour aller déjeuner dans une guinguette des bords de la Marne. On s'entassait dans la voiture pétaradante de Louis, dont les départs difficiles à la manivelle faisaient partie du folklore. A quarante à l'heure, ces dames, dont les chapeaux étaient maintenus par une mousseline nouée, poussaient des cris et maudissaient le vent.

En semaine, on s'invitait tantôt chez l'un, tantôt chez l'autre. Le samedi soir, on allait au Châtelet ou au Caf'Conc'. Bref, c'était la belle vie.

Tout aurait donc pu être pour le mieux dans le meilleur des mondes au cours de ce merveilleux été si Marie n'avait pas été maladivement jalouse. Malheureusement elle trouvait toujours quelque chose à reprocher à Rodolphe : il avait été trop aimable avec Laura ou avec Berthe ou encore il avait mangé des yeux l'une des clientes de la guinguette où l'on avait déjeuné.

En réalité, Marie, fine et intuitive, se doutait des infidélités de Rodolphe l'année où elle s'était refusée à lui. Ignorant qui était sa rivale, elle soupçonnait Laura dans la mesure où il lui fallait absolument nommer quelqu'un. Elle n'était ni assez sûre d'elle ni suffisamment franche pour en parler à Rodolphe, persuadée d'ailleurs qu'il nierait, eut-elle deviné juste ou non. Elle se contentait donc de les épier et d'interpréter le moindre sourire, le moindre geste. Toutefois, quand elle faisait des scènes à Rodolphe elle n'accusait jamais personne directement.

Les chemins de l'âme de Marie étaient si tortueux que Rodolphe ne parvenait pas à comprendre les mobiles qui la faisaient agir. Pourquoi ces soudaines explosions de jalousie maintenant qu'il lui était redevenu fidèle alors qu'elle s'était tue quand il l'avait réellement trompée ?

Rodolphe appréhendait le moment où ils se retrouveraient seuls chez eux le dimanche soir, après ces parties de campagne. Au début, il avait essayé de couper court aux scènes en tentant des réconciliations sur l'oreiller. Malheureusement, Marie avait pris l'habitude de se lancer dans des diatribes dès qu'il venait la rejoindre dans le lit. Il avait tenté de faire taire sa femme en lui fermant la bouche par des baisers auxquels elle demeurait insensible

Depuis le jour où il était parti en claquant la porte, la jeune femme attendait désormais qu'il fut dévêtu et couché pour amorcer une querelle. Elle se disait, avec juste raison, qu'il n'aurait pas le courage de se relever et de se rhabiller pour lui échapper en prenant la fuite. Par une mémorable nuit, il finit par le faire, non sans l'avoir prévenue :

— Maintenant en voilà assez. Ou tu arrêtes tes scènes ridicules ou nous cessons de fréquenter les d'Arblay et les Auger. Va donc faire à Laura et à Berthe les reproches que tu me fais, à elles à qui tu ne dis jamais rien. Tu te contentes parfois de faire la tête juste assez pour refroidir l'ambiance sans que personne comprenne pourquoi mais les cris et les récriminations me sont réservés. Je n'en supporterai pas davantage. Si tu continues à m'accuser à tort et à travers pour satisfaire tes penchants morbides, je vais te donner de bonnes raisons d'être jalouse.

Et sur ce, il sortit, laissant sa femme complètement désemparée. Comme à chaque fois qu'elle sentait être allée trop loin, Marie se calma rapidement. Dès que Rodolphe eut franchi le seuil, elle se mit à réfléchir. Sans nul doute, Rodolphe était allé rejoindre une femme qui n'était évidemment ni Laura, ni Berthe, ni la belle inconnue dont il avait galamment ramassé l'écharpe l'après-midi même à Nogent. Elle se rendit compte que si elle continuait dans ce sens, elle risquait de le lasser et d'être abandonnée pour plus d'une nuit. Or ce n'était pas du tout ce qu'elle voulait. Le faire souffrir, oui. Il était le mieux placé pour payer pour tous les autres. Mais le perdre, non ça jamais ! Rien qu'à l'idée de se retrouver seule, son sang se glaçait dans ses veines. Elle tenait à lui par toutes les fibres de son corps et de son cœur. Bref, elle l'aimait même si cette évidence ne la frappait jamais. L'important était qu'il l'aimât, lui, et lui demeurât attaché.

Elle cherchait à le faire souffrir parce qu'elle l'aimait et qu'il l'aimait. Sinon, aucun intérêt. Marie était une sadomasochiste qui s'ignorait. En outre, elle avait le goût et le don du théâtre. Rodolphe avait fait preuve d'une intuition remarquable en la comparant à Sarah Bernardht. Malheureusement ni sa situation ni son éducation ne lui avaient permis de prendre conscience de sa vocation. Alors, à défaut de pouvoir se libérer sur scène, elle faisait du drame dans sa vie privée. Dès que celle-ci était sereine, elle paraissait à Marie monotone.

La nuit passa, blanche pour Marie qui répétait le rôle de l'épouse éplorée abandonnée le soir de ses noces, tout en se promettant bien, au retour de l'époux prodigue, de mettre de l'eau dans son vin, du moins provisoirement. A moitié blanche aussi pour Rodolphe qui débarqua à l'improviste chez celle qui l'avait déjà consolé physiquement quelques mois auparavant. Mais ce soir-là, il ne la toucha pas. Il se contenta de déverser le trop-plein de son cœur à une femme qui en avait vu bien d'autres et que plus rien n'étonnait. Les prostituées, surtout passé un certain âge, et elles vieillissent plus vite que les autres, ont souvent autre chose qu'un corps compatissant pour les hommes malheureux.

— Je l'aime, disait Rodolphe, mais elle est insupportable. Si elle continue, je vais m'en aller pour de bon.

— Ne fais surtout pas ça, répondait Mademoiselle X, tu le regretterais. Regarde, tu es revenu comme un toutou dès qu'elle a consenti à te rouvrir les bras. Tu ne peux d'ailleurs pas l'abandonner comme ça. Elle a rompu avec toute sa famille à cause de votre mariage. En plus, sa fausse couche n'a pas dû arranger son équilibre.

— Mais c'est elle qui n'a pas voulu d'autre enfant.

— Pour le moment. Ça se comprend qu'elle ait été traumatisée après une expérience pareille, surtout si jeune. Attends donc un peu. C'est incroyable ce que vous pouvez être impatients, vous les hommes, et simplistes, permets-moi de te le dire. On voit bien que ce n'est pas vous qui portez les enfants ni qui les mettez au monde. Je ne comprends d'ailleurs pas pourquoi tu sembles si pressé d'avoir un enfant. C'est plutôt une entrave...

— Mais je ne suis pas pressé.

— Eh ! bien alors, où est le problème ? Marie peut bien décider d'attendre encore un an ou deux ou même trois. Elle n'a que dix-huit ans que je sache. Maintenant si tu t'imagines qu'un enfant améliorerait son équilibre et qu'elle te ficherait la paix pour s'occuper de lui, tu te trompes lourdement. Si elle continue à refuser d'avoir un enfant, c'est qu'elle a une bonne raison, consciente ou inconsciente, pour le faire. Lui forcer la main, si j'ose dire, n'arrangerait rien, bien au contraire.

— Je me demande pourtant quelquefois, murmura Rodolphe comme pour lui-même, si lui imposer une autre volonté que la sienne ne lui ferait pas du bien.

— Pas dans ce domaine-là, en tout cas. Une tierce personne, l'enfant en l'occurrence, entre en ligne de compte. Il risquerait d'en souffrir. C'est la plus grave erreur que d'imposer à une femme un enfant dont elle ne veut pas. Elle se venge soit sur elle-même, soit sur l'homme, soit sur l'enfant, quand ce n'est pas sur la société toute entière. Exerce ta volonté sur elle si tu penses qu'elle en a besoin, mais dans d'autres domaines.

Rodolphe finit par s'endormir dans le fauteuil sur lequel il s'était assis et ne se réveilla qu'au petit matin. Il rentra au bercail pour retrouver une femme qui, elle, venait juste de s'assoupir. Rodolphe s'était attendu pour le moins aux imprécations de Camille, et ne pouvait pas croire que sa mégère se fut si soudainement apprivoisée. Que pouvait-elle bien manigancer dans son esprit jamais à court d'inspiration, se demandait-il avec inquiétude.

— A quoi vais-je avoir droit maintenant ?, s'interrogeait Rodolphe tout en actionnant le moulin à café, autant pour se préparer un breuvage réconfortant que pour faire un peu de bruit dans la maison silencieuse. A la gueule systématique, au chantage à la maladie, à la tentative de suicide, à la vengeance anticipée... Merde ! A l'idée que sa femme puisse prendre un amant, le moulin à café lui échappa des mains et la poudre se répandit par terre. Non, elle n'osera pas. Tout de même pas. Mais, mon Dieu, de quoi n'est-elle pas capable ?

Marie parut alors à la porte de la cuisine, une Marie toute menue dans son peignoir, toutes griffes rentrées, les yeux cernés et ses longs cheveux dorés épars sur ses épaules.

— Laisse, tu ne sais pas t'y prendre, dit-elle d'une petite voix. Je vais te préparer ton café. Rase-toi et change de chemise pendant ce temps-là. Tu as juste le temps pour ne pas être en retard au bureau.

Rodolphe la regardait sans en croire ni ses yeux ni ses oreilles. Comme un automate, il obtempéra.

*

* *

La trêve dura six mois jusqu'au jour où Rodolphe reçut une lettre de son père lui annonçant que la clientèle de Corbeil n'était plus assez florissante pour la prospérité de son affaire. Il l'avait donc vendue pour acheter un commerce plus important à Paris. Il donnait à son fils tous les renseignements nécessaires en lui demandant même d'effectuer certaines démarches avant son arrivée.

C'était incontestablement une perche, à peine déguisée, qu'Auguste lui tendait pour une réconciliation. Comme par hasard, le magasin qu'il avait acheté, avec logement occupant tout le premier étage, se trouvait à une proximité relative de là où habitaient Rodolphe et Marie. Auguste expliquait qu'il avait fait ce choix parce que Boulogne était un quartier en pleine expansion, en passe de devenir riche et très bourgeois. La concurrence était encore à peu près inexistante, c'était le moment où jamais de s'implanter.

La lettre entre les mains, Rodolphe ne savait comment annoncer la nouvelle à Marie. Celle-ci, cousant près de la fenêtre, faisait semblant d'être absorbée par son ouvrage, mais elle avait vu le cachet de la poste de Corbeil.

— Ta mère ou ton père sont-ils malades ?, demanda-t-elle enfin. Tu as l'air soucieux.

— Non, répondit-il, ils vont très bien l'un et l'autre. Si bien même qu'ils viennent s'installer à Paris.

Rodolphe vit un frisson secouer les épaules de Marie et elle se piqua le doigt avec son aiguille. Toutefois, d'une voix qu'elle voulait posée, elle reprit :

— Grand bien leur fasse mais je ne vois pas en quoi cela nous concerne.

Silence. Rodolphe prit une longue inspiration puis se lança comme on se jette à l'eau :

— Mon père désire que je m'occupe de certaines choses...

Sursaut de la part de Marie :

— Tu ne vas tout de même pas... après ce qu'ils t'ont fait.

— Mon père ne m'a rien fait.

— Peut-être mais il ne t'a jamais rendu service non plus.

— D'abord, tu n'en sais rien. Ensuite ce n'est pas une excuse. Je le ferais pour un ami. A plus forte raison pour mon propre père.

— Ta mère...

— Ma mère ne m'a jamais rien fait non plus.

— Comment, explosa Marie. (Elle s'était levée d'un bond, repoussant d'un coup de pied la jupe qu'elle était en train d'ourler, tombée de ses genoux). Elle a refusé d'assister à ton mariage. Tu trouves que ce n'est pas suffisant ?

— Ne reviens pas là-dessus. C'est du passé. C'était son droit de ne pas approuver mon choix.

— Peut-être, persifla Marie, mais pas de te rendre ridicule aux yeux de toute la ville ni de m'infliger un pareil affront.

— Tu exagères. Ça n'a été aussi terrible que dans ta petite tête. Son absence est pratiquement passée inaperçue aux yeux des gens.

— Et peut-on savoir où ils ont l'intention de s'installer ?

Rodolphe marqua une pause. Il pressentait que la furie, endormie depuis six mois, allait à nouveau se déchaîner.

— Route de la Reine, finit-il par avouer à contrecœur.

Marie renversa une chaise et faillit tomber en se prenant les pieds dans le tapis.

— Je déménage, hurla-t-elle, je déménage immédiatement, tu m'entends. Je vais m'installer à l'autre bout de Paris. A Vincennes, à Neuilly, n'importe où; mais je ne les aurai pas pour voisins.

Rodolphe s'efforçait maintenant de conserver son calme sinon il l'aurait volontiers giflée.

— Tu feras ce que tu voudras. Moi, je ne bougerai pas. J'ai mon travail ici, ne l'oublie pas. Je n'ai pas l'intention de traverser Paris matin et soir pour céder à tes lubies.

Marie éclata en sanglots et se mit, dans sa rage impuissante, à piétiner la jupe qui gisait à terre. Elle pleurait d'autant plus fort que cela faisait plusieurs mois qu'elle n'en avait pas eu l'occasion.

— Je te déteste, je te hais, criait-elle au milieu de ses larmes. Je le savais, je l'ai toujours su, que tu préférais ta mère. Pourquoi n'es-tu pas resté avec elle alors ?

— Sans doute justement parce que tu te trompes, répondit Rodolphe le plus calmement possible, et que c'est toi que je préférais. Encore que, permets-moi de te le dire, je trouve ta comparaison complètement idiote. Aimer sa femme n'a jamais empêché un homme d'aimer sa mère. Ce sont deux choses différentes mais non incompatibles. Il faut vraiment avoir le cerveau compliqué comme le tien pour prétendre le contraire.

— Et aimer sa femme n'a jamais empêché un homme d'aimer son enfant ?, demanda alors Marie.

— Non, en effet.

— Eh ! bien, hurla de nouveau Marie qui ne se contrôlait plus du tout, c'est pourtant ce qui m'est arrivé à moi. Alors, vos belles théories, Monsieur le philosophe, vous pouvez vous asseoir dessus.

Rodolphe, atterré, s'était pris la tête dans les mains. Mon Dieu, pensait-il, les anciennes blessures, rien à faire pour les panser ! Tout l'amour que j'ai pour elle ne sert à rien. S'en aperçoit-elle seulement ? Comprend-t-elle seulement quelque chose en dehors de ses hallucinations et de ses obsessions ? La première fois que j'ai dansé avec elle, je lui ai dit qu'elle n'était faite ni pour aimer ni pour comprendre. Elle m'a répondu froidement que ça ne l'intéressait pas. Je me suis cru assez fort pour pouvoir l'y amener. Presque trois ans ont passé depuis et je suis obligé de dresser un constat d'échec. Son médecin-accoucheur avait dit qu'elle était une écorchée vive. Va-t-elle donc le rester toute sa vie ?. Et tout haut :

— Marie, ne reviens pas sans cesse sur le passé. Tu te fais le plus grand mal pour rien. Je ne sais pas si ton père t'aimait ou ne t'aimait pas, du moins pas assez à ton gré, mais qui le pourrait ? En tout cas, moi je t'aime, c'est le principal maintenant. Comment puis-je te le prouver ?, acheva-t-il presque humblement.

Sans perdre le nord, immédiatement Marie saisit la balle au bond :

— En ne répondant pas à ton père et en ne revoyant plus jamais tes parents.

— Oh ! vous les conseilleurs qui n'sont pas les payeurs, se mit à chantonner intérieurement Rodolphe pour se défouler car il craignait que sa raison l'abandonnât, que répondriez-vous à cela, vous qui m'exhortez à la patience ? Vous, ma chère Laura, toi, ma belle Lola, et vous, Monsieur le docteur ? Moi, j'écoute vos conseils comme un brave garçon raisonnable, j'essaie même de les appliquer. Mais c'est à elle que vous devriez en donner. Encore que vous soyez assez intelligents pour ne pas vous y risquer car vous savez très bien qu'elle vous enverrait promener. Alors, aujourd'hui, votre conseil devant une pareille mise en demeure ? Ou bien j'y consens, je suis un lâche mais j'ai la paix. Ou bien je passe outre, je conserve mon estime mais je retombe en enfer et Marie se crée de nouvelles raisons de se croire mal aimée. Allons donc, il n'y a pas d'issue à ce cauchemar et ce que dit gauloisement Marie de mes théories s'applique également à vos thérapeutiques.

A la fin de ce beau discours qu'il s'était tenu à lui-même, Rodolphe répondit fermement à Marie :

— Je regrette de te décevoir mais je répondrai à mon père et je reverrai mes parents. Je trouve indigne de toi ce que tu me demandes comme preuve d'amour. Ton égoïsme et tes exigences dépassent les bornes. Pour ma part, je n'oserais jamais t'interdire de revoir ton père. Il ne s'est pourtant pas montré particulièrement courtois avec moi lorsque je lui ai demandé ta main. Il m'a même renversé une table sur le corps, devant témoins.

— Tu n'as pas besoin de me l'interdire, répondit Marie d'une voix glaciale. Je ne suis pas comme toi, moi. Quand c'est fini, c'est fini. Je ne reviens jamais. Je n'oublie jamais rien. Je ne reverrai plus jamais mon père, ni ma sœur, ni...

— Il ne faut jamais dire *fontaine*..., ma petite. D'ailleurs tu écris tout de même à ta belle-mère que tu ne portes pas dans ton cœur non plus, il me semble. Interroge-toi honnêtement si tu en es capable. Es-tu sûre que ce n'est pas un prétexte pour ne pas couper complètement les ponts et avoir quand même des nouvelles des autres ?

— Il se peut, rétorqua Marie sans laisser paraître aucun trouble. Pour me réjouir de leurs malheurs.

— Amen, conclut Rodolphe qui prit son chapeau et sortit. Il avait compris depuis longtemps que c'était là le seul moyen de couper court à une discussion de ce genre. Marie, infatigable sur son terrain de prédilection, était en effet capable de relancer la balle des heures durant.

Rodolphe n'était pas pour autant ravi de voir ses parents s'installer si près de lui. Il craignait que sa mère ne résistât pas longtemps à la tentation de se mêler de ses affaires et il prévoyait que cela n'allait pas arranger sa vie conjugale. Amélie Doré, qui n'était que trop prévenue contre sa belle-fille, ne manquerait pas de s'apercevoir que ses idées préconçues sur le caractère de Marie étaient, en fin de compte, justifiées. Et Rodolphe connaissait assez sa mère pour savoir qu'elle n'aurait pas le triomphe modeste.

De son côté, Marie se jurait de ne jamais recevoir sa belle-mère chez elle et de décliner toutes les invitations que celle-ci pourrait éventuellement lui faire. Aussi, lorsque Rodolphe reçut de son père un mot lui demandant de venir les chercher à la gare de Lyon, Marie refusa-t-elle tout net d'accompagner son mari. D'ailleurs, lui fit-elle remarquer, je ne suis pas mentionnée dans la lettre. Rodolphe n'insista pas. Mieux valait pas de Marie du tout plutôt qu'une Marie qui ferait immanquablement la tête comme à chaque fois — rarissime en vérité — où elle finissait par faire quelque chose contre son gré.

Dans le tramway qui le menait à la gare, Rodolphe se sentait mal à l'aise, redoutant les questions que sa mère allait lui poser et les réflexions qu'elle ne manquerait pas de faire. Pourtant, lorsqu'il eut repéré ses parents dans la cohue du quai, les retrouvailles furent cordiales, chacun s'efforçant d'agir pour donner l'impression qu'elles avaient lieu dans des conditions parfaitement normales.

— Excuse-moi de t'avoir dérangé, lui dit son père, mais nous avions besoin de jeunes bras pour nous aider à porter les bagages. Ta mère est très fatiguée par le déménagement et le voyage l'a achevée. Quant à moi, je me fais vieux. Je pense, ajouta-t-il, que nous pourrions aller souper au buffet. Cela nous permettrait de nous reposer un peu avant d'entamer la deuxième partie du voyage jusqu'à Boulogne. Dans quel état est notre logement ?

— J'ai réceptionné vos meubles comme convenu, répondit Rodolphe, ainsi que le linge de maison. J'ai rangé le plus gros comme j'ai pu dans les armoires. Toutefois, le lit n'est pas fait.

— Ta femme ne t'a pas aidé ? demanda alors Amélie d'une voix qu'elle voulait suave.

— Marie a été un peu souffrante ces temps-ci, mentit Rodolphe. Aujourd'hui encore une migraine l'a obligée à garder la chambre.

— Attendrait-elle un heureux événement ?, questionna de nouveau Amélie.

— Je ne sais pas... je ne pense pas, bredouilla Rodolphe.

— Il serait temps pourtant qu'elle te donne un héritier. Voilà plus de deux ans que vous êtes mariés.

— Ma chère maman, coupa Rodolphe d'une voix raffermie, vous n'ignorez sans doute pas qu'elle a fait une fausse couche... (Rodolphe bénissait l'éloignement qui avait permis à Marie, dans ses lettres adressées à Corbeil, de ne pas préciser à quel mois de grossesse l'accident s'était produit...)

— Je l'ai entendu dire, en effet, répliqua Amélie, mais cela se passait au tout début de votre mariage, si mes souvenirs sont exacts. Je pense donc qu'elle a eu largement le temps de se remettre. A moins qu'elle ne puisse plus avoir d'enfants ?

— Pas du tout, s'empressa de rétorquer Rodolphe qui commençait à s'énerver, mais il n'y a pas de temps perdu. Elle est encore très jeune.

— Oui, mais toi tu vas avoir vingt-sept ans. Voilà ce que c'est d'avoir voulu épouser une femme trop jeune pour toi.

— Ma chère maman, répondit encore Rodolphe qui ne voulait pas laisser sa mère avoir le dernier mot aussi facilement, puis-je me permettre de vous rappeler que vous avez douze ans de moins que Père et que...

— Oui, mais justement, moi, je ne l'ai pas fait attendre plus de dix mois pour avoir Raoul.

— Amélie, je t'en prie, intervint enfin Auguste pour couper court à une discussion stérile qui risquait de s'envenimer. tu ne vas pas recommencer. Les choses sont faites maintenant. C'est du passé. Il est inutile de revenir dessus.

— J'aimerais tout de même bien avoir un petit-fils avant d'être trop vieille. C'est mon droit, j'espère. Ma belle-fille a beau ne pas me plaire, ce sera malgré tout l'enfant de mon fils.

Rodolphe se souvint alors que son frère aîné Raoul n'avait qu'une fille née en 1906 et que le bruit courait que sa femme ne pouvait plus avoir d'autres enfants. Le détail l'amadoua et il consentit à rassurer sa mère :

— Ne vous inquiétez pas, maman. Vous aurez un petit-fils pour vous occuper dès que le lancement de votre nouveau magasin aura cessé de vous prendre tout votre temps et tout votre intérêt.

Rodolphe avait lancé cette phrase en l'air dans le seul but de faire abandonner à sa mère un sujet qu'il jugeait scabreux. Mais une malheureuse coïncidence devait lui donner raison. Il répéta les réflexions de sa mère à Marie. Celle-ci décida aussitôt de prouver qu'elle n'était pas du tout stérile comme Amélie le laissait perfidement entendre mais parfaitement capable, au contraire, de faire un enfant beau et sain. Pour le plus grand bonheur de Rodolphe, elle leva donc l'interdit qui pesait sur leurs rapports sexuels. Au mois de juillet, le couple put annoncer la nouvelle d'une naissance attendue pour le début de l'année suivante.

Entre-temps, Marie avait eu une scène mémorable avec sa belle-mère. Revenant de faire ses courses tout juste avant midi, Marie avait trouvé Amélie assise devant sa porte, sur les escaliers, un panier à ses pieds.

— Ma chère petite, lui dit froidement Amélie, je suis lasse d'attendre de votre part une invitation qui tarde à venir. Je me suis invitée d'office afin de voir où vit mon fils. C'est mon droit. Mais ne vous inquiétez pas, je ne vous dérangerai pas puisque j'ai apporté là tout ce qu'il faut.

Pour une fois, suffoquée par la surprise, Marie manqua de répartie et ne trouva rien d'autre à dire que :

— Vous savez, Rodolphe a très peu de temps pour déjeuner.

— Je le sais et c'est pourquoi je m'étonne que vous arriviez aussi tard. Vous ne devez guère avoir la possibilité, dans ces conditions, de lui mitonner un bon petit repas.

Marie sentit le sang lui monter aux joues et contre-attaqua instantanément :

— Madame, ou dois-je vous appeler ma mère ?, votre fils est marié depuis bientôt trois ans. La façon dont je m'organise n'est plus votre affaire.

— Vous ne manquez pas de toupet, ma bru. Sachez que le bien-être d'un fils intéresse toujours sa mère.

— Ce qui ne vous a pas empêchée de ne point vous en soucier jusqu'à présent. Entre-temps, Rodolphe a pris des habitudes qui paraissent lui convenir. Je ne vous reconnais pas le droit de tout critiquer sous prétexte que, maintenant, vous avez la possibilité de venir vous informer de visu.

— Eh ! bien, ma chère, répliqua Amélie outrée, je dirai deux mots à Rodolphe de la façon dont vous vous permettez de traiter sa mère.

Marie haussa ostensiblement les épaules tandis qu'Amélie déballait ses provisions sur la table de la cuisine.

— C'est pour un régiment, demanda ironiquement Marie ou comptez-vous aussi manger ici ce soir ?

Amélie était blême d'indignation : personne, dans son entourage, n'avait osé lui parler sur ce ton. Elle s'était attendue à plus de soumission de la part de sa bru et commençait à regretter d'être venue. Toutefois elle ne pouvait laisser cette petite fille se moquer d'elle aussi impunément.

— Si vous pensez que c'est trop, c'est probablement parce que, en plus, vous réduisez mon fils à la portion congrue. Mais je dois vous préciser que j'ai demandé à votre beau-père de se joindre à nous. Je ne sais s'il viendra. On dirait que vous lui faites peur. Voyez où nous en sommes !

— Disons qu'il a peut-être plus d'éducation que vous et scrupule à se présenter chez les gens sans prévenir.

Sous l'insulte, qui était directe cette fois-ci, Amélie faillit s'étrangler :

— Comment osez-vous me donner des leçons, petite fille de rien du tout ! Ignorez-vous qu'une mère a le droit de venir chez son fils quand bon lui semble et sans se faire annoncer ?

— Je regrette, Madame, si telles sont les convenances dans votre monde, il n'en est pas de même dans le mien. Et j'entends rester maîtresse chez moi. Tenez-vous le pour dit.

A ce moment critique, Rodolphe entra heureusement pour faire diversion. Il était temps ! Amélie fut aussitôt tout sucre tout miel mais à voir la tête de Marie, Rodolphe comprit que sa mère cherchait seulement à lui donner le change. Il le comprit d'autant mieux qu'il eut droit, le soir, à une explosion de la part de Marie : si sa belle-mère renouvelait sa tentative d'intrusion, elle ne se gênerait pas, cette fois-ci, pour ne pas la laisser entrer.

— Il ne manquait vraiment plus que ça, pensa Rodolphe. Il ne donnait pas entièrement tort à Marie. Malheureusement, s'agissant de sa mère, il lui était difficile de prendre ouvertement parti. Le respect filial était quelque chose de sacré.

Par bonheur, du jour où elle apprit que Marie était enceinte, Amélie parut s'amadouer. De plus, les rencontres entre les deux femmes se firent rares. Elles avaient toujours lieu désormais en présence de Rodolphe et d'Auguste, prêts à intervenir pour arranger les choses. Rodolphe se sentit un peu rassuré : l'alerte avait été chaude, mais la guerre ne serait que froide, Dieu merci !

CHAPITRE VII

En janvier 1910, Marie, qui approchait du terme, était devenue énorme par rapport à sa petite taille. Cette fois-ci, Rodolphe avait été intraitable et Marie étroitement surveillée par un médecin à partir du septième mois présumé. On craignait qu'elle n'attendît des jumeaux ou que l'enfant fut mal placé.

Pendant ce temps, la Seine gonflait elle aussi et la cote d'alerte avait été atteinte. Certains riverains avaient déménagé en toute hâte. Plus aucune péniche ne pouvait circuler, l'eau ayant atteint le sommet des arches des ponts.

Vers la fin du mois, une partie de l'avenue de Versailles était inondée et le trafic interrompu. Seuls les chevaux, pataugeant dans plusieurs centimètres d'eau, tiraient avec difficulté quelques voitures dont les roues éclaboussaient tout sur leur passage. Dans certains endroits, on circulait sur des barques à fond plat.

Maurice et Laura Auger, qui habitaient au rez-de-chaussée d'un quartier inondé, avaient dû provisoirement abandonner leur logement et étaient venus s'installer chez Rodolphe et Marie.

Malgré l'inconfort et la relative promiscuité qui en résultaient pour les deux couples, Rodolphe n'était pas fâché de cet *envahissement*. De cette manière, Marie se trouvait placée sous surveillance continue. Étant donné la difficulté des communications, il avait peur, qu'une fois encore, le médecin ne pût arriver à temps. Ce dernier avait dûment chapitré Laura pour lui permettre de parer à toute éventualité. Sa tâche avait été facilitée puisque Laura, jeune fille, avait suivi des cours d'infirmière.

Ces précautions ne furent pas superflues : lorsque Marie ressentit les premières douleurs dans la nuit du 28 janvier 1910, la crue de la Seine avait atteint son maximum. Prendre une barque pour aller chercher un médecin dans la nuit noire eut été démentiel. Il fallait au moins attendre le petit jour.

Laura, très maîtresse d'elle-même, prit donc la garde à côté de Marie. La lampe à pétrole dessinait un cercle lumineux au milieu de la chambre, agrandissait démesurément l'ombre de Laura sur le mur et faisait monter le ventre rebondi de Marie presque jusqu'au plafond. Les murs suintaient d'humidité malgré le feu de cheminée allumé avec le reste du bois précieusement gardé pour l'occasion. Le silence, entrecoupé par les râles de Marie, était lugubre. L'angoisse planait sur la nuit.

Toutes les demi-heures, le carillon de la pendule se mettait à sonner. L'attente interminable avait commencé. Laura comptait le temps qui séparait chaque contraction, surveillait le pouls de Marie, essuyait son front moite avec un coton imbibé d'eau de Cologne et, quand elle souffrait trop, lui donnait un mouchoir à mordre pour l'empêcher de crier.

Vers cinq heures du matin, Laura s'aperçut que, comme l'avait craint le médecin, l'enfant se présentait mal : par le siège. Il allait falloir inciser le périnée pour lui livrer passage. Mais cela elle ne pouvait pas le faire. Il convenait donc de retarder la délivrance en espaçant les contractions et en empêchant Marie, dont c'était le réflexe instinctif de pousser. Marie souffrait le martyre, distendue jusqu'au point de rupture. Elle hurlait maintenant sans pouvoir se retenir. Rodolphe, en proie à une folle inquiétude, se bouchait les oreilles et arpentait le plancher. Aux premières lueurs de l'aube, il partit avec Maurice chercher le médecin en suppliant le ciel de revenir à temps.

Laura avait fait pour le mieux. Le médecin arriva moins de deux heures plus tard. Il pratiqua immédiatement les incisions délivrantes sur une mère rendue déjà à moitié inconsciente par le comble de la douleur.

Un petit garçon était né, vivant bien qu'à moitié asphyxié. Mais une courte réanimation cardiaque et respiratoire suffit à le ramener définitivement à la vie.

Rodolphe et Marie avaient prévu de le prénommer Pierre. Mais lorsque Marie reprit ses esprits, la première phrase qu'elle prononça fut :

— C'est la Saint quoi aujourd'hui ?

— Va vite chercher le calendrier dans la cuisine, dit Rodolphe à Laura.

— La Saint-Thomas, cria Laura de la cuisine.

— Appelons-le Thomas, murmura alors Marie. Le nom de son saint patron lui portera bonheur.

Rodolphe devait se souvenir, une vingtaine d'années plus tard, de la phrase prononcée par la jeune accouchée.

*
* *

Marie ne fut autorisée à se lever que quinze jours plus tard. Elle avait connu la dépression du post-partum et son caractère semblait s'être adouci. Le petit

Thomas, malgré sa difficile naissance, poussait bien, nourri par une mère ayant du lait en abondance. Il était sage comme une image. Marie le trouvait beau. D'ailleurs il l'était, avec de grands yeux noirs, un nez et une bouche minuscules mais bien dessinés, des joues roses et rebondies, de petites oreilles bien collées et quelques boucles de cheveux clairs. Il fut vite surnommé l'angelot par tout son entourage. Marie reportait sur ce petit être entièrement dépendant d'elle l'adoration exaltée qu'elle avait eu, enfant, pour son Toutou.

Mais, lorsque la décrue de la Seine permit aux conditions de vie de redevenir normales, la jeune mère comblée commença à déchanter en faisant connaissance avec l'esclavage de la maternité. Plus question de longues flâneries dans la rue, et tout déplacement posait désormais un problème.

Toutefois, Marie ne resta pas longtemps claquemurée dans son appartement. Dès que son fils eut trois mois, elle l'emmena partout avec elle, lui donnant le sein n'importe où et n'importe quand. Thomas n'avait pas l'air de mal se ressentir d'un tel régime. Sa mère n'hésitait pas davantage, lorsque le bébé pleurait, à le sortir de son lit ou à le bercer. Elle lui chantait les dernières rengaines à la mode qu'elle connaissait par cœur. Marie avait gardé sa prédilection de jadis pour les tristes complaintes sentimentales. Les créations de Paul Delmet, Dranem, Botrel, Mayol ou Fragson constituaient son répertoire et remplaçaient les berceuses enfantines habituelles. Marie pouvait ainsi chanter des après-midi entières, tout en cousant à la machine, le berceau de son fils auprès d'elle.

Rodolphe lui-même se mettait à l'unisson et, quand il se réveillait de bonne humeur, il taquinait Marie et s'égosillait tout en se rasant :

Elle est du tonnerre cett' petite femme-là...
... Et pour imiter la grande Sarah
Y'en a pas deux comme ça !

Heureuse époque que celle qui suivit la naissance de Thomas. Marie n'avait jamais été aussi gaie. Rodolphe se réjouissait du climat harmonieux régnant au foyer, et bénissait doublement son fils.

Sans doute parce qu'il avait l'esprit plus libre, il se mit à s'intéresser sérieusement à la politique. Le pays était en période électorale. Le soir, Rodolphe rentrait chez lui avec le *Petit Parisien* et *l'Humanité* que dirigeait alors Jean Jaurès. Marie savait qu'il n'était pas question de le distraire de sa lecture avant le dîner : il y consacrait en effet toute son attention. Ensuite, à table, il commentait pour elle les nouvelles et l'initiait à la politique. Rodolphe, ayant toujours été antimilitariste, était devenu résolument anticlérical. Sa mère avait été littéralement outrée, et son père très peiné, lorsqu'il avait refusé de faire baptiser son fils. Contrairement à ce qu'il avait craint, Marie n'avait pas essayé de lui forcer la main et s'était pliée sans histoires à sa décision. La jeune femme subissait fortement l'ascendant de son mari sur le plan intellectuel et partageait ses idées de gauche, ce qui choquait énormément Amélie et Auguste.

— Tu t'encanailles, mon garçon, faisait remarquer Auguste, profondément déçu.

— Que voulez-vous, père, répondait Rodolphe, vous êtes patron et je suis employé. Laissez à Raoul votre patrimoine tant matériel que moral, mais n'espérez pas me voir changer d'avis. On n'arrête pas le progrès, père. Depuis le début du nouveau siècle, votre vieux monde est en train de disparaître même si vous ne vous en apercevez pas encore.

Le résultat des élections, au mois de mai, semblait devoir lui donner raison en marquant une nette avancée des socialistes.

Au mois d'août, l'aéroplane gagnait ses titres de noblesse et cessait d'être considéré comme un engin diabolique ou comme un jouet éphémère. Une foule immense dont Rodolphe et Marie flanqués de Thomas, Laura et Maurice, Berthe et Louis faisaient partie, assista à Issy-les-Moulineaux au départ du *Circuit de l'Est* qui comprenait huit cents kilomètres à voler en six étapes.

D'ailleurs, dans le domaine du sport international qui comptait désormais aussi le vélo et l'automobile, l'été de 1910 fut glorieux pour la France. La population entière, délaissant des préoccupations plus sérieuses, suivait avec enthousiasme les exploits de ses compatriotes.

Bref, la belle époque jette ses derniers feux dans l'euphorie générale. Elle ne va plus durer longtemps. Au cours de l'année 1911, les opérations militaires au Maroc s'intensifient. Le premier acte d'intimidation de l'Allemagne, qui envoie son navire canonnier *Panther* devant Agadir, jette l'émoi. Toutefois, juste avant Noël, l'opinion publique est distraite des événements politiques par le premier attentat commis à l'aide d'une automobile. En effet, le 21 décembre, des hommes armés descendant d'une voiture attaquent l'encaisseur d'une banque montmartroise, l'abattent à coups de revolver et s'enfuient avec le magot. C'est un fait sans précédent et l'émotion dans le public est immense.

La *Bande à Bonnot* est née ! Semant la terreur, elle multiplie ses agressions pendant que la police se réorganise pour combattre les premiers hold-up de l'histoire du gangstérisme. Les diverses enquêtes révèlent qu'il s'agit d'un groupe d'anarchistes dirigé par un certain Jules Bonnot. Celui-ci, enfin découvert, traqué et blessé à mort le 28 avril 1912, la bande se décompose, se trahit et ses derniers complices sont arrêtés.

C'est alors que Rodolphe, sidéré, découvre que, sous un nom d'emprunt, le demi-frère de Marie, Denis, disparu du domicile paternel depuis cinq ans, est appréhendé. Il tente de cacher la nouvelle à Marie. Plus que son chagrin (elle déteste son demi-frère), Rodolphe redoute sa honte de voir un membre de sa famille mêlé à une bande de tueurs. Elle en a, avec horreur et indignation, suivi les méfaits depuis plusieurs mois.

Début juin, Marie reçoit de Rose, lui écrivant pour la première fois, une lettre ainsi rédigée :

> *Prenant la plume à la place de Mathilde qui, alitée, n'est pas en état de le faire, je crois de mon devoir de t'informer que notre père est mort hier. Je ne sais pas à quand remonte la dernière lettre que Mathilde t'a adressée mais tu dois tout de même savoir que papa n'allait pas bien du tout : le cœur. Il avait même dû s'arrêter de travailler. Néanmoins, il aurait pu durer encore avec beaucoup de ménagements tant physiques que moraux. Malheureusement, Mathilde n'a pas été capable de lui cacher la vérité au sujet de Denis. C'est ce qui l'a achevé. L'enterrement a lieu demain.*

Connaissant l'émotivité de sa femme, Rodolphe s'attendait au pire. Mais, décidément, Marie ne cesserait jamais de le surprendre. Elle ne fit aucun commentaire et ne versa aucune larme. Elle se contenta de prendre le deuil sans même manifester le désir de se rendre à Corbeil.

Trop heureux d'avoir évité le drame, Rodolphe se garda bien d'intervenir en suggérant quoi que ce soit. Il se souvint alors que Marie lui avait dit un jour : Quand c'est fini, c'est fini. Je ne reviens jamais, moi !. Devant la preuve d'une telle détermination, d'une telle intransigeance, il eut peur, malgré lui. Sa femme prenait soudain à ses yeux une dimension inhumaine. Il ne comprenait pas.

Comment, se disait-il, n'ayant jamais connu sa mère, peut-elle rester aussi insensible au décès de son père ? Comment peut-elle, elle qui réagit si violemment à des événements mineurs, rester aussi impénétrable et imperturbable devant la mort ?.

Rodolphe ignorait évidemment que Marie avait déjà enterré son père dans son cœur depuis de nombreuses années. La réalité d'aujourd'hui ne pouvait donc plus l'atteindre.

Le lendemain de la réception de la lettre de Rose, une Marguerite éplorée et toute de noir vêtue, débarqua à l'improviste, accompagnée de ses deux garçons, respectivement âgés de cinq et deux ans. Elle s'effondra en sanglotant dans des bras que Marie ne lui ouvrait pourtant pas.

— J'ai quitté Valenciennes dès que j'ai appris la terrible nouvelle. Je reprends le train cet après-midi pour Corbeil. J'aurais tant voulu être présente à l'enterrement. Pauvre Rose, toute seule là-bas, car Mathilde n'en parlons pas, elle doit être plus une charge qu'un soutien. Je suis passée chez toi au cas où tu voudrais venir avec moi.

— Je te remercie, répondit froidement Marie, je n'ai aucune envie de revoir Rose ou Mathilde.

— Mais tu dois rendre les derniers devoirs à ton père !

— Qu'est-ce que ça veut dire et à quoi cela sert-il ? Papa ne m'aimait pas. Je ne vois pas en quoi il pourrait être sensible à un geste de ma part. En admettant que, dans l'autre monde s'il existe, on puisse s'apercevoir de ce que les vivants font pour vous.

— Mais Marie, dit Marguerite, interloquée par ce discours, tu es en train de faire de la philosophie. Il n'est pas question de ça. Fais-en une affaire de convenances si tu n'en fais pas une affaire de cœur.

— J'ai rompu avec Corbeil le jour où je me suis mariée. J'ai juré de ne jamais y retourner quoi qu'il arrive.

Marguerite n'eut pas la force d'insister ni de discuter. Elle éprouvait, elle, un chagrin réel et était vraiment bouleversée. Elle demanda alors simplement :

— Si tu restes ici, pourrais-tu au moins me rendre le service de garder Roger ? Il est absolument insupportable en voyage et malade dans le train pour ne rien arranger. Je n'emmènerai que Louis, c'est déjà bien assez. Et encore est-ce uniquement pour faire plaisir à Rose qui ne connaît aucun de ses neveux.

— Si tu veux, accepta Marie. Tu comptes rester combien de temps ?

— Oh ! quelques jours au plus. Je ne tiens pas à laisser Edmond seul trop longtemps. De toute façon, c'est à charge de revanche, tu sais. Si un jour tu veux me confier Thomas pour les vacances, je le prendrai volontiers. Cela lui fera changer d'air. Nous habitons maintenant la périphérie de Valenciennes, dans une petite maison avec jardin. A cinq cents mètres, c'est la campagne. Les enfants sont plus heureux qu'en pleine ville.

Marguerite s'en alla tout de suite après le déjeuner, laissant à Marie son plus jeune fils. Cet enfant la fatigua davantage en une semaine que Thomas ne l'avait fait depuis sa naissance. Thomas, lui, par contre, semblait ravi d'avoir un compagnon à domicile même si ce dernier avait plutôt tendance à le malmener et à imposer sa loi.

Marguerite revint au bout de dix jours, encore plus anéantie qu'elle n'était partie.

— Elles font vraiment pitié toutes les deux, je t'assure, dit-elle aussitôt à sa sœur. Rose, je ne la reconnaissais même pas. Maintenant il n'y a vraiment plus d'espoir pour elle. Elle va tenir compagnie à Mathilde pour le restant de ses jours. Ce n'est pas croyable ! Tu te souviens de Rose il y a dix ans ? demanda-t-elle ingénument à Marie.

— Je ne m'en souviens que trop bien, répondit immédiatement celle-ci sur un ton acerbe.

— Oui, je sais, elle t'en faisait voir de toutes les couleurs. Mais si elle a été parfois méchante, elle le paye trop cher à présent.

— On ne paye jamais trop cher pour avoir fait souffrir les autres, répliqua Marie dans une superbe inconscience.

— Ne dis pas ça, protesta Marguerite. Je ne sais pas ce qu'il s'est passé exactement, mais je crois que tu l'as fait souffrir toi aussi.

— Elle n'avait qu'à ne pas commencer. Evidemment, tu n'en conviendras jamais. Vous étiez toutes les deux contre moi. Elle te montait la tête, sans doute. Tu as été l'exécuteur des basses œuvres au moins jusqu'à tes dix-huit ans. Je suis encore bien bonne de discuter avec toi.

— Franchement, Marie, tu as la rancune trop tenace. On a toujours quelque chose à reprocher à quelqu'un puisque personne n'est parfait. Si tout le monde réagissait comme toi, la vie ne serait plus possible. A quoi cela va-t-il te servir ? A faire le vide autour de toi ? Même ton mari, même tes enfants te décevront. Alors ! Il faut apprendre à excuser, à pardonner.

Marguerite comprit qu'il n'y avait rien à faire. Marie était aussi butée que si, dans un certain domaine, elle était restée à un âge mental d'enfant. Ni le mariage, ni la maternité ne semblent avoir modifié le fond de son caractère, pensa-t-elle. Que lui faudrait-il donc pour évoluer ?

C'est vers la fin de cette année 1912 que, dans certains esprits avertis, l'éventualité d'une guerre se fait jour. Deux personnalités éminentes y font nettement allusion : Si l'Allemagne, s'est écrié Churchill, (qui commence à craindre que les Allemands n'ôtent à l'Angleterre la maîtrise des mers) construit deux cuirassés, nous en construirons quatre et six si elle en construit trois !.

De son côté, Jaurès, farouchement pacifiste, prononce, au Congrès de l'Internationale Socialiste, le fameux discours duquel on retient surtout la mémorable apostrophe : J'appelle les vivants... je pleure les morts... je briserai les foudres de la guerre qui menace. Ce qui n'empêche pas le gouvernement allemand de doubler ses effectifs militaires et d'appeler par anticipation la classe 1913.

Toutefois, la plupart des Français ne comprennent pas ce qui se passe sur la scène internationale et se préoccupent davantage de faits divers que de politique.

Cependant, Rodolphe fait partie des quelques rares éclairés craignant le pire. Lorsqu'à la fin de 1913, Marie est de nouveau enceinte, il accueille la nouvelle avec une joie apparente pour ne pas l'alarmer. Mais au fond de lui-même il est inquiet.

Marie, quant à elle, ne récolte que les bruits de la rue dont l'optimisme frise l'inconscience. Elle ne lit pas les journaux. Elle attend que Rodolphe lui raconte... ce qu'il veut bien lui raconter !

Cette période précédant la catastrophe, est pour elle tranquille et insouciante. Elle a un enfant adorable tout le temps dans ses jupes. Elle le couve d'un amour abusif en cultivant chez lui une dépendance et une disponibilité excessives. Son fils, c'est sa revanche ! Il l'aime, il est à elle, rien qu'à elle. Elle tolère mal qu'il aille vers son père. Rodolphe l'a compris et évite de faire des avances à Thomas. Dès que l'enfant est sur ses genoux, invariablement Marie intervient au bout de quelques minutes :

— Alors, mon ange, on n'aime plus sa maman ? Maman va pleurer si tu l'abandonnes trop longtemps.

L'ange regarde son père qui hoche la tête et le repousse doucement. Alors Thomas se laisse glisser lentement des genoux paternels et va se nicher dans le giron de sa mère.

— Tu aimes ta maman, dis ? Dis-le, mon trésor. N'est-ce pas que c'est maman que tu préfères ?

— Oui, maman, répond docilement le petit Thomas.

En raison de l'attitude possessive et exclusive de Marie envers son premier né, Rodolphe se réjouit de la naissance d'un second enfant.

De deux choses l'une, pense-t-il, ou bien elle va partager son sentiment maternel de façon équilibrée entre les deux enfants, ou bien, continuant de préférer Thomas, elle me laissera plus facilement aimer le deuxième.

Marie n'est pas vraiment ravie de cette deuxième grossesse venant perturber la petite vie douillette et en vase clos qu'elle s'est organisée avec son fils aîné. Rodolphe a droit, de nouveau, aux phrases incisives du genre :

— Je te préviens, cette fois-ci, c'est le dernier. Après je n'en veux plus d'autres. Un seul m'aurait d'ailleurs amplement suffi. Considère que c'est pour toi que j'accepte le second.

De toute façon, même s'il se garde bien de le lui dire, Rodolphe est entièrement d'accord. Il estime que ce deuxième enfant est déjà un gros risque à prendre dans la conjoncture actuelle.

CHAPITRE VIII

Au mois de mars 1914, le scandale Caillaux détourne l'attention du public des sombres perspectives internationales. Le ministre des Finances est en effet compromis dans une affaire véreuse, attaqué et dénigré avec virulence dans les journaux, *le Figaro* en particulier. Des lettres compromettantes sont publiées. Madame Caillaux demande alors à être reçue par le directeur du Figaro et, à peine introduite dans son bureau, elle l'abat à coups de revolver. Elle est immédiatement arrêtée. Désormais la France ne va plus avoir d'yeux et d'intérêt que pour elle.

L'ouverture du procès de Madame Caillaux coïncide, à quelques jours près, avec l'assassinat de l'archiduc François-Ferdinand à Sarajevo. Cela fait passer cet événement, pourtant autrement lourd de conséquences, au second plan des préoccupations nationales. Rodolphe lui-même ne croit pas à l'éclatement imminent du conflit. Il n'hésite pas à accepter la proposition de Marguerite de prendre Thomas pour les vacances. Marie, dont l'accouchement est attendu d'un jour à l'autre, sera ainsi déchargée.

Edmond vient chercher l'enfant le 30 juin. Rodolphe doit faire preuve d'une fermeté inflexible pour obliger Marie à s'en séparer.

— Je ne veux pas qu'il parte, gémit celle-ci refusant de lâcher son fils.

Thomas, du haut de ses quatre ans et demi, est perplexe et ne sait pas quelle attitude adopter. Doit-il s'accrocher au corsage de sa mère qui le tient dans ses bras ou répondre à l'invite de l'oncle Edmond qui lui tend les siens ? Cet oncle que, d'ailleurs, il ne connaît pas. Il est un peu rassuré parce que c'est le père de Roger dont il se souvient. A l'idée d'aller à la campagne retrouver son compagnon de jeu de quelques jours, Thomas est content. Mais sa mère pleure et papa semble vouloir la consoler :

— Ecoute, Marie, tu sais très bien que la solution est sage. Je te promets que Thomas reviendra à la maison tout de suite après tes relevailles. Tout dépend donc de la date de ton accouchement. A supposer que ce soit pour demain, tu ne seras pas séparée de Thomas plus de quinze jours. En aucun cas, son absence ne peut excéder un mois.

Hélas ! Rodolphe était loin de se douter qu'il ne reverrait plus son fils pendant quatre ans. Marie ne lui pardonnerait jamais la décision qu'il avait, pensant faire pour le mieux, aussi malencontreusement prise.

D'ailleurs personne en France ne croyait encore à la guerre. Personne, en tout cas, n'entrevoyait des conséquences aussi précipitées à l'assassinat de l'héritier d'Autriche. Poincaré, alors président de la République, se préparait à effectuer un voyage en Russie . Le chauvinisme, cependant, était à son comble. On repensait à l'Alsace-Lorraine. On espérait une revanche. Le 14 juillet 1914 eut donc lieu cette année-là dans un climat d'exaltation patriotique poussée à son paroxysme. La fille de Rodolphe et de Marie choisit ce jour précis pour faire son entrée dans le monde. Reflétant l'état d'esprit qui régnait alors dans le pays, elle fut prénommée France.

Marie est encore alitée lorsque, le 28 juillet, l'Autriche déclare la guerre à la Serbie. Poincaré écourte son voyage et rentre précipitamment en France. A Paris, cette fois-ci, le vent a enfin tourné. On flaire le danger. Tout le monde, ou presque, tombe d'accord pour qu'on saisisse l'occasion de donner une leçon aux Prussiens. C'est en vain que Jaurès multiplie les appels au calme et s'écrie, le 30 juillet, en apprenant la mobilisation de la Russie : Non, la France de la Révolution ne peut pas marcher derrière la Russie tsariste !

Dans toute la mesure du possible, Rodolphe évite de mettre Marie au courant de ce qui se passe. Il cache les journaux, il chapitre son entourage susceptible de lui rendre visite. Mais en plein été, les fenêtres sont ouvertes. C'est ainsi que, le 31 juillet, Marie entend crier dans la rue que Jaurès vient d'être assassiné.

Bien que tenue à l'écart des événements qui se sont précipités depuis quinze jours, elle en sait assez pour comprendre tout de suite la menace : Jaurès, c'était le dernier espoir de paix. Comme une démente, elle se jette dans les bras de Rodolphe qui vient d'arriver. Ne pouvant dissimuler plus longtemps, il confirme. Alors elle hurle :

— Thomas ! Il faut faire revenir Thomas ! Je vais écrire à Marguerite tout de suite. Rodolphe, tu vas partir ! Non, ce n'est pas possible ! Que vais-je devenir seule avec France ? Tu te rends compte, avec un bébé de quinze jours en pleine guerre...

— Ne t'affole pas. Nous avons le temps de nous organiser. D'accord, la guerre est maintenant inévitable. Mais elle n'est tout de même pas pour demain. A Valenciennes, Thomas ne craint rien. Ce n'est pas comme s'il était à Nancy.

Personne, en effet, ne peut imaginer que les Allemands vont violer la neutralité belge et envahir la France par le nord !

Ce même soir, et malgré l'heure tardive, Auguste, Amélie, Maurice, Laura, Louis et Berthe débarquent comme par hasard les uns après les autres chez Marie et Rodolphe. Il s'y tient un conseil de guerre, c'est le cas de le dire ! Des quatre hommes présents, Rodolphe est le plus calme mais aussi le moins optimiste. Les trois autres sont surexcités, persuadés qu'il faut prendre l'offensive pour en finir au plus vite.

— Ce serait de la folie de déclarer la guerre à l'Allemagne, dit Rodolphe. Elle est deux fois mieux armée que nous.

— De toute façon, intervient Auguste qui n'a pas digéré 1870, on ne peut plus reculer. Les Alsaciens-Lorrains attendent depuis quarante-cinq ans un geste de notre part.

— Justement, c'est trop tard, répond Rodolphe. Ceux qui ont vécu la déchirure sont vieux maintenant. Les jeunes se sont habitués à être Allemands.

— Il y a quand même les territoires, fait remarquer à son tour Maurice qui, pourtant, partagerait plutôt les idées de Rodolphe.

— Au lieu de vous lancer dans des élucubrations stériles, s'interpose Louis entrant dans la discussion, vous feriez mieux de vous organiser. Qui sait si nous serons encore là demain ? Ne pensez-vous pas qu'une fois partis, nous serions plus rassurés de savoir nos femmes ensemble ? C'est pourquoi je propose à Marie et à Laura de venir s'installer chez nous auprès de Berthe. L'hôtel est suffisamment grand pour les abriter toutes les trois même avec les enfants.

Réaction immédiate de Marie :

— Je ne veux pas partir de chez moi.

— Mais voyons, tente de la convaincre Berthe, la guerre sera courte, de toute manière.

Rodolphe ne pense pas que la guerre sera courte. Mais c'est une raison de plus pour lui d'accueillir avec soulagement l'invitation du ménage d'Arblay.

— Sois raisonnable, Marie, dit-il pour décider celle-ci à accepter. Tu étais la première à dire tout à l'heure que tu aurais peur, perdue toute seule avec France et Thomas. Je ne veux pas, en effet, te laisser seule. Si Louis ne t'avait pas invitée à venir chez Berthe, j'avais envisagé que tu ailles chez mes parents. De toute façon, tu pourras difficilement faire face au loyer et à l'entretien de deux enfants. A moins que tu ne préfères, si tu tiens à tout prix à rester chez toi, te mettre à travailler et confier tes enfants à leurs grands-parents.

Toutes griffes dehors, Marie :

— Ah ! Ça non, il n'en est pas question !

— Alors, sois pratique. Aux grands maux les grands remèdes. La situation est exceptionnelle. Sache t'y adapter afin que toi-même et tes enfants en souffriez le moins possible.

Au moment de se séparer, très tard dans la nuit, Marie a enfin capitulé.

Dès le lendemain matin, samedi 1er août, Marie écrit en toute hâte une lettre à Marguerite la priant de renvoyer Thomas à la première navette d'Edmond.

Mais - ô stupeur - à peine la missive est-elle expédiée, qu'en fin d'après-midi le tocsin résonne à tous les clochers et que l'ordre de mobilisation générale est placardé partout.

Afin que nul n'en ignore, le texte est également lu à travers un haut-parleur placé sur des automobiles qui sillonnent les rues. Inconscience des populations ! A peine l'ordre est-il connu que tout le monde s'embrasse dans la rue. On chante à tue-tête la Marseillaise et « Vous n'aurez pas l'Alsace et la Lorraine ». Des drapeaux tricolores fleurissent soudain aux fenêtres.

Marie aurait tendance, instinctivement et malgré elle, à partager l'exaltation générale mais, Rodolphe, lui, n'a pas l'air du tout enthousiaste. Il est grave et triste lorsqu'il lui dit :

— Tu peux préparer mon barda. Je dois rejoindre le 151e à Saint-Brieuc avec Maurice au plus tard mercredi.

Et il ajoute en hochant la tête :

- Les gens sont fous.

Marie est débordée et un peu dépassée par les événements. Entre son bébé de quinze jours, Rodolphe sur le point de partir, son emménagement chez Berthe, la fatigue de son accouchement récent, et son inquiétude au sujet de Thomas, elle ne sait plus très bien où elle en est.

— Tu crois, demande-t-elle à Rodolphe, que, dans la désorganisation générale, Marguerite va pouvoir me renvoyer Thomas ? Tous les trains vont être réquisitionnés.

— Oui, mais n'oublie pas qu'Edmond est cheminot. En tant que tel il a un sursis et trouvera bien, une fois la bousculade terminée, le moyen de faire un saut jusqu'ici. Je t'en prie, ne t'inquiète pas. Tu vas récupérer Thomas très bientôt.

— Ma lettre ne risque pas de s'égarer ?

— Non. Tout au plus d'être un peu retardée. Si cela peut te tranquilliser, écris-en une deuxième pour confirmer la première.

Marie eut à peine le temps de voir passer les deux jours suivants. Le lundi, la déclaration de guerre de l'Allemagne à la France était officielle. Le mardi soir, Marie débarquait chez Berthe avec bagages, enfants et mari... Pour la dernière nuit !

Le lendemain matin, Rodolphe et Maurice s'embarquaient gare Montparnasse. Une cohue indescriptible et un vacarme assourdissant régnaient dans les gares. Les femmes, en larmes, n'en finissaient pas de s'arracher aux bras de leur mari, amant, frère et même père pour les plus jeunes, la limite d'âge des mobilisables allant de vingt à quarante-cinq ans.

Pourtant, toutes étaient soutenues moralement par l'idée que la séparation ne serait que de courte durée, que leurs hommes étaient des héros et que l'amour de la patrie valait bien le sacrifice. Pas une n'imaginait vraiment que l'aimé pût être blessé, encore moins tué évidemment. Au milieu des cris, des pleurs, on entendait des chants, des rires. Les fleurs pleuvaient, mouchoirs et drapeaux s'agitaient.

— Pense à moi !

— Prends soin de toi !

— Écris-moi !

— Je t'aime !

— Reviens vite !

— Je te bénis !

— Dieu te protège !

— Sois prudent !

— Au revoir, ma belle !

— Adieu, ma jolie !

— À bientôt !

Sifflements stridents. Portières claquées dans le tumulte. Vapeurs. Fumée. Cliquetis des roues sur les rails. Puis, soudain, sur le quai noir de monde, il n'y eut plus que Marie et Laura, seules, perdues dans les bras l'une de l'autre au milieu de la foule.

Triste retour pendant lequel aucune des deux femmes ne fut capable de prononcer une parole. Triste arrivée chez Berthe dont le mari était parti la veille. Heureusement qu'il y avait les enfants. Sans eux, les femmes n'auraient pas eu le courage d'affronter la vie quotidienne. À peine remises de leur émotion, elles furent littéralement abasourdies par les rumeurs entendues dans les rues dès le lendemain : le gros des troupes allemandes, qu'on attendait à l'est, avait envahi la Belgique.

La Belgique ! Le nord ! Valenciennes à la frontière ! L'imprévisible que nul n'avait prévu ! Terrorisées, ni Laura ni Berthe n'osaient annoncer la nouvelle à Marie retenue à la maison par l'allaitement de France et qui, pour cette raison, n'avait rien entendu. Mais l'invasion de la Belgique allait être confirmée. On ajoutait que les troupes ennemies progressaient rapidement et atteignaient les frontières françaises.

Marie, pour la première fois de sa vie, s'était évanouie lorsqu'elle finit par apprendre le péril imminent qui menaçait le nord. Elle était déchirée entre son inquiétude pour son mari d'une part, monté selon toute vraisemblance sur le front belge, et son fils d'autre part, si le corps d'armée dont faisait partie Rodolphe ne parvenait pas à contenir l'ennemi hors du territoire français.

Cependant, les communiqués officiels se veulent rassurants et la censure est toute puissante sur les journaux. Alors les civils, qui ne comptent plus que des femmes, des hommes âgés et des enfants, espèrent envers et contre tout parce que seul l'espoir leur permet de continuer à vivre.

On vit dans la rue en ce terrible été de 1914 ou les uns chez les autres. On parle beaucoup. On se rassure mutuellement.

Et ce n'est que le 24 août que l'invasion du nord-est de la France est confirmée officiellement.

Marie comprend qu'il n'y a plus d'espoir concernant Thomas. Valenciennes n'est qu'à quelques kilomètres de la frontière. Elle est sans nouvelles de Marguerite, ignorant même si ses lettres lui sont parvenues. Elle ne dort plus, elle ne mange plus, imaginant Thomas, les mains coupées, prisonnier des Allemands ou mourant de faim sur les routes de l'exode. Elle n'a plus de lait et France tombe malade, ne supportant pas ce sevrage précoce et intempestif.

Alors Laura intervient avec toute l'énergie dont elle est capable :

— Enfin, Marie, essaie d'être un peu logique. Tu es en train de mettre en péril la santé d'un enfant qui dépend de toi par le souci que tu te fais pour un autre auquel tu ne peux être d'aucun secours. Thomas n'est pas perdu. Il est entre de bonnes mains, celle de ta propre sœur. Les Boches sont ce qu'ils sont mais je ne pense tout de même pas qu'ils soient des bourreaux d'enfants. Il ne faut pas ajouter une foi aveugle à tout ce qui se raconte. Puisque les combats continuent, il n'est pas exclu que nos troupes parviennent à refouler l'ennemi au-delà de nos frontières dans les jours qui viennent. Pense à ta fille !

Peine perdue. Le bon sens de Laura n'a pas de prise sur Marie qui continue de gémir :

— Je me moque de ma fille. C'est mon fils que je veux, mon petit Thomas. Je ne pardonnerai jamais à Rodolphe de l'avoir envoyé là-bas.

— Tu devrais avoir honte de parler ainsi d'un homme qui se bat et qui...et qui...

Laura n'ose pas aller jusqu'au fond de sa pensée. Rodolphe et Maurice sont dans le même régiment. Ils courent les même risques quelque part, on ne sait trop où d'ailleurs.

Les trois femmes ont sorti toutes les cartes de géographie qu'elles ont pu trouver et essayent de suivre les opérations mais les nouvelles sont tellement contradictoires que cela ne sert pas à grand chose.

Marie est complètement prostrée maintenant. Elle refuse de s'alimenter et France rejette systématiquement toute nourriture de compensation, se déshydrate peu à peu et maigrit de façon alarmante. Jamais prise au dépourvu, jamais à bout de ressources, Laura se met alors à parcourir le quartier à la recherche d'une nourrice acceptant de donner un peu de lait au bébé une ou deux fois par jour. France ne peut effectivement pas continuer encore longtemps à vivre uniquement d'eau sucrée, régime auquel Laura l'a mise depuis que Marie n'a plus de lait et que les essais de biberons se sont révélés inutiles. Heureusement, l'entraide est grande en ces journées dramatiques et Laura trouve rapidement une brave femme qui lui vient en aide bénévolement. Tous les matins et tous les soirs, Laura enveloppe France dans un châle et l'emmène dans ses bras chez sa nourrice.

L'armée française en déroute continue de reculer et le bruit court que les Allemands sont aux portes de Paris. La population n'a plus aucun espoir lorsque, le 3 septembre, elle apprend que le Président de la République et les membres du gouvernement ont quitté Paris et gagné Bordeaux dans la nuit.

L'émoi, voire le désarroi, sont grands. Néanmoins, rares sont ceux qui cèdent à la panique. Le peuple ne bouge pas, figé mais stoïque dans l'attente angoissante . Seuls quelques privilégiés du beau monde s'empressent d'abandonner la capitale menacée.

France reprend peu à peu des forces. Marie a soudain honte de devoir à l'intervention de deux autres femmes la survie de sa fille. Devant une situation irrémédiablement alarmante et le danger imminent menaçant tout le monde, elle consent enfin à cesser de se lamenter sur son propre sort et reprend une vie normale. Elle part à la quête aux renseignements, multiplie les démarches à droite et à gauche. Partout on lui répond que toutes les communications sont coupées avec les pays envahis dont font partie non seulement les départements du nord, des Ardennes et de la Meuse, mais aussi l'Aisne et une partie du Pas-de-Calais, de la Somme, de l'Oise et de la Marne.

Cette longue liste lui est récitée comme une litanie . Marie mesure alors l'étendue du désastre. Aucune lettre ne peut être expédiée ni dans un sens ni dans l'autre. Aucun voyage entrepris pour quelque cause que ce soit et quand bien même le sort d'un enfant en dépendrait. Chaque jour, Marie voit son espoir s'amenuiser. Elle n'en a plus du tout lorsque, complètement épuisée, elle a fait le tour de toutes les portes auxquelles frapper. Elle entame alors un calvaire silencieux qui va durer trois longues années.

*

*   *

Depuis l'installation, qu'on dit provisoire, du gouvernement à Bordeaux, Gallieni a été nommé gouverneur de Paris. Le 4 septembre, pour empêcher à tout prix l'invasion de la capitale dont il a la responsabilité, il donne l'ordre à l'armée d'avancer vers l'est pour repousser les troupes allemandes qui ont atteint Meaux. Le 5 septembre, Joffre, commandant en chef des Forces Françaises, va galvaniser ses hommes en signant la fameuse proclamation qui arrache des larmes à la population toute entière : « Au moment où s'engage une bataille dont dépend le sort du pays... une troupe qui ne pourra plus avancer devra se faire tuer sur place plutôt que de reculer. » La Marne est le dernier bastion.

L'appel à l'héroïsme n'est que trop bien compris. Les soldats, pourtant épuisés par une retraite qui dure depuis quinze jours talonnés par l'ennemi, à demi-morts de faim et de fatigue, se relèvent, reprennent leur fusil et montent à l'assaut, baïonnette au canon.

Le tambour bat. Le clairon sonne. A l'ordre : En avant !, les fantassins bondissent hors des abris, se jettent en terrain découvert sous le feu roulant des mitrailleuses ennemies, enjambant les corps de ceux qui les précédaient et qui sont tombés, sautant par dessus les barbelés et les fondrières creusées par les obus. Tout mètre gagné compte et la cavalerie, précédée des trompettes, suit le chemin ouvert par l'infanterie :

Chargez ! Sabre au poing, bride aux dents...

Les combats font rage pendant trois jours et les hommes tombent. Alors Gallieni a l'idée géniale qui va gagner la bataille de la Marne. Le 7 septembre au matin, il réquisitionne les sept cents taxis parisiens pour conduire au front une division de renfort fraîchement débarquée à Paris dans la nuit. Et le 12 septembre, on apprend de source officielle que l'armée allemande est repoussée au nord-est de la Marne au-delà de Soissons, Reims et Châlons.

Paris l'a échappé belle et le sait, criant sa reconnaissance dans une explosion de joie délirante. On s'embrasse et on chante dans les rues comme au beau jour de la mobilisation ou, plus exactement, comme si la guerre était finie. Car nul ne doute maintenant de la victoire définitive. Après un mois de tension dramatique où l'on a cru le pays perdu, il a suffi qu'une bataille soit gagnée pour exorciser la peur et libérer l'espérance indéracinable.

Mais, soudain, après une euphorie de quelques jours, c'est de nouveau le silence. Les communiqués se sont tus. Septembre s'achève sans que Marie, ni Laura, ni Berthe, ni leurs voisines ou amies n'aient encore reçu de nouvelles des absents.

CHAPITRE IX

Novembre 1914. A la vue de Berthe en grand deuil, Marie et Laura demeurent incrédules, interdites. C'est alors seulement qu'elles réalisent que la guerre signifie d'abord la mort. Veuve à vingt-cinq ans, quelle injustice et cela peut arriver à elles aussi ! Dans leur entourage, nombreuses sont déjà les mères qui pleurent leur fils, les enfants leur père et les épouses leur mari, morts au champ d'honneur.

— Ils seraient plus honnêtes de dire d'horreur, dira Marie dans un méchant jeu de mots, mais si juste hélas !

Désormais, le facteur, ou plutôt la factrice — les femmes ayant remplacé, dans de nombreux emplois, les hommes absents — est devenu un personnage finalement autant redouté qu'attendu.

L'enthousiasme suscité fin septembre par la victoire de la Marne n'a pas duré. La guerre continue mais nos troupes ne progressent plus. Le front demeure stationnaire. A la guerre de mouvement a succédé, dès le début de l'automne, la guerre de position et l'on redoute presque autant que les percées ennemies, la venue de la pluie et du froid.

La France commence à compter ses pertes, à constater les insuffisances des services de santé, la pénurie d'équipement et d'armement. Dans des camps retranchés de fortune que sont devenus les interminables et profonds fossés creusés en pleine terre, fortifiés et aménagés avec les moyens du bord, les soldats n'ont plus que des uniformes crasseux, ils manquent de vivres et de munitions. Parce qu'ils se sont tous laissé pousser la barbe, on commence à les surnommer les poilus.

Du côté de Mourmelon, sur les bords de la Vesle, la compagnie dont fait partie Rodolphe vient d'être relevée et envoyée à l'arrière au repos. Le sergent Doré a réquisitionné une grange pour ses hommes qui, fourbus, ne prennent que le temps d'ôter leurs godillots et leur ceinturon avant de se coucher dans la paille, enroulés dans une couverture miteuse. Il attend qu'ils soient tous endormis après avoir échangé, par habitude et malgré la fatigue, les éternelles mêmes plaisanteries. Maintenant que le temps a passé, Charleroi, puis la Retraite, puis la Marne sont décrits comme une partie de plaisir dans le but d'épater les bleus.

Rodolphe sourit d'un air las :

— Tous des gosses ! Je suis chargé d'emmener des gosses à l'abattoir.

Combien déjà en a-t-il vu tomber autour de lui depuis Charleroi ? Combien a-t-il été contraint d'en abandonner sur les routes lors de la terrible marche forcée de Charleroi à Montmirail ? Combien n'a-t-il pas pu relever à Epernay ? Il ne veut plus faire le compte. Il chasse ces souvenirs qui le harcèlent de remords.

Ayant débouclé son sac, il en sort du papier, une bougie et un crayon. Marie n'a pas répondu à sa première lettre, mais l'a-t-elle seulement reçue ? Il allume sa bougie, se cale le dos contre son sac et, prenant appui sur ses genoux repliés, il se met à écrire.

Tandis qu'il rédige sa troisième missive, crotté jusqu'à la taille dans un accoutrement n'ayant plus d'uniforme que le nom, sans cesse dérangé par les poux et les puces, dans une grange qui sent la sueur, le pinard et le singe, Marie relit pour la énième fois la première datée du 25 septembre, qu'elle a reçue le matin même, 11 novembre :

Marie, ma bien-aimée,

Je ne sais quand tu recevras cette lettre puisque dans cette guerre, rien ne se passe comme prévu. Toutefois, tu sauras que je suis vivant et en bonne santé. Je ne puis, hélas, te dire grand'chose car Anasthasie ne laisse rien passer. Mais ne t'inquiète pas, tout va bien pour moi et pour Maurice aussi. Et toi comment vas-tu ? Tout à fait remise, malgré toutes ces tribulations et ces émotions ? Comment va France ? Quelle tristesse d'être séparé de son enfant, surtout à cet âge... ça pousse si vite. Et quand je pense qu'elle ne me connaît même pas : elle avait quinze jours quand je l'ai quittée ! Si tu pouvais faire prendre une photographie, avec toi si possible, et me l'envoyer, je serais si heureux ! As-tu eu des nouvelles de Thomas ? Est-il par chance près de toi ? Je me fais bien du souci. Berthe a-t-elle des nouvelles de Louis ? Je pense beaucoup à vous tous les jours et vous aime. Prends soin de toi, ma petite femme chérie, et ne t'inquiète pas trop. Cela te donnerait des rides et des cheveux blancs précoces, ce qui serait dommage. Je veux te retrouver aussi belle que lorsque je t'ai quittée. Nous en verrons la fin. Garde l'espoir et le courage. Je t'embrasse aussi fort que je t'aime,

ton Rodolphe.

Laura a reçu à peu près la même lettre de Maurice en même temps. A cause du deuil de Berthe, elles n'ont pas osé faire éclater leur joie. Leur papier crasseux entre les mains, elles avaient l'air de deux écolières prises en faute. Berthe a demandé d'une toute petite voix :

— Ils vont bien ?

— Oui, a répondu Laura. Ou plus exactement ils allaient bien le 25 septembre !

Elles ont attendu que Berthe soit couchée pour répondre et ce soir, elles sont là toutes les deux, rapprochées l'une de l'autre pour bénéficier de la lumière dispensée parcimonieusement par la lampe posée à l'une des extrémités de la grande table, une feuille devant elle sur la toile cirée et le porte-plume à la main. C'est la première fois que Marie a l'occasion d'écrire à Rodolphe. Elle est gênée. Elle ne sait comment commencer. Enfin elle se décide pour :

Mon très cher Rodolphe,

Ta lettre a mis un mois et demi à me parvenir. Heureusement que, l'ayant prévu, tu n'attendais pas trop impatiemment la réponse. Je suis heureuse de te savoir en bonne santé.

Louis a été tué sur la Marne début septembre et Berthe n'en a été informée que fin octobre. C'est atroce, n'est-ce pas, bien qu'elle soit très courageuse. Tant que nous serons là, Laura et moi, elle ne se sentira pas trop seule.

Ta petite France va bien, ne t'inquiète pas. Je tacherai de faire tirer une photographie pour que tu puisses te rendre compte du beau bébé qu'elle est devenue. Hélas, je suis sans nouvelles de Marguerite, donc de Thomas, bien que j'aie effectué toutes les démarches possibles. Je me fais beaucoup de souci, tu t'en doutes. A Paris, nous ne savons plus rien et nous ne comprenons pas grand'chose. It is a long way to Tipperary, comme chantent les Anglais ! J'espère au moins que, maintenant, je vais recevoir de tes nouvelles régulièrement. Mes pensées vont vers toi mais je ne sais pas quoi te dire puisque l'essentiel, je suis obligée de le taire.

Je t'envoie un colis — on m'a dit que je pouvais le faire — contenant quelques vivres, et aussi un cache-nez, un passe-montagne et des mitaines que je t'ai tricotés.

Laura va à l'hôpital soigner les blessés qui arrivent régulièrement depuis octobre et Berthe s'est mise à l'aider. Ça l'occupe et l'empêche de trop penser. Quant à moi, je reste à la maison pour garder les trois enfants et je m'ennuie beaucoup. Fidèlement tienne,

Marie.

1915. Après un hiver rigoureux passé dans les tranchées pilonnées chaque nuit, les soldats, vêtus de neuf et un peu mieux armés, reprennent espoir à l'approche du printemps de 1915. En effet, en mars, une offensive est ordonnée en Champagne, en avril, sur la Meuse et dans les Flandres. Pour la première fois, les Allemands vont employer l'arme chimique redoutablement mutilante que constituent les gaz toxiques. Des centaines de soldats sont ainsi rendus aveugles tandis que d'autres ont les poumons brûlés.

A l'arrière, la France multiplie ses efforts pour égaler l'Allemagne dans sa puissance meurtrière. A cette fin, elle démobilise certains hommes parmi les ouvriers spécialisés afin de les envoyer travailler dans les usines.

C'est ainsi que Maurice, libéré provisoirement du service actif, va revenir inopinément à Paris au mois de mai. Les trois femmes esseulées vont enfin savoir ce qui se passe réellement au front. La présence d'un homme dans la maison les rassure bien qu'elle fasse plus cruellement sentir à Marie et à Berthe l'absence de leur époux, provisoire pour l'une, définitive pour l'autre. Les veillées sont moins angoissantes, moins silencieuses. Maurice raconte et les femmes ont de nouveau l'impression de vivre même si les récits sont plutôt démoralisants.

Berthe a transformé une partie de son petit hôtel en atelier où l'on confectionne des masques à gaz. C'est Marie qui le dirige puisque les deux autres sont plus souvent dans les hôpitaux qu'à la maison. Ainsi, à longueur de journée, quelques femmes actionnent la pédale des machines à coudre pour piquer ensemble des épaisseurs de gaze qu'elles iront ensuite livrer dans les usines où les masques subiront les traitements chimiques appropriés.

Marie reçoit maintenant régulièrement des nouvelles de Rodolphe dont la vie monotone, et pourtant dangereuse, se poursuit quelque part en Champagne, ponctuée de périodes de première ligne et de périodes d'arrière.

L'Italie est entrée en guerre mais, contrairement à l'espoir suscité, cette nouvelle intervention alliée n'a guère changé la face des choses, pas davantage d'ailleurs que les nouvelles offensives meurtrières de Champagne et d'Artois au mois de septembre.

A la fin de 1915, près d'un million et demi de Français sont hors de combat : les morts se comptent par centaines de milliers et les blessés atteignent le million. Devant ces chiffres affolants, à Paris la colère monte d'autant plus que, pour compenser les pertes, la limite d'âge des mobilisables a été élargie de dix-huit à cinquante et un ans. Des bruits de capitulation commencent à se répandre mais Clémenceau veille et les chefs militaires ne veulent pas abandonner la partie. Si les civils se mettent à penser, et parmi eux certains membres du gouvernement revenu à Paris, les soldats, hébétés pour la plupart, se sont habitués à leur vie abrutissante et continuent à exécuter les ordres, croyant toujours que l'attaque qu'ils livrent sera la dernière.

1916 ! Et Verdun la victorieuse...

Le 21 février, l'attaque ennemie déferle à l'est et, progressant de dix kilomètres en quatre jours, les Allemands s'emparent le 25 du fort de Douaumont.

Jouant sur la valeur psychologique que Verdun représente dans l'esprit des Français, le général Philippe Pétain, nommé commandant du secteur, galvanise les énergies de ses troupes. Une fois encore, comme sur la Marne, les fantassins, au milieu des obus, des détonations, des gaz, de la fumée et des flammes, s'accrochent héroïquement au terrain. A l'ordre : Chargez !, ceux qui sont encore valides se dressent comme un seul homme et bondissent en avant, fusil ou mitraillette en main.

La bataille de Verdun va durer sept mois. Depuis qu'elle a commencé, la France entière espère en pleurant, mais la boucherie ne parvient pas à saper le moral de la nation. Cette fois-ci, on est allé trop loin. Personne ne peut plus admettre que tant de sang ait été répandu pour rien. Et lorsque le Vieux Tigre rugit : « Maintenant on ira jusqu'au bout », il ne fait que proclamer tout haut ce que chacun pense tout bas.

Fin août, les Allemands sont obligés de dégarnir le front de Verdun pour faire face à l'offensive alliée déclenchée sur la Somme où, pour la première fois, l'aviation entre en guerre. Fin septembre, Verdun tient toujours et les attaques ennemies se raréfient. Le 24 octobre enfin, les Français reprennent Douaumont.

C'est le délire et c'est alors que Rodolphe, tout harnaché, fusil compris, hagard et hirsute, débarque à l'improviste dans sa tenue bleu horizon toute crottée de boue.

Marie a déjà vu revenir Maurice en semblable équipage et, bien qu'il ne ressemble plus en rien à celui qu'elle a vu partir deux ans plus tôt, elle reconnaît aussitôt son mari à la porte du jardin, se précipite comme une folle et se jette dans ses bras, indifférente à la crasse, à l'odeur. Elle ne voit plus qu'une chose : il est vivant, il a deux bras, deux jambes, des yeux ouverts, un visage intact sous la barbe ! Elle pleure de joie tandis qu'il la serre contre lui à l'étouffer, répétant son prénom qui est, en cet instant suprême, toute sa vie.

Attirés par le bruit, les enfants sont sortis sur le perron et demeurent interdits. Parmi eux, la plus jeune, une petite fille de deux ans, toute brune et toute menue, se tient bien droite sur ses jambes et regarde la scène avec de grands yeux ahuris.

Par dessus l'épaule de Marie, Rodolphe l'a vue :

— C'est France, mon Dieu, c'est France, s'écrie-t-il, en lâchant sa femme et en se précipitant vers elle.

Mais devant ce grand diable qui veut l'attraper, France prend peur, se met à hurler et s'enfuit aussi vite que ses jambes le lui permettent.

Rodolphe reste stupide, les bras ballants, tandis que les larmes lui montent aux yeux.

— Attends, dit Marie arrivée à la rescousse. Tu lui fais peur. Ça se comprend. Si tu te voyais !

Dans son émotion, elle passe sans transition des pleurs au fou rire inextinguible et se lance à la poursuite de sa fille :

— France, viens ma poupée. C'est papa. Tu sais bien. Il est soldat. Tu ne le connais pas mais je t'en ai assez parlé. Viens vite lui dire bonjour.

France est terrée au fond du jardin.

— Coquemitaine, dit-elle en essayant d'échapper aux bras de sa mère.

— Mais non ce n'est pas le Croquemitaine. C'est papa, ton gentil papa. Il vient de la guerre. A la guerre, c'est comme ça. Tu vas voir, il va se raser, se laver et il sera beau, beau comme sur la photo que tu connais, beau comme avant la guerre. Viens maintenant, ma mignonne, sinon il aura de la peine. Tu es une femme et les femmes doivent embrasser les soldats.

France se laisse emporter par sa mère mais, arrivée devant Rodolphe qui lui tend les bras, elle a de nouveau un mouvement de recul.

— Peur, dit-elle, sale. Coquemitaine mézant.

Rodolphe contemple tristement sa fille. Il n'avait pas prévu un tel accueil et soudain, atrocement déçu après tant de fatigue, son retour lui semble manqué.

— Laisse-lui le temps de s'habituer. Ne la force pas. Va te changer. Ça ira mieux après. Je vais te faire chauffer de l'eau pour que tu puisses prendre un bain, propose Marie pour faire diversion. Je crois que ce ne sera pas du luxe et ça te délassera.

— En effet, répond Rodolphe. D'ailleurs il faudrait laver et désinfecter immédiatement toute cette cochonnerie que je porte sur moi. C'est plein de puces. Ah ! oui et puis il y a les poux. Pourvu que tu n'en aies pas attrapés !

— Nous allons voir ça. J'ai du pétrole.

Tandis que Marie s'affaire dans la cuisine, Rodolphe se laisse tomber dans un fauteuil. Un fauteuil ! Depuis deux ans, il avait oublié à quel point c'est confortable. Il s'endort immédiatement.

*
* *

Allongée sur le lit où son corps sevré venait de reprendre goût à l'amour, Marie examinait Rodolphe qu'elle trouvait changé sans parvenir à savoir en quoi. Depuis qu'il s'était rasé, ses traits étaient parfaitement reconnaissables. Le changement ne résidait pas seulement dans la maigreur nouvelle du visage. La bouche s'était durcie, les pommettes saillaient davantage ainsi que le menton, les cheveux étaient moins épais de chaque côté du front et des cernes profonds faisaient apparaître ses yeux davantage enfoncés dans leurs orbites. Tout cela était parfaitement apparent mais Marie sentait qu'il y avait autre chose, de moins visible mais de plus important.

Il ouvrit les yeux. Alors elle comprit. C'était son regard. Le regard qui fait vivre tout le visage et qui aujourd'hui, et quels que soient les sentiments qu'il exprimât, n'avait plus rien à voir avec le regard qu'elle lui avait connu. On eut dit que les pupilles avaient perdu leur éclat comme si une taie les voilait en permanence. Les yeux fermés, Rodolphe ressemblait toujours à l'homme jeune qui était parti en août 1914. Les yeux ouverts, il avait dix ans de plus. Il lui sourit et la reprit dans ses bras :

— Je vais me gorger de toi jusqu'à en avoir une indigestion, dit-il.

— Tu es là pour combien de temps ? - La question brûlait les lèvres de Marie depuis que Rodolphe était arrivé mais elle n'avait pas encore osé la formuler.

— Dix jours, répondit-il.

— Dix jours contre deux ans ! Mon Dieu, non, ce n'est pas possible !

— Tout est possible dans cette saloperie de guerre. Mais n'y pensons plus, Marie. J'ai vraiment besoin de ne plus y penser pendant quelques jours, sinon je crois que je vais devenir fou.

Après l'amour, Rodolphe ferma de nouveau les yeux pour faire croire à Marie qu'il s'était assoupi et éviter ainsi de nouvelles questions. Mais en réalité il pensait et ses réflexions suivaient malgré lui un cours plutôt triste alors qu'il avait espéré que sa permission ne serait que joie.

— Comme si la guerre n'était pas suffisante ! Il faut en plus que j'effarouche ma fille qui me prend pour le Croquemitaine - ce qu'il y a de pire dans un cerveau d'enfant. Moi qui voulais tant m'en faire aimer, c'est réussi ! Quel âge aura-t-elle quand je reviendrai définitivement ? Pourrai-je encore gagner son affection ? Sûrement pas, elle préférera sa mère avec laquelle elle aura vécu. Quant à Thomas, n'en parlons pas ! Est-il vivant seulement ? Mon Dieu, mon Dieu, quelle misère ! Pourquoi dire mon Dieu, d'ailleurs ? Dieu n'existe pas. En tout cas il est mort, comme dit Nietzsche qui a bien raison. On s'en aperçoit un peu plus tous les jours.

Et tout haut :

— Marie, nous allons aller au Ministère des Affaires étrangères. Il doit bien y avoir un moyen de demander le rapatriement de Thomas.

— Demander, oui. l'obtenir, c'est autre chose. J'ai tout essayé.

— Au début de la guerre, mais maintenant ?

— Fais ce que tu veux. D'ailleurs c'est toi le responsable. Je ne te pardonnerai jamais.

Et elle se mit à pleurer.

— Marie, non, je t'en prie. Enlève ce que tu viens de dire. J'ai fait une regrettable erreur. Je suis le premier à le reconnaître et à en souffrir pour nous deux et aussi pour lui. Mais je t'en conjure, quoi qu'il puisse arriver, accorde-moi ton pardon. Laisse les récriminations et la rancune de côté jusqu'à ce que la guerre soit finie. Ne me gâche pas ma permission. Tu la trouvais déjà si courte tout à l'heure.

— Je ne te l'ai pas écrit mais j'ai failli mourir au début de la guerre.

— Moi aussi, se contenta-t-il de répondre, pensant que les interminables discussions allaient reprendre. Et plusieurs fois depuis.

Alors Marie se tut quand même.

*
* *

Le soir, n'eût été l'absence de Louis, on aurait pu se croire, avec Rodolphe, Maurice, Marie, Laura et Berthe partageant le souper autour de la table, revenu au bon temps d'avant-guerre. Rodolphe avait fait clairement comprendre qu'il voulait bien parler de n'importe quoi sauf de la guerre. Ce qui l'intéressait au premier chef était d'apprivoiser sa fille. Malheureusement, malgré les efforts qu'il multipliait en ce sens, il avait dû se rendre à l'évidence qu'elle était plutôt sauvage. Elle ne cherchait pas, comme la plupart des autres enfants, à se blottir sur les genoux des adultes et les rapports que Marie entretenait avec elle ne ressemblaient en rien à ceux qu'elle avait eus avec Thomas.

France avait passivement consenti à se laisser embrasser par son père au moment d'aller se coucher . Ce n'est qu'en lui expliquant le maniement de son fusil que Rodolphe parvint à capter l'attention de sa fille.

— Clac, clac, faisait la fillette en visant son père avec cet engin deux fois trop grand et trop lourd pour elle. Ze fais poum et tu tombes.

— Encore jouer à la guerre, se disait le malheureux père en se pliant aux caprices de l'enfant. Même en permission ! Mais je préfère encore tomber sous les balles de ma fille que sous celles des Boches.

— Ze zuis un Boze, chantait la petite fille à la grande horreur de Marie qui intervint indignée :

— En voilà assez ! Si on t'entendait ! Cesse ces jeux de garçon. Ma parole, c'est le monde renversé ! Quand je pense à mon petit Thomas qui était si doux et si affectueux !

— La nature semble en effet avoir assez mal fait les choses, pensait Rodolphe qui rangea l'arme séance tenante pour ne pas déplaire à sa femme et qui perdit aussitôt l'intérêt de sa fille.

*
* *

Un matin, alors qu'ils s'apprêtaient à sortir, Rodolphe et Marie restèrent cloués sur place en haut du perron : cet homme accroché à la grille au bout de l'allée, c'était... mais c'était...

— Edmond, hurla Marie en s'élançant la première. Edmond ! Où est Thomas ?

— Si je le savais, répondit-il tandis qu'elle lui ouvrait précipitamment la porte, je ne serais pas ici. Il ne m'ont pas laissé passer. Rien à faire. Un soldat français ne pénètre pas en zone ennemie. Je n'ai pas de costume civil.

Et quand bien même ! Personne ne peut franchir les lignes. Quant à essayer la rase campagne, Valenciennes est bien trop profondément enfoncée en territoire occupé, je ne serais pas allé loin sans me faire prendre. Marguerite, ô Marguerite...

Et il s'effondra en sanglotant comme un enfant sur l'épaule de Rodolphe, arrivé sur ces entrefaites.

— Pas une lettre, continuait Edmond, Je n'ai pas pu envoyer une seule lettre. Je suis sans nouvelles depuis le début de la guerre. Comment aurait-elle pu m'écrire d'ailleurs, elle ne savait même pas où j'étais. Le courrier ne part pas plus de là-bas qu'il n'y arrive. Mon Dieu, mon Dieu, quel malheur !

— Ma lettre, intervint Marie, la lettre ou plutôt les deux lettres que j'ai envoyées à Marguerite le premier août 14 pour lui demander de renvoyer Thomas. Pourquoi ne l'avez-vous pas fait pendant qu'il était encore temps ?

— Mais ma pauvre Marie, nous n'avons jamais reçu de lettres. Du moins pas avant mon départ et je ne suis parti que le 15. Quand bien même nous les aurions reçues ! Tout a été tellement vite ! La désorganisation était totale. J'ai été tout le temps sur les rails pendant quinze jours. En dehors des mobilisés, personne n'avait le droit de voyager sans un ordre de mission. Impossible d'embarquer un enfant dans des conditions pareilles. Ensuite, quand j'ai rejoint les troupes le 15, ils ne m'ont même pas laissé vingt-quatre heures de repos. La moitié de la Belgique était déjà envahie mais nous pensions encore pouvoir arrêter l'ennemi avant la frontière. Je suis parti le mors aux dents, galvanisé par la pensée que j'allais défendre directement ma femme et mes enfants. J'avais donné comme dernière consigne à Marguerite de ne pas bouger quoi qu'il arrive. Hélas, je n'avais pas prévu Charleroi et la suite. La pauvre, comment et avec quoi a-t-elle vécu avec trois enfants sur les bras ?

Entre-temps, Berthe, toujours en noir, était à son tour arrivée sur les lieux. En la voyant, Edmond perdit le fil de son récit et ne put s'empêcher de demander d'une voix blanche :

— Louis ?

— Oui, Louis, répondit brièvement Rodolphe.

— P... de guerre, p... de guerre. Ah ! les salauds ! et dans sa rage impuissante, Edmond martelait les épaules de Rodolphe à coups de poings.

— Calme toi, mon vieux, calme toi, répétait ce dernier à l'intention de son beau-frère en mettant dans cette exhortation toute la conviction dont il était capable. Marie et moi allions justement entreprendre diverses démarches pour demander le rapatriement de Thomas. Viens avec nous. Tu demanderas celui de Marguerite et de tes garçons. Il doit tout de même bien y avoir un moyen d'agir maintenant avec le comité d'entraide hispano-américain et la Croix rouge.

— Oui, tu as raison, allons, dit Edmond prêt à repartir sur le champ.

— Entre d'abord déposer tout ton fourbi, te décrasser un peu et prendre un bon café bien fort. Tu vas voir, on a beau y mettre de la chicorée et de l'orge grillée, c'est autrement meilleur que l'infâme jus de chaussettes qu'on nous sert à l'armée.

— C'est vrai, j'oubliais, dit Edmond. Je suis en pays civilisé. J'ai perdu l'habitude. Et toi, tu es beau comme un dieu. Arrivé depuis quand ?

— Avant-hier.

— Pour combien de temps ?

— Il me reste encore huit jours. Et toi ?

— J'avais dix jours aussi. Il ne m'en reste plus que cinq avec tout le temps que j'ai perdu avant d'arriver jusqu'ici en désespoir de cause. Ce sont tes parents qui m'ont dit que vous étiez tous chez Berthe.

— Tu as bien fait de venir. Il y a encore de la place et nous avons encore le temps. Tu vas demander le rapatriement de ta femme et de tes enfants à notre adresse et donner les pleins pouvoirs à Marie pour agir à ta place.

— Tu crois que ça va marcher ?

— Nous allons tenter l'impossible.

Ils se rendirent tous ensemble l'après-midi même au Ministères des Affaires Etrangères. On leur fit remplir des formulaires et des questionnaires à n'en plus finir et on ne leur cacha pas que ce serait long, très long. Tous les dossiers transitaient par la Suisse, puis par la Croix rouge de Francfort-sur-le-Main avant d'être transmis à la Kommandantur de la ville concernée.

On leur indiqua ensuite que, s'ils désiraient adresser une demande de nouvelles à Valenciennes, ils devaient se rendre au ministère de l'Intérieur pour y remplir une carte-message réglementaire ne dépassant pas quinze lignes. En principe, si les personnes à qui elle était envoyée étaient encore en vie à l'adresse indiquée, la réponse devait leur parvenir dans un délai de trois mois.

Pour le rapatriement malheureusement, on ne pouvait leur fixer de date. Il pouvait d'ailleurs fort bien être refusé par l'officier commandant la ville. Les Allemands ne renvoyaient sans difficultés que les orphelins en bas âge, les vieillards et les malades. Pour les autres, c'était une question de chance.

CHAPITRE X

Février 1917.

— Nous n'avons plus un gramme de charbon ni de bois, sanglote Berthe, et mon petit Jean qui a une pleurésie. J'ai déjà perdu mon mari à la guerre. Vous n'allez pas laisser mourir mon fils. Je vous en prie, faites quelque chose !

— Hélas, Madame, nous ne pouvons rien faire pour vous. Tout le monde est dans le même cas. C'est la pénurie complète. Même à prix d'or, il n'y a pas de combustible. Nos mines du Nord et de l'Est sont aux mains des Boches et nous avons épuisé tous nos stocks. Allez au bois de Boulogne ramasser ce qui reste de bois mort, si d'autres n'ont pas tout pris avant vous, ou casser des branches si vous pouvez. Encore que je me demande comment vous allez pouvoir le faire sécher !

Atroce hiver ! Par le biais des restrictions, la guerre atteint directement les civils. Des enfants, des malades, des vieillards, déjà affaiblis par une alimentation défectueuse, meurent de froid. Mais ce n'est pas là tous leurs malheurs. Pour la première fois de l'histoire, les bombardements aériens sèment la terreur parmi la population parisienne.

Aucun dispositif d'avertissement n'est encore en place lorsqu'un matin, seule à la maison avec les trois enfants, Marie entend hurler les gens dans la rue. Ils prennent tous leurs jambes à leur cou : les avions ! Les bombes ! Abritez-vous !

En quelques secondes, les rues sont désertes, Marie, affolée, ne sait que décider au milieu des enfants

144

qui, instinctivement, flairent le danger et se mettent à pleurer. Elle est encore debout sur le perron à se demander ce qu'il convient de faire en pareil cas lorsqu'elle entend tomber les premières bombes. Alors elle a le réflexe animal de se jeter à terre et de ramper jusqu'à l'intérieur de la maison.

Pour se tenir chaud, tout le monde, depuis quelque temps, couche dans la grand'pièce où on a trainé les matelas à même le sol. Pas question de bouger pour Marie. Le petit Jean est toujours alité, emmitouflé dans un amoncellement de couvertures. Plus morte que vive, avec un enfant couché et les deux autres pelotonnés dans ses jupes, elle attend que le calme revienne.

A partir de ce jour-là, la capitale va être régulièrement bombardée par les taubs. Le hurlement de la sirène installée sur des automobiles sillonnant les rues, va devenir familier aux Parisiens. Dans les caves ou réfugiés dans des abris de fortune, ils attendent que sonne la joyeuse berloque annonçant la fin de l'alerte.

L'impact psychologique de ces bombardements est considérable sur la population qui, n'ayant jamais rien connu de semblable, croit faire connaissance avec l'enfer. Marie vit dans l'attente d'une réponse de Marguerite à son message de novembre 1916. Plus les jours passent et plus elle est inquiète. Lorsque le délai de trois mois est largement dépassé, elle retourne au Ministère de l'Intérieur où on lui fait savoir que, devant le flot des demandes, il est normal qu'il y ait un peu de retard.

— Patientez encore un mois, lui conseille-t-on, avant de désespérer tout à fait.

Enfin, alors qu'elle n'y croit plus, elle reçoit la carte verte tant attendue signée Marguerite. Son cœur bat la chamade, sa vue se brouille et c'est Laura qui, se saisissant du message, le lui lit à haute voix :

N° 93074 - Message de Madame Langlois à Madame Doré - Rassure-toi et rassure Edmond si tu peux le joindre. Nous sommes vivants tous les quatre et ton fils va aussi bien que possible. En attendant de te revoir, nous t'embrassons tous très fort. Marguerite. Valenciennes, le 2 janvier 1917.

Malgré le ton laconique de rigueur, Marie en sait assez et sa joie est sans bornes. Elle a l'impression que son cœur va éclater. Fébrilement, elle s'empare de l'encrier, du porte-plume et du papier à lettres. Sa main tremble en traçant les mots :

Mon très cher Rodolphe,

Thomas est vivant ! Je viens de l'apprendre à l'instant par un message de Marguerite en réponse au nôtre. Puisse cette bonne nouvelle te donner le courage de tenir jusqu'à la fin...

La lettre qu'elle écrit à son mari ce matin-là est particulièrement courte, d'abord parce que ses idées s'embrouillent, ensuite parce qu'elle veut l'expédier le plus rapidement possible et enfin parce qu'elle doit rassurer également Edmond sans attendre.

A partir de ce jour, Marie va vivre dans l'espérance, sous-tendue par l'impatience, de l'annonce du retour de son fils. Mais le printemps s'achève, puis l'été, de cette ténébreuse année qui n'en finit pas. Marie multiplie les relances auprès des administrations et des comités concernés mais, partout, on lui répond qu'on ne peut rien faire pour activer les démarches.

Au mois d'octobre, une nouvelle cause d'alarme vient de l'annonce des graves défaites subies par l'armée italienne. On apprend à peu près en même temps que la Russie, en pleine révolution, abandonne la guerre et que ses nouveaux dirigeants se préparent à signer un armistice séparé avec l'Allemagne.

Heureusement, les États-Unis vont prendre la relève et les premières troupes américaines débarquent avec des chars d'assaut. Le moral des Français qui, depuis le début de la guerre, n'a pas cessé d'osciller entre le désespoir le plus total et les plus folles espérances, remonte une fois encore.

Au mois de novembre, le ministère en place est renversé. Poincaré fait appel à Clémenceau, alors âgé de soixante-seize ans, pour former un nouveau gouvernement. Le Vieux Tigre, avec une énergie que l'âge n'a pas affaiblie, se propose de prendre pour lui le portefeuille de la Guerre. La péroraison émouvante qu'il prononce à la Chambre enlève l'accord massif des députés : « Un jour, de Paris au plus humble village, des rafales d'acclamations accueilleront nos étendards vainqueurs, tordus dans le sang, dans les larmes, déchirés par les obus, magnifique apparition de nos grands morts. Ce jour, il est dans notre pouvoir de le faire. Pour des résolutions sans retour, nous vous demandons, Messieurs, le sceau de votre volonté ». Les applaudissements crépitent et la confiance est votée.

Clémenceau n'aura aucune indulgence envers les traîtres et les défaitistes qui ont, dit-il, honteusement sapé le moral de la nation. Parmi les premiers exécutés pour l'exemple, on compte la danseuse Mata-Hari, accusée de collaboration et d'espionnage.

C'est au milieu de ce remue-ménage intérieur qui compense un peu la stagnation de la guerre, que Marie reçoit enfin une lettre de l'Office de Renseignements pour les Familles Dispersées :

Madame,

Nous sommes avisés par le Commissariat d'Evian que les personnes dont vous avez demandé le rapatriement sont arrivées au Centre de Regroupement où elles vous attendent. Nous vous prions, dans toute la mesure du possible, de vous rendre sur place afin de les prendre en charge sans oublier de vous munir des papiers administratifs en votre possession et d'argent. Il s'agit de :

1) Thomas Doré, votre fils, portant le numéro D 1418

2) Marguerite Langlois née Rémeau, votre sœur, portant le numéro D 1419

3)Louis et Roger Langlois, vos neveux, portant respectivement les numéros D 1420 et D 1421,

tous quatre rapatriée en tant qu'indigents.

Marie s'embarque sur le champ. Tout le temps que va durer le voyage, elle pense avec le réalisme qui l'habite de façon éphémère dans les grands moments de son existence :

— Des numéros ! On dirait vraiment qu'il s'agit de marchandises à dédouaner. Sont-ils aussi démunis que cela ? Dans quel état vais-je donc les retrouver ?

Elle n'est pas au bout de ses surprises et elle ne pourra jamais oublier le spectacle affligeant qu'elle va avoir sous les yeux le lendemain.

Depuis quelque temps, en effet, Evian voit déferler plus de mille rapatriés chaque jour qui arrivent, après un voyage exténuant aux multiples étapes, par la Suisse. Bien que le terme rapatriés soit impropre (on devrait dire évacués de la zone occupée), c'est ainsi qu'on les appelle pour une plus grande commodité de langage. La plupart d'entre eux n'ont pas la chance d'avoir quelqu'un qui les attend pour les prendre en charge : les vieillards, les veuves et les orphelins que les Allemands renvoient parce que constituant des bouches inutiles à nourrir, sont légion. Le comité d'accueil est débordé malgré les dons généreux qui affluent du monde entier en faveur de ces malheureux, enfin échoués en pays libre, mais qui n'ont plus de ressources, ni de famille, ni d'abri.

Tous les arrivants sont parqués en attendant de pouvoir passer la visite médicale obligatoire. Les cas de tuberculose, de gale, de teigne, de scorbut sont nombreux, sans parler de l'inévitable rachitisme chez tous les jeunes et de l'anémie au dernier degré chez les personnes âgées. Les médecins et les infirmières qui les suppléent ne savent plus où donner du stéthoscope. On fait la queue ici, mais on la fait aussi au réfectoire et encore davantage au service des formalités administratives. Parmi les orphelins, les plus petits ne savent même pas leur nom de famille : ils ne sont plus qu'un prénom suivi d'un numéro !

Malgré la cohue indescriptible, tout se passe dans le calme et la discipline. Comment pourraient-ils réagir ? Ils sont bien trop fatigués, bien trop affaiblis et habitués depuis bien trop longtemps aux contraintes de toutes sortes,

Lorsque Marie arrive dans cette pagaille, elle pense qu'elle ne trouvera jamais ceux qu'elle cherche. Les services de renseignements sont, eux aussi, débordés :

— Oui, oui, D 1418 et la suite, je vais les faire appeler, lui répond-t-on plusieurs fois. Attendez. Patientez.

Elle regarde autour d'elle avec des yeux horrifiés, le cœur serré dans un étau. Elle se mord les lèvres pour ne pas pleurer.

— Rodolphe, implore-t-elle tout bas, je n'ai pas vu les spectacles que tu as dû endurer au front, Du moins, au front, il n'y a pas d'enfants. Ici, ce n'est plus la guerre, c'est le crime dans toute son horreur.

Après plusieurs heures d'attente, on vient enfin lui faire savoir que Madame Langlois et les enfants qui l'accompagnent ont été retrouvés et qu'ils arrivent pour la rejoindre.

— Ne bougez pas d'ici, Madame, ils seront là dans une minute.

Même si elle le voulait, elle ne pourrait pas faire un pas. Ses jambes la portent à peine, son cœur bat à coups précipités dans sa poitrine et ses mains se glacent.

Enfin paraît une femme dans laquelle Marie n'ose pas reconnaître Marguerite. La jolie, la charmante, la distinguée Marguerite, toujours tirée à quatre épingles, dans cette créature en cheveux, livide, maigre à. faire peur, et vêtue comme une pauvresse d'une vieille robe froissée, tachée et reprisée ! Pas plus qu'elle n'ose reconnaître Thomas dans ce minuscule bambin guère plus grand ni plus gros à huit ans qu'il ne l'était à quatre lorsqu'il est parti... parti pour des vacances... au grand air ! Le. grand air lui fera du bien ! Ciel, ce n'est pas possible ! Marie ne peut pas bouger. Elle est clouée sur place par l'effroi, paralysée par la stupeur. Alors, sans avoir fait un geste ni prononcé un mot, elle éclate en sanglots :

— Mon Dieu, ayez pitié de nous !

C'est Marguerite qui vient vers elle et la prend dans ses bras :

— Marie, je savais que ce serait un choc. Mais je ne pouvais rien t'écrire. Enfin, le cauchemar est fini pour nous si la guerre ne l'est pas. Les enfants reprendront vite, rassure-toi. Allons nous en d'ici le plus rapidement possible.

Marie est tombée à genoux devant Thomas qui l'a reconnue :

— Maman, dit-il simplement d'une petite voix douce.

Enfin elle retrouve l'usage de ses membres et le serre convulsivement dans ses bras en murmurant les tendres mots de jadis.

— Mon ange, mon trésor...

*
* *

Dans le train du retour les enfants se sont endormis, Thomas sur les genoux de Marie, Roger sur ceux de Marguerite et Louis sur un coin de banquette. Alors Marguerite commença à raconter :

— Je n'ai pas un centime en poche. Pour vêtements nous n'avons que ceux qui sont sur notre dos. Nous avons mangé du chat et même du chien et du rat. Je faisais croire aux enfants que c' était du lapin. Mais le pire de tout c'était cette coupure complète et les Boches omniprésents. Ils m'ont fait travailler comme un nègre pour cent grammes de sucre ou de saindoux. S'il n'y avait pas eu les enfants, je crois que je n'aurais pas tenu le coup. Je sais que je les ramène dans un triste état mais ils n'ont aucune maladie grave, juste du rachitisme. On me l'a confirmé à la visite médicale.

— Je sais, je sais, répondait Marie se demandant comment ils allaient vivre avec quatre bouches supplémentaires à nourrir. Mais elle ne voulait pas inquiéter Marguerite qui se croyait au bout de ses peines. On se débrouillera. Ce qui importe c'est que vous soyez vivants. N'y pense plus et ne t'occupe plus de rien.

L'aspect chétif et maladif des trois enfants rapatriés sauta encore davantage aux yeux lorsqu'ils se trouvèrent en présence des trois autres qui, pourtant, étaient tout juste nourris à leur faim. Les petits parisiens regardaient les intrus comme s'ils étaient débarqués d'une autre planète et France ne fit pas à son frère un meilleur accueil qu'elle n'en avait fait à son père.

Au dîner, Marie partagea deux oranges et une tablette de chocolat entre Thomas, Louis et Roger. Quelle ne fut pas sa stupéfaction de voir ces enfants, qui pourtant devaient être affamés, mettre soigneusement de côté quelques quartiers et quelques carrés.

— Mais mangez ! Vous en avez besoin. Vous n'avez donc pas faim ?

— Si, répondit Thomas, mais on les garde pour demain

— Demain ? Vous en aurez d'autres !

— Tu crois ? demanda Thomas, manifestement incrédule.

— Bien sûr !

— Il leur est arrivé de ne pas manger pendant deux jours, expliqua alors Marguerite, honteuse. Et du chocolat et des oranges, cela fait deux ans qu'ils n'en ont pas vus. D'ailleurs, leur estomac est tellement déshabitué d'un repas à peu près normal que j'ai peur qu'ils ne soient malades. Il vaut mieux y aller tout doucement

*

*   *

Chez Berthe, on commençait à être à l'étroit avec cinq grandes personnes et six enfants. Aussi Maurice et Laura, qui étaient restés surtout pour qu'il y ait un homme dans la maison, regagnèrent leur domicile d'avant-guerre chez les parents de Maurice. Berthe ressentit cette séparation comme un choc car elle lui fit pour la première fois réaliser qu'une fois la guerre terminée et tout rentré dans l'ordre, cela signifierait pour elle la solitude.

D'emblée, Marie a reporté de nouveau toute sa capacité d'amour sur son fils, ce qui lui permet d'oublier d'une part l'absence de Rodolphe et d'autre part la trop grande indépendance de France. Il n'est pas sûr qu'en réalité, ce soit vraiment Thomas qu'elle préfère. Ce qu'elle aime surtout en lui c'est sa totale soumission, Une fois le choc passé, elle va d'ailleurs s'habituer à sa fragilité et à sa petite taille. Grâce à cette apparence, elle peut effacer les années passées sans lui, s'imaginer qu'il n'y a pas eu de coupure et qu'il est encore un petit garçon de quatre ans qu'elle peut traiter comme un bébé.

Thomas, habitué aux contraintes qui ont tué en lui toutes les velléités d'affirmation, voire d'agressivité, qu'il aurait dû avoir, va subir sans broncher la double tyrannie de sa mère et de sa petite sœur. D'une patience infinie, il accepte de bonne grâce les câlins excessifs de l'une et les tracasseries de l'autre. Sa maturité, déjà étonnante pour huit ans, surprend d'autant plus ceux qui ne lui en donnent que cinq ou six.

Avec la venue du printemps, Paris engourdi par un hiver sans chauffage; se réveille aux premiers rayons du soleil. Les bombardements aériens se font de plus en plus fréquents. En outre, un canon à longue portée, installé en forêt de Compiègne, se met à tirer sur Paris. Les Parisiens l'ont surnommé la *Grosse Bertha*, au grand désespoir de Berthe qui a honte de voir ainsi germaniser son prénom pour baptiser cet engin meurtrier.

Le Vendredi Saint de 1918, l'un de ses boulets s'abat sur l'église Saint-Gervais au moment du service religieux, faisant une centaine de morts. Mais les réactions de la population n'ont plus la vigueur qu'elles avaient encore jusqu'en 1916. La Marne, et même Verdun plus proche, qui ont suscité tant d'espoir, paraissent remonter aux temps préhistoriques.

Les gens sont las, affaiblis par les privations, encore transis par le froid, abrutis par cette guerre qui n'en finit pas et à laquelle ils se sont plus ou moins bien habitués. Ils vivent comme des automates, attelés comme la mule à la noria les yeux bandés, et, pour ne pas rouvrir les plaies, plus personne ne fait allusion à l'avant-guerre, encore moins à l'après-guerre. Le même état d'esprit règne parmi les soldats.

Cependant, au mois d'avril 1918, Foch est nommé: commandant en chef des armées alliées. C'est enfin la cohésion entre les Français, les Anglais, les Italiens et les Américains. Mieux synchronisées, les offensives reprennent tandis que les dirigeants allemands sont aux prises avec de graves événements intérieurs. En effet, les empires centraux sont en pleine effervescence. Les Polonais, les Tchèques les Roumains et les Yougoslaves, s'insurgent. Le moral des soldats ennemis commence à fléchir. A la fin du mois de mai, les communiqués annonçant la progression de nos troupes permettent aux Français de constater que, cette fois-ci, la victoire semble avoir définitivement changé de camp.

Dès le mois d'août, le gouvernement allemand comprend que la guerre est perdue et Guillaume II demande au Président des États-Unis d'entreprendre des négociations en vue d'obtenir un armistice. Cependant, les conditions imposées par Clémenceau sont telles que les Allemands reculeront jusqu'en novembre leur acceptation forcée. Les combats se poursuivent donc et fin octobre, on apprend à Paris que les Belges occupent Courtrai, Ostende et Bruges; l'armée britannique a libéré Lille, Roubaix, Tourcoing et marche sur Valenciennes; les Français débordent les cours d'eau de l'Oise, de la Seine et de l'Aisne tandis que les Américains achèvent de dégager l'Argonne. L'Allemagne se voit abandonnée par ses alliés les uns après les autres. Après les Bulgares, les Austro-Hongrois cessent à leur tour les hostilités. A Berlin, les ouvriers se mettent en grève. Les émeutes se multiplient dans presque toutes les grandes villes. Devant l'étendue du désastre, Guillaume II signe son abdication avant de s'enfuir en Hollande. Le nouveau gouvernement socialiste immédiatement constitué fait savoir au président Wilson que les conditions de l'armistice sont acceptées.

*
* *

Paris, matin du 11 novembre.

— Va chercher du pain, dit Marie à Thomas.

— Z'y vais z'auzi, dit France.

Et voilà les deux enfants qui sortent dans la rue main dans la main.

Il y a la queue chez le boulanger et l'attente est d'autant plus longue que tout le monde discute ferme. Il y a toujours ceux qui en savent plus que les autres.

— La paix a été signée cette nuit, dit quelqu'un.

— Pensez-vous !, répond un autre, ça se saurait.

— Si, si, je vous assure. Même que les combats ont cessé.

— Mais non, mais non, ce n'est pas vrai. Ce n'est pas possible. Pas aussi vite après quatre ans qu'ça dure !

A ce moment, un poilu en permission entre dans la boutique. Tout le monde l'entoure aussitôt et le presse de questions :

— Dites, Monsieur, c'est vrai, c'est vrai que la guerre est finie ?

Le pauvre garçon a l'air complètement éberlué :

— Vous croyez ? Ma foi, je n'en sais rien. Quand j'ai quitté le front la semaine dernière, ça se battait encore et dur. Et j'ai consigne de regagner mon régiment après-demain. Les gens se regardent déçus.

— Vous voyez bien, dit un vieillard, tout ça c'est des racontars pour faire durer le plaisir. Ça finira jamais j'vous dit, j'serai mort avant !

Au même moment, il se produit quelque chose à l'extérieur. Des gens courent et crient sans qu'on parvienne à comprendre ce qu'ils disent. Tous les clients de la boulangerie se pressent sur le pas de la porte, oubliant leur pain sur le comptoir et leur monnaie avec.

Et soudain... on entend les cloches sonnant à la volée, accompagnées d'une salve d'artillerie. En moins de temps qu'il n'en faut pour l'écrire, tout le monde est dans la rue, dans les bras les uns des autres, riant et pleurant à la fois.

Des drapeaux tricolores, sortis brusquement on ne sait d'où, sont brandis par des centaines de mains et fleurissent en un clin d'œil toutes les fenêtres. Les tramways sont pris d'assaut, les jeunes grimpent sur les toits tandis que partout retentit la Marseillaise.

— Qu'est-ze qui ze paze ? demande France accrochée au bras de son frère et à moitié étouffée.

— La guerre est finie, dit-il d'une voix déformée par l'émotion.

France lève la tête et le regarde. Il a les yeux brillants comme elle ne les lui a jamais vus. Une grosse larme isolée roule lentement le long de sa joue gauche.

— Tu pleures ?, interroge-t-elle, ne comprenant plus rien.

— Oui, répond-il, mais ne t'inquiète pas. C'est l'émotion. Viens vite, viens retrouver maman.

Et il l'entraîne aussi vite que possible, se frayant un chemin au milieu de la foule. Gagnée par l'ambiance, la petite fille suit en chantant :

— Allons z'enfants de la patrie, le jour de gloire est arrivé, C'est nous les enfants de la patrie, hein Thomas ?

— Non, répond-t-il, c'est les soldats. C'est papa. Papa va revenir. Viens vite, ne traîne pas comme ça.

Marie, Berthe, Marguerite et les enfants sont tous massés sur le trottoir, devant la porte du jardin. Marie se précipite dès qu'elle aperçoit Thomas et France :

— Mes enfants, crie-t-elle au milieu de ses larmes, je vous croyais perdus ! C'est fini, la guerre est finie. Papa va rentrer. Mon Dieu, ce n'est pas possible ! C'est un rêve. Thomas, mon chéri, dis-moi que je ne rêve pas !

La journée entière, les gens, transportés par l'allégresse, vont la passer dans les rues. Toute la soirée, toute la nuit, on va rire, boire, danser, chanter. Place de la Concorde, la foule, en liesse, arrache le voile noir couvrant la statue de Strasbourg. On commence à scander sur l'air qui deviendra la Madelon de la Victoire :

Madelon, remplis nos verres
Et trinque avec les poilus
Nous avons gagné la guerre...

Cependant, le premier moment de joie passé, Marie et Marguerite vont réaliser que, pour elles, la guerre ne sera vraiment terminée que lorsque leur mari leur sera rendu, sain et sauf. Les dernières lettres de Rodolphe et d'Edmond datent du début d'octobre. Pourvu

158

qu'entre-temps, il ne leur soit rien arrivé, ne peuvent-elles s'empêcher de penser, sans oser se l'avouer l'une à l'autre.

Berthe qui, portée par le mouvement, a participé à l'explosion de bonheur générale, pleure maintenant en silence. Une nouvelle vie s'ouvre devant elle dont elle n'entrevoit ni le sens, ni le but, puisque, désormais, elle n'attend plus rien. La guerre est finie mais... ses suites ?

Ô dérision de l'Histoire ! Quand on songe que, pour récupérer un million et demi d'Alsaciens-Lorrains, la France aura perdu autant d'hommes dans la fleur de l'âge, sans parler de l'étendue des régions dévastées.

Guerre, où est ta victoire ?

FIN DE LA PREMIERE PARTIE

DEUXIÈME PARTIE

1928-1945

CHAPITRE I

A son retour de la guerre, Rodolphe avait loué un nouvel appartement, plus vaste que le précédent, tenant compte des deux enfants qui allaient vite grandir.

Aujourd'hui, Thomas avait dix-huit ans. Assis à son bureau devant la fenêtre de sa chambre, il peinait sur une version latine. Tout en mâchonnant le bout de son porte-plume, il contemplait les feuillages de l'énorme platane dans lequel s'égaillaient des moineaux. A travers les épais branchages, le jeune homme apercevait les maisons d'en face et les fils électriques des tramways. Il était d'humeur rêveuse et César ne l'inspirait guère.

Il entendit la porte s'ouvrir et se retourna. France arborait, avec une tête méconnaissable, un sourire de triomphe :

— Ne suis-je pas beaucoup mieux comme ça, demanda-t-elle sur un ton plus affirmatif qu'interrogatif.

Devant la nuque rasée de sa sœur, Thomas eut un haut-le-cœur :

— Tu es folle ! Que va dire maman ?

— Maman, toujours maman ! Vous n'avez que ce mot-là à la bouche, papa et toi. Pour le moment, elle est à la clinique. Et puis c'est la mode. Toutes les jeunes filles se font couper les cheveux.

— Mais, France, fit remarquer Thomas, tu n'as que quatorze ans, à peine.

— Alors, la belle affaire ! Je suis une *jeune* jeune fille mais une jeune fille tout de même. J'en ai assez depuis longtemps de mes anglaises bien sages attachées par des rubans. Si tu savais comme je me sens bien. Mais non, tu ne peux pas savoir, tu n'as jamais été embarrassé par une chevelure, toi. D'ailleurs, ça me va mieux que les cheveux longs, le coiffeur me l'a dit.

Elle se planta devant l'armoire à glace pour juger une nouvelle fois de l'effet.

— Tu n'aurais pas voulu qu'il te dise le contraire, constata Thomas avec bon sens.

— Vous êtes tous des rabat-joie dans cette maison, décidément. Pour une fois que maman n'est pas là, on pourrait respirer un peu, non ?

— Maman mise à part, crois-tu que ta nouvelle coiffure va plaire à papa ?

— Oh ! papa, il est tellement distrait, il ne remarquera rien.

— Cela m'étonnerait beaucoup, dit encore Thomas qui ajouta, pour couper court à cette discussion aussi futile que stérile :

— Tu ferais mieux d'aller préparer le dîner si tu veux qu'il soit prêt pour le retour de papa. Pendant ce temps là, je vais essayer de terminer ma version latine. Je dois la rendre demain et je n'en ai pas fait la moitié.

Une demi-heure après, Thomas était de nouveau distrait par l'arrivée de son père qui, pour une fois, ne fut pas discrète. Contrairement à ce qu'avait pensé France, Rodolphe remarqua le changement survenu chez sa fille dès que celle-ci lui ouvrit la porte.

De sa chambre, Thomas entendait distinctement les remarques de son père, faites sur un ton sévère vibrant plus haut que de coutume :

— Tu ne te rends pas compte, la nuque rasée c'est... c'était un signe... une marque de déshonneur. Seules les femmes de mauvaise vie...

— Écoute papa, tu vois bien que de toi-même tu as rectifié en employant l'imparfait. Ces idées sont périmées.

— Eh ! bien si elles sont tellement périmées, nous allons demander l'avis de ton frère.

Thomas vit paraître la silhouette carrée de Rodolphe dans l'embrasure de la porte de sa chambre :

— Alors, Thomas, digne représentant de la jeune génération et témoin impartial, que penses-tu de France nouvelle mode ?

— Heu... heu..., bredouilla Thomas hésitant à s'attirer les foudres de sa sœur.

— Le moins qu'on puisse dire, fit remarquer Rodolphe, c'est que tu manques d'enthousiasme. Malheureusement, le mal est fait.

Et il referma la porte.

Mais le sujet n'était pas épuisé pour autant et la discussion reprit pendant le dîner :

— On n'a pas fini d'entendre ta mère, disait Rodolphe. Elle va dire, avec juste raison pour une fois, qu'elle ne peut pas se permettre de s'absenter et que je ne suis pas capable de vous surveiller. Il va maintenant falloir trouver une excuse plausible. France, tu ne peux pas aller la voir avec une coiffure pareille. Elle aurait beau jeu de prétendre que tu as voulu, en lui causant un choc, la rendre plus malade qu'elle n'est. Ce sera bien suffisant à son retour à la maison. D'ici là, tes cheveux auront un peu repoussé. Tu auras moins l'air d'une condamnée prête à la décapitation. Alors, voyons, quelle maladie aurais-tu bien pu attraper pour te dispenser des visites à la clinique ?

— De toute façon, intervint Thomas, avec maman nous n'avons pas plus le droit de tomber malades que de faire quoi que ce soit qui lui déplaît. Avec elle, tu le sais très bien, papa, on fait toujours tout exprès pour lui causer du souci. Elle interprète tout comme étant dirigé contre elle.

— Hélas, reconnut Rodolphe, je ne suis que trop bien placé pour le savoir. Son caractère ne s'est amélioré que pendant un temps très court lorsque je suis revenu de la guerre. Ensuite, dès que la vie est redevenue normale, elle est redevenue normale elle aussi, c'est-à-dire telle que vous la connaissez.

— Je suis désolée, murmura France, je sais très bien qu'encore une fois, papa, ça va retomber sur toi. Mais nous ne pouvons pas éternellement être paralysés par la peur que tout le monde écope de la colère de maman à chaque fois que l'un d'entre nous a le malheur de faire quelque chose qu'elle n'approuve pas. Et comme elle n'approuve que ce qu'elle a elle-même décidé...

— Comment va grand'mère ?", demanda Thomas pour faire diversion.

Le caractère de sa mère était sa plaie intime. Il en souffrait d'autant plus que son père en souffrait le premier. Malheureusement on ne pouvait rien y changer, aussi Thomas trouvait inutile et cruel de s'appesantir sur le sujet.

— Mal, très mal, répondit Rodolphe. Je pense que c'est la fin. Elle ne peut plus remonter la pente à son âge.

J'aimerais d'ailleurs que vous alliez la voir tous les deux. Je sais bien qu'entre l'école, les devoirs et, ces jours derniers, la clinique, vous n'avez guère de temps, mais arrangez-vous pour en trouver un peu avant qu'il ne soit trop tard. Si elle n'a plus vraiment toute sa tête, elle vous reconnaîtra quand même. Cela lui fera plaisir. France, tu seras gentille de mettre un chapeau au cas où elle s'apercevrait...

— Oui, papa, dit France. Mais on dirait vraiment que c'est un crime de vivre avec son temps.

— Avoue qu'il est bien difficile pour une très vieille dame, jamais sortie sans chapeau, de voir aujourd'hui une jeune fille coiffée comme un garçon.

— France n'est pas une fille, papa, tu sais bien, plaisanta Thomas. C'est une garçonne. Maman l'avait baptisée ainsi bien avant que le terme n'existât.

France servit le café tandis que Rodolphe bourrait la pipe qu'il s'apprêtait à fumer, comme tous les soirs après dîner. Thomas n'était pas pressé de retourner dans sa chambre bien qu'il eut sa version latine à terminer. En fait, ils avaient tous les trois envie de prolonger la soirée, savourant le calme, l'harmonie et l'entente profonde régnant entre eux. Chacun se taisait par pudeur tout en devinant que les autres pensaient de même et le silence les rapprochait. Enfin, Rodolphe regagna sa chambre, suivi de près par Thomas.

— Tu vas encore travailler jusqu'à trois heures du matin, grogna France en sortant un livre de sous le canapé du salon : *Les Faux monnayeurs* d'André Gide.

Thomas ne put s'empêcher de remarquer :

— Si maman te voyait avec tes cheveux sacrifiés d'une part et ce livre entre les mains d'autre part, elle aurait une syncope qui ne serait peut-être pas feinte cette fois-ci.

— Je lui dirais que c'est toi qui m'as débauchée.

— Elle ne te croirait pas, tu le sais bien. En aucun cas, le mal ne saurait venir de moi. Pour ma mère, je suis un saint. Que l'auréole est donc lourde à porter !

— Tu la portes parce que tu veux bien. Tu n'as qu'à faire un esclandre, ruer dans les brancards, suivre l'exemple de certains de tes copains.

— C'est plus fort que moi, je ne peux pas. Ce n'est pas dans mon caractère. Le pli est pris maintenant. Toi, tu pourras peut-être. Moi non. J'aurais des remords tout au long de mon existence si j'infligeais à maman une déception uniquement pour la braver. Et puis il y a papa. Je ne veux pas ajouter à ses soucis. Je le trouve... comment te dire...

— Fatigué, poursuivit France. Oui, moi aussi. Mais c'est normal. Il a été très inquiet pour maman avec cette opération beaucoup plus grave qu'une appendicite quoi qu'on nous ait dit. Maintenant que maman est tirée d'affaire, il y a grand'mère. Ça passera, ne te fais pas de souci.

— Je l'espère, répondit Thomas. Je pense, malgré tout, que papa ne s'est jamais complètement remis de la guerre. Il a eu la chance de n'être ni blessé ni gazé mais il a subi un choc psychologique. Par moments, je le trouve distrait, comme tu le disais toi-même. Il me semble à moi qu'il s'agit plutôt d'absences. Maman ne remarque rien parce que, évidemment, elle ne voit que ce qu'elle veut bien voir. Quant à toi, tu étais trop petite pour t'en apercevoir mais moi, je me souviens, lorsqu'il est revenu en décembre 18, il avait l'air complètement hébété, prostré. Il ne paraissait pas entendre ce qu'on lui disait. Maman s'énervait et répétait plusieurs fois en haussant le ton : « Rodolphe, tu dors ? ». Alors il tressaillait et faisait un effort visible pour reprendre contact avec la réalité.

— Mon petit frère chéri, tu penses trop, beaucoup trop. La guerre est finie depuis dix ans maintenant. Si papa avait eu des séquelles, on le saurait.

— Tu as sans doute raison. Tu parles d'or, ma garçonne. Tu as la tête sur les épaules, toi. Ça fait au moins quelqu'un dans la maison. C'est rassurant.

*
* *

Trois semaines plus tard, Marie, considérablement amaigrie après son opération, regagna son domicile.

La scène qu'elle fit à sa fille au sujet de ses cheveux dépassa en vigueur et en longueur tout ce à quoi on avait pu s'attendre. Prenant Rodolphe et Thomas à témoins, elle les houspillait et cherchait leur soutien.

— C'est ta fille, criait-elle à Rodolphe, comment peux-tu admettre que ta fille... comment as-tu pu la laisser...

France essayait d'intervenir mais Marie ne la laissait pas placer un mot :

— Voulez-vous vous taire, Mademoiselle ! Depuis quand les enfants se permettent-ils de répondre à leurs parents ? Tu aurais mieux fait de te faire couper la langue plutôt que les cheveux, ç'aurait été beaucoup plus utile. A-t-on jamais vu une dévergondée pareille ? Dire que c'est ma fille ! Comment ai-je pu engendrer un tel monstre ? C'est ma mort que tu veux, n'est-ce pas, dis-le tout de suite. Choisir juste le moment où je suis affaiblie pour me causer une telle émotion ! Quelle ingratitude ! Quelle perfidie ! Et personne ne m'en a rien dit. Vous êtes tous de connivence. Toute ma famille est liguée contre moi. N'est-ce pas, Rodolphe ? Comment as-tu osé me raconter que cette petite s'était cassé la cheville et toi, Thomas, le confirmer ?

Ici le ton changea et de virulent il se fit larmoyant :

— Thomas, mon petit Thomas, en qui j'avais mis toute ma confiance, tu as trompé ta mère. Ils t'ont soudoyé, n'est-ce pas, pour que tu trempes dans ce mensonge indigne ?

Habitués aux tirades dignes de Racine que Marie récitait à grand renfort de gestes et en y mettant le ton, Rodolphe et les enfants attendaient que l'orage se passe, sachant très bien qu'une fois lancée aucun argument ne pouvait arrêter Marie.

Cette coalition du silence ne réussissait pas toujours : lorsque Marie avait posé une question, elle entendait qu'on lui répondit. Thomas était devenu blême sentant que sa mère était, une fois de plus, décidée à le voir prendre son parti.

— Réponds, Thomas.

Thomas prit son souffle, persuadé qu'en refusant de capituler, il allait relancer la diatribe.

— Papa n'a pas eu besoin de me soudoyer. Nous étions tous d'accord pour penser qu'il valait mieux ne pas te contrarier tant que tu étais alitée.

— Tous d'accord ! Comment tous d'accord ? Tu oses me dire que tu fais cause commune avec ton père et ta sœur contre ta mère. Abandonnée de tous, voilà ce que je suis. Ah ! Thomas, comment peux-tu me porter un coup aussi cruel ?

— Marie, intervint fermement Rodolphe en la prenant par le bras. En voilà assez pour aujourd'hui. Tu peux crier jusqu'à demain, les cheveux de France ne repousseront pas pour autant. Va t'allonger.

Mais il fallut qu'il se serve de sa supériorité de force physique pour contraindre Marie à se coucher.

— Ma cicatrice va se rouvrir, gémit-elle encore une fois maîtrisée sur son lit.

— C'est pourquoi tu ferais bien d'éviter de te mettre dans tous tes états, lui conseilla Rodolphe.

— C'est votre faute. Comment une famille aimante peut-elle accueillir de la sorte une mère convalescente ?

Rodolphe sortit de la chambre où il avait laissé Marie et se heurta à Thomas. Fermant précautionneusement la porte derrière lui, il entraîna son fils au fond du couloir et lui dit :

— Mon petit, je n'en peux plus. J'ai très mal à la tête. Je vais prendre un peu l'air. Il n'y a que toi qu'elle peut supporter dans des cas pareils. Propose-lui une tisane, tu y mettras quelques gouttes de la potion que le médecin m'a laissée. Elle va s'endormir.

Thomas prépara donc un tilleul bien sucré pour masquer le goût du médicament. Lorsqu'il l'apporta à

Marie, celle-ci se dressant sur ses oreillers, l'accueillit par ces mots :

— Traître, parjure, je ne veux rien accepter de toi.

Thomas ne s'en approcha pas moins jusqu'à la table de chevet pour y déposer le bol. Alors, brusquement, elle se jeta à son cou et se mit à pleurer :

— Thomas, mon petit garçon...

Le jeune homme avait horreur que sa mère continuât de l'appeler ainsi. Cela ne faisait que lui rappeler sa petite taille. Thomas n'avait jamais rattrapé le retard de croissance que lui avait valu son séjour forcé de quatre ans en pays envahi. Rodolphe avait bien essayé de convaincre Marie de consulter des médecins mais celle-ci avait éludé le problème, trop heureuse au fond que la nature l'aidât à conserver quelques années de plus son enfant petit. Lorsqu'enfin Rodolphe réussit à lui forcer la main, ou plus exactement à emmener Thomas consulter sans l'accord de sa mère, il était trop tard. Thomas, passée la puberté, conserva une taille nettement au-dessous de la moyenne. Depuis que sa sœur, à quatorze ans, l'avait rattrapé, le jeune homme en concevait un complexe encore plus douloureux.

— Jamais, pensait-il, je ne trouverai de femme...

Evidemment, en famille il n'en parlait pas, sachant trop bien que sa mère lui aurait répondu :

— Mais qu'est-ce que tu as besoin d'une femme puisque tu as ta mère ? ou quelque chose d'approchant. Avec l'amour abusif qu'elle lui vouait, il n'était jamais venu à l'esprit de Marie que son fils pût un jour se séparer d'elle, pas même en avoir l'envie.

*

Toute la maison vivait au rythme des humeurs de Marie, lesquelles variaient parfois plusieurs fois par jour. Lorsqu'elle avait créé une atmosphère pesante, elle était elle-même incapable de la supporter. Alors elle se mettait à chanter car elle adorait ça. Elle avait d'ailleurs une jolie voix et une mémoire prodigieuse. Elle connaissait par cœur de nombreuses chansons, refrains militaires, airs d'opéra ou rengaines à la mode. A cette époque, c'était le triomphe de Berthe Sylva. Elle chantait avec des trémolos dans la voix, la mort, la misère, les orphelins, les grands sentiments et le culte de la mère. En passant des *Roses Blanches* au *Jouet* par *Gosse de Misère* et *l'Âme des Roses*, Marie s'activait dans la maison, déplaçant beaucoup d'air, renversant ou cassant souvent quelque chose, et bousculant tout le monde.

— Tu en fais une tête, disait-elle alors à son fils, à sa fille ou à son mari suivant le cas, oubliant qu'ils venaient de subir une scène mélodramatique et que, n'ayant pas sa faculté de retournement, ils étaient encore sous le coup. Mais, lorsqu'elle avait décidé d'être d'humeur joyeuse, Marie entendait que tout le monde se mît au diapason. Gaie, Marie était d'ailleurs irrésistible et, s'ils ne pouvaient pas ou ne voulaient pas toujours la suivre, ils ne pouvaient s'empêcher de la regarder, fascinés, et de l'admirer d'une certaine façon.

A trente-huit ans, Marie avait encore de jolis traits et une extrême vivacité de gestes et de mouvements. Malheureusement, elle prenait peu de soin de son visage et de son corps, suivant la mode comme à regret et juste assez pour ne pas être ridicule. Elle avait adopté une fois pour toutes la coiffure que sa fille lui connaîtrait jusqu'à sa mort, ses longs cheveux tirés en arrière en un strict chignon roulé bas juste au dessus de la nuque. Jamais le moindre fard ni le plus léger artifice. Elle s'était durcie dans une attitude conservatrice; critiquant systématiquement tout ce qui était nouveau, et particulièrement le comportement libéral des femmes et leur maquillage. Elle avait coutume de dire :

— Comment les hommes peuvent-ils accepter d'être trompés de la sorte ? Comment reconnaître la finesse d'un grain de peau, la fraîcheur d'un teint sous ce calfeutrage ? Par ailleurs, on ne peut plus davantage juger, avec la nouvelle mode, de la finesse d'une taille.

Rodolphe essayait alors de la contredire en lui faisant remarquer qu'au temps de sa jeunesse, les femmes trichaient tout autant avec la voilette du chapeau, le corset et le pouf. Mais tout ce qui se faisait lorsqu'elle était petite fille ou jeune fille était sacré aux yeux de Marie. Elle répétait avec un regret évident : Quand j'étais jeune... En ce temps-là... et, depuis peu :De mon temps... comme si elle était déjà en dehors de la vie. En fait, elle regrettait cette jeunesse qui lui échappait un peu plus chaque jour. Sans en avoir vraiment conscience, elle aurait voulu remonter en arrière, arrêter l'heure aux environs de sa vingtième année. Par réaction devant la fuite irréversible du temps, elle éprouvait de la jalousie envers ceux qui étaient plus jeunes qu'elle. Et, par une contradiction tout à fait typique de son caractère, elle forçait la note pour se vieillir. Ainsi, elle ne portait que du gris, du marron ou du noir, prétendant que les couleurs claires ou vives n'étaient plus de son âge. Elle n'accordait pas davantage de liberté à France qu'elle habillait selon son goût à elle et qui avait toujours l'air d'être en uniforme.

Des trois, la fillette, qui devenait une jeune fille, était celle qui tenait le plus tête à sa mère. Elle y usait même toute son énergie tant et si bien qu'il lui en restait peu pour autre chose. Ayant, toute petite, pris en horreur toutes les manifestations et démonstrations de sentiments dont Marie faisait un usage intempestif, elle avait peu à peu appris à juguler ses émotions. Elle ne riait et ne pleurait pas plus fort qu'elle ne parlait. En dehors de Thomas, elle ne se confiait à personne. Son entourage, à commencer par sa mère, la trouvait froide, rébarbative même. Elle était peu aimée du reste de sa famille, et pas davantage de ses professeurs ou de ses camarades de classe qui la jugeaient hautaine et distante. Certains même carrément prétentieuse d'autant plus que, comme Thomas, elle se réfugiait dans l'étude et dans la lecture et remportait facilement des résultats scolaires brillants. Elle parlait peu mais elle observait beaucoup et jugeait impitoyablement.

Derrière cette façade de glace, le feu couvait. Marie, exaspérée, se rendait compte qu'elle n'avait aucune prise sur elle. Elle tenait son mari et son fils par les sentiments mais sa fille lui échappait, retranchée derrière une indifférence si bien maîtrisée qu'elle paraissait, en effet, inaccessible.

Les manifestations d'indépendance de France ne s'exprimaient jamais par des mots : c'étaient son attitude, son comportement, sa manière d'être qui l'affichaient d'une façon discrète mais déterminée. Marie pouvait crier, lui infliger humiliations et punitions dans l'espoir d'une réaction viscérale enfin, elle n'obtenait jamais la preuve d'avoir atteint son but. France demeurait impassible.

— Ce n'est pas un être humain, avait coutume de dire Marie, c'est un mur. Elle a une pierre à la place du cœur. Un mot tendre, ou simplement gentil, lui écorcherait les lèvres !

Lorsqu'elle était plus jeune, France avait saisi toutes les occasions d'aller chez sa grand'mère. Elle n'avait pas elle non plus, un caractère facile, mais était du moins remarquablement équilibrée par rapport à sa belle-fille. France recherchait auprès d'elle l'harmonie qui lui faisait cruellement défaut.

Evidemment Marie, très vite, en avait pris ombrage et France avait d'elle-même espacé ses visites depuis le jour où sa mère était venue la chercher et avait fait un scandale en accusant sa belle-mère de détourner d'elle sa fille. Il s'en était suivi entre les deux femmes une prise de bec telle que France avait sacrifié son penchant pour que l'incident qui l'avait bouleversée ne se reproduisît plus. Et puis Amélie avait terriblement vieilli après la mort de son mari. Elle avait cessé de s'occuper du magasin qui avait été pour France l'île aux trésors et terminait maintenant ses jours tristement dans une maison de retraite.

*
* *

Marie était encore convalescente lorsqu'un après-midi de ce printemps 1928, on sonna à la porte. France alla ouvrir et se trouva nez à nez avec la femme de Raoul. Celle-ci venait si rarement chez son beau-frère, et en tout cas jamais sans prévenir, que France pressentit aussitôt le pire.

Sans même prendre le temps d'entrer, Maud dit précipitamment :

— Il faudrait faire prévenir ton père tout de suite s'il veut revoir sa mère vivante. Elle est au plus mal. C'est la fin.

176

— Entendu, répondit France sans blêmir. Je vais m'en occuper, tandis que Marie criait de sa chambre :

— Qu'est-ce que c'est ?

Maud s'en alla aussi vite qu'elle était venue et France referma doucement la porte. Elle attrapa alors son manteau et son chapeau au portemanteau du couloir et se rendit dans la chambre de sa mère :

— Grand'mère va mourir, Je vais chercher papa.

— Je te défends, hurla Marie en se dressant aussitôt sur ses coudes.

Mais France avait déjà tourné les talons.

Lorsque Thomas rentra à la maison, il trouva sa mère par terre dans le couloir, livide et gémissant de douleur.

— Mon ventre, oh ! mon ventre !

Affolé, Thomas partit aussitôt à la recherche d'un médecin. Lorsqu'il revint accompagné du praticien qui avait soigné Marie avant son opération, celui-ci diagnostiqua immédiatement une éventration.

Tout en parant au plus pressé, il essayait d'obtenir de Marie une explication :

— Quel effort avez-vous bien pu faire, ma petite dame, pour provoquer cela ? Vous avez soulevé quelque chose de lourd ? Enfin c'est de la folie ! Je vous avais pourtant bien dit de vous ménager. Ce n'est pas une petite cicatrice que vous avez là. Vous n'êtes pas raisonnable. Si j'avais su, je vous aurais fait garder plus longtemps en clinique.

Mais Marie ne répondait pas directement, se contentant de répéter dans sa douleur :

— C'est France, c'est à cause de France, tandis que Thomas se demandait ce que France avait bien pu faire. Il n'osa pas questionner sa mère souffrant manifestement de façon intolérable.

— Et maintenant, conclut le médecin au moment de prendre congé, plus question de bouger, mais alors plus du tout. J'espère que cette fois-ci vous avez compris. Je prends votre fils à témoin. Je ne réponds plus de ce qui peut arriver si vous ne respectez pas scrupuleusement mes instructions.

Lorsque France arriva, le visage décomposé mais calme, Thomas l'accueillit en mettant un doigt sur ses lèvres et la poussa directement dans sa chambre dont il referma soigneusement la porte.

— Que s'est-il passé ? demanda-t-il alors à sa sœur. Celle-ci, ignorant l'accident survenu à sa mère après son départ, répondit simplement :

— Grand'mère est morte. Papa est resté là-bas

Complètement abasourdi, le pauvre garçon, tombant de Charybde en Scylla, n'en croyait pas ses oreilles :

— Mais maman a... a eu... a fait une chute, un effort ou je ne sais quoi. Elle dit que c'est à cause de toi. Elle a une éventration, sa cicatrice s'est rouverte à l'intérieur, dit le médecin.

France pâlit encore davantage et se mit à. trembler. Ses dents s'entrechoquaient et des larmes perlaient au coin de ses yeux tandis qu'elle essayait d'expliquer :

— Maud est venue... cet... après-midi. J'ai voulu... aller... prévenir papa. Maman m'a... défendu. Je... suis partie...

quand même. Elle était... dans son lit. Après... je... je ne sais plus.

Après... Thomas pouvait imaginer : Marie, oubliant sa récente opération et toutes les recommandations de prudence, avait dû se précipiter hors de son lit à la poursuite de France pour l'empêcher de sortir et tomber ou heurter quelque chose.

— Ciel !, murmura Thomas, accablé. Il ne manquait plus que cela. Quand papa va rentrer...

— Il ne rentrera pas de si tôt. Il a dit qu'il passerait la nuit là-bas pour veiller grand-mère.

C'est alors seulement que Thomas réalisa vraiment que sa grand'mère était morte. Ils étaient tous les deux dans la chambre comme deux enfants perdus, au bord des larmes, dépassés par les événements.

— Je vais aller préparer le dîner, dit France pour couper court à la tension insupportable.

— Je n'ai pas faim, dit Thomas. Quant à maman, elle ne peut prendre que du bouillon. Le médecin doit revenir demain. Il lui a fait une piqûre, de la morphine, je crois. Si elle dort, surtout ne la réveille pas.

*
* *

Rodolphe était en train de nouer sa cravate noire devant la glace. Dans une demi-torpeur, dûe aux calmants administrés par le médecin, Marie le regardait. Elle se revoyait jeune mariée toute de blanc vêtue sur le parvis de l'église Saint-Spire à Corbeil, attendant sa future belle-mère. Vingt-deux ans avaient passé mais Marie n'avait pas oublié ni pardonné l'affront que celle-ci lui avait infligé en n'assistant pas à son mariage.

Aujourd'hui, avec l'interdiction formelle de se lever et son pauvre ventre serré dans un bandage lui permettant tout juste de respirer, abrutie de drogues, elle se trouvait fort diminuée pour mettre à exécution la vengeance qu'elle s'était juré de prendre ce jour-là. Toutefois, il en fallait davantage à Marie pour s'avouer vaincue et elle ne capitulait jamais sans s'être battue. Sa voix résonna dans la chambre silencieuse :

— Tu n'iras pas à l'enterrement de ta mère, sauf en signant mon propre arrêt de mort.

Rodolphe se retourna :

— Qu'est-ce que tu dis ? Mais tu déraisonnes !

— Pas du tout. Souviens-toi. Elle n'a pas assisté à notre mariage. Et s'il a tenu, ce n'est pas grâce à elle. Elle a toujours été mauvaise avec moi, m'humiliant par plaisir. Elle a tout essayé pour te détourner de moi, et les enfants aussi.

— Marie !

Ce fut presque un rugissement. Rodolphe se contenait difficilement. D'une voix sourde, il continua :

— Je t'ai laissé calomnier ma mère de son vivant parce qu'il n'y a pas moyen de t'empêcher de parler à moins de te bâillonner. Mais aujourd'hui où elle est morte, je t'ordonne de te taire.

— Si tu sors d'ici, je me jette par la fenêtre. Je te préviens. Cette fois-ci ce sera plus grave qu'une éventration. Tu auras ma mort sur la conscience, si c'est ce que tu veux !

— Cesse cet odieux chantage. Voilà vingt-deux ans que je supporte tout de toi pour avoir la paix et la conscience tranquille. Plus on te cède et plus tu en demandes, faisant preuve d'une imagination quasi diabolique. Aujourd'hui la mesure est comble.

— Tu ne m'as jamais aimée...

— Oh ! si, Marie, je t'ai aimée et je t'aime encore, sinon cela fait longtemps que je ne serais plus avec toi.

— C'est pour les enfants que tu restes.

— Pour les enfants aussi, oui. Mais depuis le temps que tu as cessé de me donner des preuves d'amour cela a fini par former un tout pour moi et je ne vois pas en quoi tu pourrais me le reprocher.

A ce moment, on frappa à la porte et la tête de France, chapeautée de noir, s'encadra dans l'embrasure :

— Papa, tu es prêt ? Nous allons être en retard.

— Ah! Non, cria Marie se dressant déjà à demi dans son lit, ah ! non, les enfants n'iront pas. Si vous me laissez seule, je vous jure que vous ne me retrouverez pas vivante.

Rodolphe eut peur. Une fois de plus. Il croyait sa femme prête à tout : elle ne manquait pas d'un certain courage, surtout lorsqu'il s'agissait de donner mauvaise conscience aux siens et de leur prouver qu'elle était capable de mettre ses menaces à exécution.

— C'est bon, Marie, dit Rodolphe. Les enfants resteront ici. J'irai seul. Puisses-tu seulement s'il y a une justice immanente ne pas payer un jour trop cher ce que tu as obtenu aujourd'hui.

France et Thomas étaient désespérés de voir leur père partir seul mais ils ne protestèrent pas. Cela ne ferait que compliquer une situation déjà suffisamment difficile et lourde pour Rodolphe.

Toutefois, France bouillait intérieurement. Enfermée dans sa chambre avec Thomas, elle éclata :

— Maman exagère !

— Ce n'est pas nouveau, constata Thomas, et pourtant tu y mets un tel ton qu'on dirait que tu le découvres.

— Parce qu'il y a tout de même une limite. Cette fois-ci, elle l'a dépassée. Je me demande vraiment comment papa peut le supporter.

— Que veux-tu qu'il fasse d'autre ? S'en aller ? S'il partait, c'est pour le coup où nous aurions du drame et nous serions les mieux placés pour en subir les conséquences ·'

— Insinuerais-tu que papa se sacrifie pour nous ?

— En partie oui, mais pas uniquement. Je crois qu'il l'aime...

— Mais il faut être fou pour aimer quelqu'un qui vous malmène de la sorte, C'est du masochisme.

— Peut-être pas s'il était encore plus malheureux sans elle qu'avec elle.

France ne pouvait absolument pas suivre ce raisonnement et Thomas le savait. C'est pourquoi il ajouta :

— Je ne crois pas que tu puisses comprendre. Pour toi il n'y a pas deux poids deux mesures. En cela tu ressembles à maman à la différence qu'elle est toute expansivité et passion et que toi tu es toute intériorité et raison.

France marqua une pause comme si elle réfléchissait au bien-fondé de ce que Thomas venait de dire. Puis elle demanda :

— Parce que tu penses vraiment que nous sommes plus heureux entre papa et maman qui se déchirent sans arrêt ou, pour être plus exacte, avec maman qui passe son temps à se faire les griffes sur papa ?

— En ce qui te concerne, je ne pense pas. Mais pour moi, oui, tout de même. Je ne pourrais pas choisir entre papa et maman.

— Thomas, tu es un lâche.

La sentence tomba comme un couperet.

Thomas regarda sa sœur et envia son intransigeance. Elle lui permettait de porter des jugements et de trancher des situations qu'il ne faisait, pour sa part, que supporter sans pouvoir prendre parti. Il murmura :

— C'est ce que je me demande parfois, tandis que France allait plus loin qu'elle n'avait jamais osé aller :

— Papa aussi d'ailleurs, sinon cela fait longtemps qu'il aurait mis maman au pas. Maintenant il est trop tard évidemment.

— Je ne sais pas, remarqua encore Thomas, si les choses sont aussi simples que cela. Pour toi en tout cas, elles le sont et je t'admire. Tu es bien partie pour te battre dans la vie. Tu ne t'embarrasseras pas de questions, d'incertitudes ni de doutes inutiles. Tu sauras ce que tu veux. Tu as de la chance. C'est sans doute toi qui te tireras le mieux de cette situation.

— Parce que j'ai du courage, moi.

CHAPITRE II

La vie reprit son cours normal à cette différence près que Rodolphe rentrait de plus en plus tard à la maison. Qu'il fit des heures supplémentaires, selon l'excuse qu'il donnait, c'était certain. En effet, Marie n'avait aucune notion de gestion budgétaire et dépensait un argent fou en superflu. Elle se trouvait ensuite à court pour le nécessaire. Loin d'admettre sa responsabilité, elle accusait son mari de ne pas gagner assez.

France soupçonnait son père soit de faire de la politique soit d'avoir pris une maîtresse. Elle n'osait cependant pas s'en ouvrir à Thomas, son seul confident, de crainte de le perturber encore davantage à la veille de son bac. En effet, plus la date de l'examen approchait et plus Thomas devenait nerveux. Rodolphe et France essayaient de lui redonner confiance en lui faisant remarquer qu'il semblait, d'après ses notes habituelles, largement au niveau. Quant a Marie, ramenant tout à elle selon son habitude, elle se contentait de dire à chaque fois que Thomas faisait part de ses craintes d'échouer :

— Tu ne peux pas me faire ça !

La nuit qui précéda le grand jour, Thomas la passa blanche. France fut réellement inquiète lorsqu'elle le vit le lendemain matin préparer ses affaires avec des mains tremblantes.

— J'ai l'impression de ne plus rien savoir ! répétait-il.

Elle le réconforta et le raisonna comme elle put. Tous ses efforts furent détruits par sa mère. Elle aussi était dans tous ses états et se montrait sans pitié pour l'émotivité excessive de Thomas.

A la stupéfaction de ses propres professeurs, il déçut tous les espoirs.

Marie, comme on pouvait le prévoir, en fit un véritable drame.

— Comment peux-tu m'infliger une honte pareille, ne cessait-elle de se lamenter,je ne vais plus oser sortir de peur d'affronter les questions des gens.

En effet, Marie, contrairement à son habitude, resta enfermée chez elle pendant près de trois semaines, retournant le couteau dans la plaie de son fils à longueur de journée.

Exaspéré, Rodolphe intervint en décidant que Thomas irait se reposer chez Marguerite pendant une partie des vacances.

Edmond était revenu gazé de la guerre et, après un long séjour à l'hôpital, les médecins avaient formellement déconseillé le climat du nord. Marguerite s'était donc installée à Toulouse avec ses enfants et un mari bien diminué physiquement : il ne pourrait plus jamais remonter sur une locomotive.

Naturellement, Marie poussa les hauts cris lorsque Rodolphe lui fit part de son intention. Bien qu'aucune comparaison ne fut possible, elle évoqua, dans un torrent de larmes, Août 1914, sans souci de rouvrir chez Rodolphe, comme chez Thomas, des souvenirs cruels . Mais Rodolphe demeura inébranlable :

— Si tu veux que ton fils soit en état de se représenter au baccalauréat en septembre avec quelques chances de réussite, tu as tout intérêt à le laisser partir. Il a besoin de détente. Avec toi sur son dos à longueur de journée et tes lamentations perpétuelles, comment veux-tu qu'il se ressaisisse ? France en profitera pour partir aussi. Ces enfants ne prennent jamais de vacances. Ils ont vraiment besoin de changer d'air. Et, cette fois-ci, étant donné les circonstances, tu ne t'y opposeras pas, Du moins, je ne tiendrai pas compte de ton avis. Nous ne sommes pas à la veille d'une guerre, du moins pas encore...

— Il n'y aura plus jamais de guerre, hurla Marie. Tu n'es qu'un oiseau de mauvais augure.

— Je le souhaite, répondit Rodolphe, mais je n'en suis pas certain. Que reste-t-il des conditions imposées par Clémenceau ? Les Allemands sont des revanchards. C'est une race dure — je les ai vus à l'œuvre — autrement disciplinée que nous. Pendant ce temps-là., la S.D.N. bêtifie dans les bons sentiments et la plupart des responsables français ne songe qu'à s'emplir les poches d'argent un peu trop facilement gagné.

Depuis la fin de sa longue convalescence, Marie avait repris l'habitude d'aller passer plusieurs fois par semaine l'après-midi chez Laura qui habitait maintenant Neuilly. Un jour, celle-ci lui dit :

— Je suis très inquiète au sujet de Berthe.

Marie, qui ne la voyait plus depuis longtemps à cause de ce qu'elle appelait son inconduite, répondit immédiatement, quoique très intéressée :

— Tu as bien du temps à perdre pour une dévergondée. Depuis la fin de la guerre, elle mène une vie de patachon sans aucun respect pour la mémoire de son époux. Elle aurait mieux fait de se remarier.

— Comment l'aurait-elle pu, fit remarquer Laura. Il n'y avait plus d'hommes ou presque. A moins d'épouser un gigolo ou un grand-père, je ne vois pas très bien...

— Ce n'est pas une raison pour s'afficher comme elle le fait, trancha Marie, courir les boîtes de nuit et multiplier les amants.

— La solitude n'est pas très drôle, répondit doucement Laura. Elle n'avait pas trente ans à la fin de la guerre. Nous ne pouvons pas nous permettre de la juger, nous qui avons eu la chance de conserver nos maris. Mais je dois dire que j'ai grand peur qu'elle finisse par mal tourner. Elle m'a avoué qu'elle fréquentait — pire qu'elle s'était amourachée — du beau *Sacha, enfin Monsieur Alexandre*, si tu préfères.

— Quoi ?, s'exclama Marie. Stavisky ? Mais c'est un escroc ! Il a fait de la prison. Où l'a-t-elle rencontré ?

— A Tabarin.

— A-t-on idée de fréquenter des lieux pareils !, critiqua de nouveau Marie cependant très excitée par l'anecdote. C'est un repaire de brigands.

— Alors, constata Laura, le Tout-Paris sont des brigands.

— Ça m'en a tout l'air. Nous vivons une drôle d'époque.

— Que veux-tu, l'après-guerre a complètement déboussolé les gens. Après quatre années d'enfer, ça a été la rupture des digues. Sans parler du progrès ! Souviens-toi, en 1910, nous avions tout juste l'eau courante et le gaz, et encore nous étions privilégiées. La voiture cahotante de Louis était un luxe, l'avion un objet de curiosité et de danger. Aujourd'hui, les gens ont des automobiles de plus en plus rapides et confortables, l'avion traverse l'Atlantique. Il y a l'électricité partout, le téléphone, le cinéma parlant et même la T.S.F. Tout ça, en moins de vingt ans ! De quoi tourner la tête aux plus sages, non ?

— Pour en revenir à Berthe, dit Marie ne voulant pas perdre la suite de l'histoire, tu ferais beaucoup mieux de cesser de la voir comme je l'ai fait moi, dès que j'ai eu compris de quel bois elle se chauffe.

— Je n'ai pas ta faculté de rupture. Nous avons vécu les quatre années les plus dramatiques de notre existence avec elle. Nous avons attendu, espéré, souffert ensemble. Cela crée des liens indissolubles pour moi.

— Son Alexandre ne lui a quand même pas proposé de l'épouser ?, relança Marie, impatiente d'en savoir davantage.

— Il ne risque pas, répondit Laura, il s'est marié au début de l'année.

— C'est un comble !

France écoutait avec intérêt la conversation. Elle avait beaucoup admiré la brillante Berthe du temps où Marie la fréquentait encore. Berthe suivait la mode de près, sortait beaucoup et connaissait des tas de gens sur lesquels elle racontait des histoires inédites et passionnantes. Encore plus que France peut-être, Thomas subissait l'ascendant de Berthe. Marie s'en aperçut-elle et en prit-elle ombrage ? Elle avait toujours été jalouse de Berthe.

Le jour où Berthe se présenta avec les cheveux coupés et sans chapeau, Marie lui ferma la porte au nez en lui assénant un :

— Je ne fréquente que des gens honnêtes.

Marie en était restée à l'avant-guerre, où l'honnêteté se mesurait d'abord à la façon de s'habiller, faisant ainsi mentir le dicton selon lequel l'habit ne fait pas le moine.

Après le départ des enfants Marie se retrouva complètement désœuvrée et désorientée. Un soir sur deux, Rodolphe rentrait bien après l'heure du dîner. Elle n'osait plus faire de scènes. Son intuition, très sûre en ce domaine, lui disait qu'elle avait dépassé la limite. Si elle criait, Rodolphe ne rentrerait plus du tout. France et Thomas n'étant pas là, il n'avait plus à sauver les apparences, Elle ne pouvait pas davantage espérer, après vingt-deux ans de mariage, reconquérir son mari par les sens comme au temps de ses vingt ans.

Or, sous peine de dépérir, Marie, à défaut de drame, avait besoin de romanesque. Elle rêvait de sublimes recommencements.

Elle sentait que sa jeunesse la fuyait un peu plus chaque ,jour et le lancinant : « Demain il sera trop tard » hantait son esprit exalté. Sans s'en rendre tout à fait compte, elle était dans l'état d'âme voulu pour se lancer dans la première aventure venue Elle pouvait tenter un homme par le contraste même qu'elle formait avec la plupart des autres femmes. Un homme curieux, comme l'avait été Rodolphe, de savoir ce que dissimulait cette façade d'austérité.

La Marie impulsive et spontanée qui avait, un soir de 14 juillet, crié à Rodolphe :Faisons un enfant... se réveillait pour la dernière fois. Ce fut chez Laura, en la personne d'un cousin de celle-ci, que Marie fit la rencontre qui allait mettre en péril non seulement son ménage mais aussi son foyer.

Rodolphe était empêtré dans une liaison prenant plus d'importance qu'il ne l'aurait voulu à cause d'une partenaire devenue trop exigeante. Il ne s'aperçut du danger que trop tard. Il voulut rompre sur le champ. Il ne put le faire car sa maîtresse menaça de faire un scandale qui n'épargnerait pas les enfants. Ainsi ligoté, il était mal placé pour raisonner Marie qui lui annonça sa propre liaison comme un défi. Elle eut beau jeu de lui répondre qu'il lui avait servi d'exemple en ajoutant d'un ton acerbe :

— Et, surtout, ne me parle pas des enfants dont tu n'as, toi-même, pas tenu compte.

Il tenta, sans plus de succès, de lui faire remarquer qu'il avait, lui, au moins, essayé de rester discret. Elle répliqua qu'il était grand temps justement que les enfants aient les yeux ouverts et découvrent quel Tartuffe se cachait derrière ce père qu'ils aimaient et estimaient tant ! En dernier ressort, Rodolphe plaida :

— Mais toi, Marie, ta propre image en tant que mère !

La crise que traversait Marie était si grave qu'elle la rendait insensible à un argument qui, normalement, aurait dû l'arrêter.

Pour éviter d'avoir à subir le jugement des enfants, elle fit ses valises et quitta la maison la veille de leur retour. Elle ne laissa ni adresse ni explication. Elle s'offrait, sans plus réfléchir, la deuxième folie de sa vie.

Lorsque les enfants débarquèrent le lendemain, ce fut l'effroi. Cela ressemblait si peu à l'image que Marie leur avait donnée d'elle-même qu'ils ne pouvaient parvenir, même en s'y efforçant, à croire que leur mère s'était envolée du nid sans autre forme de procès.

Rodolphe passa néanmoins sous silence l'existence d'un autre homme. Mais France n'était pas dupe et Thomas se torturait l'esprit dans des suppositions. Quant à Rodolphe, il était tout simplement aux abois. Impossible de délaisser complètement sa maîtresse de peur que celle-ci informe les enfants. Or il était au-dessus des forces de Rodolphe d'envisager que Thomas et France apprennent en même temps la. double trahison de leurs parents.

En attendant les enfants se sentaient très solitaires. Ils supportaient mal cette maison soudain vide et silencieuse. Ils s'inquiétaient à la fois pour leur mère et pour leur père. A cela s'ajoutait pour Thomas un manque presque aussi vital que l'air de la présence de sa mère. Il avait dit à sa sœur qu'il ne pourrait jamais choisir entre son père et sa mère tant il avait besoin des deux. Il l'expérimentait aujourd'hui dans des circonstances particulièrement angoissantes : il ne savait même pas où Marie se trouvait. Et si elle s'était suicidée ? Si elle se laissait mourir quelque part ? L'idée lugubre faisait lentement son chemin dans l'esprit du jeune homme.

C'est en vain qu'il essaya de convaincre son père de la faire rechercher par la police. Rodolphe, sachant qu'elle était partie avec son amant, n'avait aucune envie de se couvrir de ridicule.

Tout à ses soucis, Thomas échoua au bac de repêchage. Il n'en fut que davantage perturbé et perdit le peu d'assurance qui lui restait. Il s'apprêta, la mort dans l'âme, à redoubler sa classe. Expérience particulièrement cruelle car il était devenu la risée des trois ou quatre autres redoublants. Ceux-ci se réjouissaient de la défaite du fort en thème et ne manquaient pas une occasion de se moquer de lui. Jusque là, ses succès scolaires lui avaient permis de conserver un certain prestige aux yeux des autres, malgré le handicap de sa petite taille. Aujourd'hui, ceux qui l'avaient secrètement envié lui faisaient payer cher de se retrouver à leur niveau. Les surnoms ridicules dont ils l'affublaient pleuvaient sur la tête de Thomas en lui faisant plus mal qu'une grêle de coups : « Alors le p'tit doré sur tranches... Hé le P'tit Chose... le P'tit bout... Bout de chou... Hou Saint Thomas d'Aquin... Do-ré-mi... ».

Il se trouva qu'un seul prit sa défense. Il était le plus grand et le plus fort de la classe. Thomas lui sut un gré infini de réussir, par sa seule présence à ses côtés, à faire taire les autres. Il se lia donc d'amitié avec lui, y mettant toute la sincérité et la chaleur dont il était capable.

Malheureusement, il ne fut pas long à s'apercevoir des tendances homosexuelles de son défenseur. Eprouvant déjà un profond dégoût physique, Thomas fut en outre moralement atteint par cette expérience lui prouvant, une fois de plus, qu'aucun acte n'est totalement désintéressé. Il réalisa en même temps que son physique le prédisposait, hélas, à plaire davantage aux hommes qu'aux femmes : il avait un beau visage aux traits fins, aux grands yeux langoureux et un corps extrêmement mince, petit mais bien proportionné.

Il tenta alors désespérément une contre-offensive en essayant de conquérir l'amie que France amenait souvent à la maison depuis que leur mère n'était plus là. La jeune fille fut tout d'abord séduite par l'intelligence, l'extrême sensibilité et la conversation intéressante de Thomas, ce qui facilita un rapprochement. Elle accepta même de l'accompagner au concert avec France. Cette dernière, ayant deviné les intentions de son frère, prétexta une indisposition soudaine l'empêchant au dernier moment de se joindre à eux.

Entre-temps, bien sûr, Thomas était réellement tombé amoureux d'Hélène, reportant sur elle toutes ses aspirations, tous ses espoirs et ses désirs frustrés, voyant en elle son seul salut, sa dernière chance bien qu'il n'eut que dix-neuf ans à peine. Mais cet âge est celui de tous les excès, pour Thomas plus encore étant donné les circonstances.

Il s'empressa donc de profiter de l'absence de sa sœur pour déclarer à Hélène ses sentiments, d'une manière aussi discrète que possible mais ne pouvant cependant laisser aucun doute à la jeune fille. Celle-ci tombant de haut, essaya de lui opposer, en évitant de le froisser, une fin de non-recevoir aussi ferme qu'élégante. Thomas était déterminé et bien décidé à en avoir le cœur net. Surmontant sa timidité, il tenta, sur un banc des Tuileries, de l'embrasser. Hélène se cabra. Thomas insista lourdement. La jeune fille était de nature nerveuse et vive. Elle s'exaspéra et, dans son impuissance à le repousser avec la gentillesse dont elle n'avait pas voulu se départir jusque là, elle se leva brusquement, le toisa et se mit à fredonner :

— T'es bien trop petit, mon ami, t'es bien trop petit.

Le sang s'arrêta de circuler dans les veines de Thomas. Il resta figé sur le banc tandis qu'Hélène s'éloignait dignement.

Il était plus d'une heure du matin lorsque Rodolphe rentra chez lui cette nuit-là. Il trouva France l'attendant dans la salle à manger, son petit visage encore rétréci par l'inquiétude. Elle accueillit son père par ces mots :

— Thomas n'est pas rentré.

— Où est-il ?, demanda Rodolphe.

— Je ne sais pas. Il est allé au concert avec Hélène en fin d'après-midi. Il aurait dû normalement être de retour pour dîner à huit heures et demi au plus tard. Je l'ai vainement attendu, ne sachant que faire, car il a quand même dix-neuf ans. D'un autre côté, si Hélène n'était pas rentrée chez elle à une heure décente, je suppose que ses parents se seraient inquiétés et seraient venus ici pour s'informer. J'en déduis donc que l'absence de Thomas n'a rien à voir avec Hélène.

— Oui, bien sûr, admit Rodolphe. D'ailleurs Thomas avait peut-être rendez-vous avec des copains et se sera un peu attardé.

— Cela m'étonne tout de même qu'il ne m'ait pas prévenue, remarqua France.

— Il ne pouvait pas le faire s'il a rencontré un ou des amis à l'improviste en sortant du concert par exemple et décidé de passer la soirée avec eux, dit encore Rodolphe qui cherchait à tout prix à. se rassurer et plus encore à réconforter sa fille. Mais celle-ci connaissait trop bien son frère pour être dupe et elle répondit :

— Cela ne ressemble guère à Thomas, bien qu'il soit très perturbé en ce moment.

Rodolphe se laissa tomber dans un fauteuil.

— Nous allons attendre encore un peu, murmura-t-il, se. sentant tout à fait incapable de dormir avant que son fils soit rentré.

Ils attendirent jusqu'au matin qui les trouva courbatus et transis chacun dans leur fauteuil, France en robe de chambre et Rodolphe tout habillé.

A sept heures, n'y tenant plus, Rodolphe dit :

— Je vais aller voir les parents d'Hélène.

Mais France s'interposa aussitôt :

— C'est délicat de les mêler à une histoire pareille. De toute façon, je vais chercher Hélène dans moins d'une heure pour aller en classe, Je lui tirerai les vers du nez. Je te donne rendez-vous ici à midi comme d'habitude.

Rodolphe était déjà là lorsque France rentra à l'heure du déjeuner. A peine eut-elle ouvert la porte qu'il l'accueillit par un : «Alors ? », lancé de l'autre bout du couloir.

Le cœur de France se serra de pitié devant la mine défaite de son père.

— Oh ! non, se dit-elle, ce n'est pas possible, ce n'est pas vrai, pas Thomas après maman, Il est déjà vieux, il a fait la guerre... Oh ! mon Dieu, non, épargnez-le !

Et tout haut, en s'efforçant de conserver son calme et d'employer un ton neutre :

— Alors elle l'a quitté sur un banc des Tuileries. Il semble qu'ils se soient disputés mais impossible de lui faire dire à quel sujet.

— Y avait-il quelque chose entre Hélène et Thomas, demanda Rodolphe.

— Non, je ne pense pas. Comment cela aurait-il été possible ? Hélène est jeune et très surveillée. Je suis sûre que c'est la première fois qu'ils sortaient sans moi. Je soupçonne toutefois Thomas d'avoir un penchant pour elle.

— Peut-être, poursuivit Rodolphe à bout d'arguments et d'explications, a-t-il fait une mauvaise rencontre après qu'Hélène l'eût quitté. Une femme... mais, tout de même, il serait rentré à l'heure qu'il est. J'ai vérifié : il n'était pas en classe ce matin. Il ne me reste plus qu'à prévenir la police.

L'angoisse s'installait. France avait maintenant des remords cuisants d'avoir pris un prétexte pour laisser son frère en tête-à-tête avec Hélène :Si j'avais été avec eux, il serait rentré avec moi normalement. Misère, quelle idée malheureuse ai-je eue là ! Pour la première fois, elle expérimentait le mal que l'on peut faire avec les meilleures intentions du monde. Heureusement, il n'était pas dans son caractère de développer un sentiment de culpabilité excessif. Malgré son jeune âge, elle pensait déjà que chacun devait prendre ses propres responsabilités face au hasard des circonstances.

Rodolphe était de retour à sept heures ce soir-là et la veillée, entre le père et la fille, s'annonçait interminable.

A onze heures, France entoura de ses bras les épaules de son père et lui dit le plus tendrement qu'elle put :

— Papa, il faut quand même aller dormir un peu. Nous ne pouvons pas nous permettre de passer une deuxième nuit blanche.

Ce à quoi il répondit :

— Il faut absolument prévenir ta mère. Oui mais comment ?

Lorsque Rodolphe avait été obligé d'annoncer à Laura la fugue de Marie, celle-ci lui avait fait part de ses présomptions sur son cousin. Malheureusement elle n'avait pu fournir aucun renseignement utile, ne lui connaissant pas de domicile fixe et ne le voyant que tout à fait épisodiquement.

France réfléchissait et elle eut soudain un trait de génie :

— Un message dans les journaux. Si elle ne le lit pas elle-même, quelqu'un le fera peut-être pour elle et transmettra, ajouta-t-elle en mettant dans l'allusion toute la pudeur possible, Attends, continua-t-elle, décidée à occuper son père à quelque chose de concret, nous allons le rédiger ensemble. Il faut que ça porte, tant pis si c'est dur. Après tout, je suis persuadée que son départ est à l'origine de tout. Devons-nous dire : Thomas disparu ou Thomas malade ? Rentre à la maison tout de suite.

— Je pense, dit Rodolphe, qu'il vaudrait mieux dire que c'est lui qui la demande. Ça aura plus de poids. Donc qu'il est malade. Thomas très malade réclame ta présence. C'est tout et ça n'aura pas l'air d'un ordre.

Trois jours plus tard, Rodolphe et France étaient toujours sans nouvelles de Thomas malgré les recherches entreprises par la police. Le lendemain de la parution de l'annonce dans les trois quotidiens les plus lus, Marie débarquait avec ses valises. Sans même avoir pris le temps de dire bonjour à sa fille, elle demandait :

— Où est-il ? Ici ? A l'hôpital ? Qu'est-ce qu'il a ?

_ Il n'est pas malade, maman, répondit France calmement. Il a disparu depuis quatre jours.

— Non ! Ce fut un véritable hurlement, un déchirement des entrailles. Où est-il ? Je veux le voir tout de suite.

— Mais, maman, puisque je te dis qu'il a disparu. Personne ne sait où il est, pas même la police qui le cherche.

— Disparu quand ? comment ? pourquoi ?

Avec une patience infinie, France répétait :

— Quand : vendredi soir. Comment : je ne sais pas. Pourquoi : je ne sais pas non plus.

— Mais on l'a enlevé ! Ce n'est pas possible autrement.

— Tout est possible, dit encore France. Elle ne croyait pas du tout à la version de l'enlèvement mais ne voulait pas contredire sa mère.

— Je vais à la police, cria Marie, toujours en manteau et en chapeau au milieu du couloir. Je vais...je vais...

— Il n'y a plus à aller nulle part, maman. Tout ce que tu peux faire c'est attendre ici. Papa est allé à la police, au lycée, chez Laura, chez Berthe, chez Raoul. Ses camarades et ses professeurs ont tous été questionnés. On a donné au commissariat l'adresse de Marguerite. Aucune réponse d'aucun côté.

Anéantie, Marie s'était traînée jusqu'à un fauteuil dans la salle à manger.

— Il va revenir, je le sais, parce que je le veux, dit-elle, les yeux rivés sur la photo de Thomas petit garçon, posée sur la cheminée, et comme cherchant à l'hypnotiser. Puis, se tournant vers sa fille, elle ajouta :

— Vous qui savez si bien vous servir de la presse, faites passer un message disant que c'est moi qui suis malade et lui demande de rentrer.

— C'est déjà fait, maman, répondit France. On a joué le tout pour le tout hier.

Marie ne put que se taire. L'attente interminable commença pour elle aussi, doublement douloureuse car hantée de réminiscences. Pour la deuxième fois, elle était sans nouvelles de son fils, ne pouvant le joindre par aucun moyen, ignorant s'il était mort ou vivant. Les atroces visions de 1914 revenaient avec leur cortège d'épouvante. La part de responsabilités qu'elle avait dans la situation présente traversa son esprit mais cela lui fut tellement intolérable que, résolument, elle chassa immédiatement cette idée. Non, il fallait absolument, pour lui permettre de conserver la raison et de continuer à vivre, que quelqu'un d'autre, ou quelque chose — n'importe quoi — fut responsable, mais pas elle ! Au fond, au plus profond d'elle-même, sous des couches de fausses raisons, de faux-fuyants, de faux jugements et de faux sentiments, Marie savait très bien à quoi s'en tenir. Elle ne le reconnaîtrait jamais parce que l'instinct de conservation était le plus fort chez elle. Admettre la vérité nue et implacable ou permettre à un sentiment de culpabilité de s'installer lui aurait fait perdre la raison.

C'est ainsi que la fugue de Marie, et ses conséquences directes ou indirectes, furent enterrées dans sa mémoire et que personne n'y fit jamais la moindre allusion.

Rodolphe, le premier, donna le ton. Retrouvant sa femme en rentrant le soir, il dissimula aussitôt son émotion et sa joie, et lui parla comme s'il l'avait quittée le matin même. Hélas, pourquoi fallait-il un drame pour que ce couple déchiré se retrouve uni ?

Une semaine, puis une autre, passèrent. Rodolphe n'était plus que l'ombre de lui-même. Quant à Marie, elle se taisait ce qui, chez elle, était du plus mauvais augure. France, qui n'avait jamais été séparée de son frère depuis son quatrième anniversaire, était complètement désemparée. Thomas avait été pour elle non seulement le grand frère, mais encore le témoin, le complice, le guide, le confident, parfois aussi l'exutoire ou le souffre-douleur, bref l'indispensable irremplaçable

France s'était brouillée avec Hélène, sa seule véritable amie, pressentant que celle-ci avait quelque chose à se reprocher dans la disparition de Thomas. D'ailleurs, au fur et à mesure que les jours passaient sans apporter de nouvelles, Hélène se mit d'elle-même à éviter France le plus possible.

Enfin, Rodolphe reçut une convocation du commissariat. Ne sachant pas ce qui l'y attendait, il s'arrangea pour s'y rendre sans avoir mis ni Marie ni France au courant. Pressentant le pire, un reste d'espoir n'en restait pas moins accroché à son cœur. Aussi, quand il entendit le commissaire lui faire part de sa communication, eut-il l'impression de mourir.

Le cadavre d'un noyé correspondant au signalement de Thomas était remonté à la surface de la Seine du côté de Mantes. On demandait au malheureux père de bien vouloir se rendre à la morgue afin de reconnaître éventuellement le corps.

Rodolphe ne sut jamais comment il rentra chez lui où il arriva en titubant, les yeux hagards, à tel point que Marie se demanda, avant qu'il put parler, s'il avait bu pour oublier son chagrin.

Il refusa catégoriquement que Marie l'accompagne dans sa macabre mission mais, ne se sentant pas le courage de partir seul, il demanda à Maurice de venir avec lui.

La présence du copain de toujours ne fut pas superflue car c'était bien Thomas qui gisait là, monstrueusement enflé et décomposé. Une enquête fut ouverte, une autopsie ordonnée. Enfin, le corps put être transporté à Paris, le cercueil scellé et le permis d'inhumer délivré, la version du suicide étant officiellement accréditée.

Pendant tout ce temps-là, Marie était sous tranquillisants et c'est Rodolphe qui dut accomplir toutes les pénibles démarches et les lugubres formalités. France aurait bien voulu aider son père dont tous les gestes avaient pris une raideur et un automatisme qu'ils garderaient désormais. Il marchait le cou rentré dans les épaules et le dos légèrement voûté. Si seulement il pouvait pleurer, ça le soulagerait, pensait France sans se rendre compte qu'elle ne pleurait pas davantage. Seule Marie, ayant pris le deuil sévère qu'elle ne quitterait plus jusqu'à sa mort et fermé des volets qu'elle ne rouvrirait plus pendant un an, inondait ses oreillers d'un torrent inépuisable de larmes. Si le chagrin se mesure aux démonstrations qu'on en fait, c'était, sans nul doute, Marie la plus touchée. Pourtant, c'était son père qui faisait à France le plus de peine. Elle se souvenait des inquiétudes de Thomas à son sujet. Mais alors, se disait-elle et elle sentait, malgré elle, une vague de colère l'envahir contre son frère, il aurait pu penser à lui... à nous !

Sous un amoncellement de fleurs blanches, suivi d'un cortège imposant — des voisins, des commerçants du quartier étant spontanément venus se joindre à la famille et aux amis -, Thomas, ou du moins ce qu'il en restait, effectua son dernier voyage.

« Appelons-le Thomas, ça lui portera bonheur » avait dit Marie le jour de sa naissance, se rappelait Rodolphe qui gravissait son Golgotha et soutenait sa femme en sanglots derrière son voile noir.. Hélène, qui n'avait pas de crêpe pour dissimuler son visage, versait, elle aussi, toutes les larmes de son corps à tel point que - ô ironie - l'assistance crut qu'elle avait été amoureuse du jeune défunt.

Au moment où le cercueil allait être descendu en terre, Marie, échappant aux bras de sa fille et de son mari, se jeta dessus en hurlant Non ! Non !. Telle qu'elle était agrippée aux poignées de métal, il fallut l'intervention de Maurice et de Raoul pour parvenir à relever Marie .

Rodolphe tremblait de tous ses membres. France, transformée en statue, croyait vivre un cauchemar. Marie, qui n'avait pas cessé de crier : Non ! Non ! tandis que Maurice et Raoul s'efforçaient de l'éloigner un peu de l'endroit sinistre, finit par s'évanouir au moment où la première pelletée de terre recouvrit le cercueil au fond du caveau.

CHAPITRE III

Comment ne pas être marquée au fer rouge et à vie lorsque l'on perd à quinze ans, et dans des circonstances particulièrement tragiques, un frère tant aimé et seul compagnon d'infortune ?

France aurait voulu pouvoir oublier son chagrin, son ressentiment aussi, mais l'ambiance que sa mère s'ingéniait morbidement à entretenir dans la maison ne l'aidait guère. Le soleil ne pénétrait jamais à l'intérieur de l'appartement, protégé de jour comme de nuit par les volets clos. Marie ne chantait plus et ne criait pas davantage, Rodolphe errait comme une âme en peine, le regard vague et l'oreille distraite. Au milieu de ce couple anéanti, France se sentait de trop, d'autant plus que personne ne semblait se soucier que son âge était peu compatible avec une telle atmosphère. La lecture était sa seule compagne, sa mère ayant interdit qu'elle sorte ou reçoive d'éventuelles amies à la maison. Pour seule distraction, la visite tri-hebdomadaire du jeudi, du samedi et du dimanche au cimetière, imposée par Marie qui, elle, s'y rendait tous les jours. Quand le temps le permettait, elle emportait un pliant et restait assise plus d'une heure durant, en contemplation devant la tombe. Elle se ruinait en fleurs, renouvelées par brassées, dont les gerbes recouvraient en permanence le couvercle du caveau fait du plus beau marbre.

Parmi trois personnages vêtus de noir, seule la chemise blanche de Rodolphe donnait un peu de clarté. Ce n'est qu'avec beaucoup de difficultés qu'il réussit, au bout de six mois, à obtenir de Marie que France fut autorisée à égayer sa tenue d'un peu de blanc. Dès lors,

France fit une consommation effrénée d'imprimés noir sur blanc ou blanc sur noir, seule fantaisie qu'elle pouvait se permettre .

Tout dialogue avec sa mère était impossible. Quant à son père, il s'était, depuis la mort de Thomas, retranché dans le silence et l'indifférence. France avait vraiment l'impression que rien ne l'atteignait plus et se demandait ce qui pourrait bien le sortir de son marasme.

La jeune fille grandissait donc plus solitaire que jamais, totalement repliée sur elle-même s'habituant peu à peu à cet état de choses. Même en dehors de l'ombre menaçante de sa mère, elle ne parvenait pas à se dérider et arborait, en toute circonstance et en tout lieu, une mine glaciale et rébarbative propre à décourager les meilleures volontés.

Les années passèrent, moroses et ternes, toutes semblables les unes aux autres. France s'acheminait lentement vers sa vingtième année sans avoir rien connu de la folle ambiance qui marqua les environs de l'année 30. Jamais encore elle n'était allée dans le moindre bal ou la moindre boite de nuit.

Marie, figée dans son deuil, entendait que tous autour d'elle éprouvent les mêmes sentiments, aient les mêmes réactions et suivent sa façon de vivre. Elle était effectivement parvenue à étouffer chez sa fille tout désir de plaisir. France n'avait nullement envie de sortir ni de danser, du moins pas suffisamment pour tenir tête à sa mère et engendrer un drame. Obtenir une permission de haute lutte ou transgresser un interdit au prix de scènes épouvantables, ne l'attirait guère. Ce qu'elle voulait, c'était la liberté, vraie, totale. Comme elle savait très bien que ce n'était pas pour demain, elle rongeait son frein.

Ambitieuse, elle espérait également se faire une situation pour échapper, dès sa majorité, à l'emprise de sa mère

Marie, depuis qu'elle avait perdu son fils, reportait toute sa possessivité sur France. La jeune fille se rendait bien compte que son émancipation de la tutelle maternelle serait plus difficile qu'elle ne l'avait cru.

En dépit de son âge, France ne songeait pas davantage à aimer qu'à s'amuser. Le couple de ses parents lui en avait ôté toute envie. Elle n'avait jamais été sensible à la version chère à Thomas selon laquelle, derrière cette façade de déchirements perpétuels, se cachait ce qui était, ou du moins avait été, un grand amour.

Pour France, Rodolphe et Marie représentaient le prototype du couple sadomasochiste, étant bien entendu que sa mère était la sadique et son père le masochiste. Depuis la disparition de Thomas, plus personne ne pouvait nuancer en France des jugements qu'elle ne confiait plus à quiconque. Elle s'autosuggestionnait et devenait de plus en plus partiale et intransigeante.

Au demeurant, à qui cette jeune fille, austère, rigide, toujours vêtue de noir et blanc et jamais disponible, qui avait désappris à. sourire et qui ne rêvait pas d'amour à. l'âge où tout le monde en rêve, aurait-elle pu inspirer de tendres sentiments ? Elle intimidait les jeunes et n'éveillait pas le paternalisme des plus vieux. En fait, elle aurait très bien pu, si elle n'avait pas été élevée dans un milieu aussi résolument anticlérical, développer une vocation religieuse. Mais pour cela, il eut sans doute fallu qu'elle eût une révélation, qu'elle fût touchée par la grâce, elle qui n'avait jamais mis les pieds dans une église et n'était même pas baptisée.

Elle était devenue ce qu'on appelait un bas bleu , sous-estimant tout ce qui relevait de la chair et du cœur. Elle avait, par compensation, accordé une importance excessive aux choses de l'esprit. Nourrie de nombreuses lectures, elle battait, dès l'âge de seize ans, Rodolphe sur son propre terrain.

A la maison, deux ans après la mort de Thomas, un éclat de rire aurait encore écorché le sanctuaire du souvenir et les conversations ne pouvaient être que sérieuses. La politique passionnait France et elle aimait en discuter avec son père. Marie écoutait sans participer. Tout cela, au fond, était beaucoup trop ennuyeux pour elle. Elle préférait vivre dans un monde de fiction, triste pour être à l'unisson de son cœur, mais dans lequel on pouvait néanmoins rêver, fut-ce dans une mélancolie de circonstance.

Ce n'est qu'au début de 1934 qu'un scandale retentissant (et Marie avait toujours été friande de nouvelles à sensation) va enfin parvenir à la sortir de son deuil et d'elle-même. Laura lui avait déjà mis l'eau à la bouche en lui répétant ce qu'elle tenait de Berthe :le beau Sacha avait brusquement disparu de la scène parisienne.

Or, fin janvier, les Français stupéfaits apprennent que Stavisky alias Monsieur Alexandre alias Sacha pour les intimes, a trouvé la mort dans un chalet savoyard. Il apparaît aux yeux du public comme le plus grand truand du siècle lorsqu'éclate la fabuleuse escroquerie de Bayonne. Des aveux et des révélations vont compromettre, dans l'affaire qui passera à la postérité sous le nom de scandale Stavisky, de hautes personnalités. Le peuple réalise soudain à quel point ceux qui le gouvernent sont corrompus.

La mort de Stavisky, isolée, sans témoins, dans ce chalet enneigé, est présentée comme un suicide mais l'opinion soupçonne le crime politique. De toute façon, suicide ou assassinat, la mort absout l'homme. Les Français bernés s'en prennent aux dirigeants. La colère du peuple couvait d'ailleurs depuis quelque temps sous les déceptions des suites de la victoire de 1918 .

La presse monte le drame Stavisky en épingle, attaque ouvertement le régime et fomente le soulèvement. Paris se réveille soudain et les réveils de la capitale ont toujours été terribles. On nous a eus, on nous a cocufiés, avec la connivence du gouvernement, se dit-on de bouche à oreille dans les rues. Les journaux l'impriment à la une.

Tous ces gens qui se taisaient, endormis dans une pseudo-euphorie, vivant du souvenir de la victoire, descendent à nouveau dans la rue pour se faire entendre. Des manifestations monstre ont lieu aux alentours de la Chambre et des ministères. Les terrasses des cafés sont saccagées, les grilles des arbres arrachées et les lampadaires à gaz renversés menacent de propager des incendies. Sur les murs de la Chambre des Députés, on peut lire, peint en grandes lettres rouges : Caverne de brigands. Place Beauvau, des milliers d'hommes rompent les barrages de police et le 6 février la place de la Concorde est investie.

Trompant la surveillance de sa mère en séchant les cours, France, juchée sur une balustrade des Tuileries, assiste aux scènes historiques qui vont opposer la populace déchaînée aux forces de l'ordre qui bouchent le pont.

A la Chambre ! A la Chambre ! hurle la foule de plus en plus menaçante au fur et à mesure qu'elle croît en nombre. Les gardes mobiles sont lapidés du haut des terrasses des Tuileries tandis qu'en bas, c'est la bousculade dans un vacarme infernal. Des chevaux, que des manifestants ont blessé aux jambes à coups de rasoir, prennent peur, désarçonnent leur cavalier et piétinent tout ce qui se trouve sur leur passage. Des projectiles de toutes sortes sont lancés et des coups de feu sont échangés.

— C'est la révolution, pense France que cette idée exalte. Elle bénirait n'importe quel événement venant la sortir de la grisaille quotidienne dans laquelle elle s'étiole.

Mais la mêlée est tellement dense que la jeune fille, du haut de son poste d'observation, n'arrive pas très bien à saisir ce qui se passe. A son grand regret, elle en sera délogée d'ailleurs, avec une multitude d'autres badauds, par la fermeture du jardin, bien avant que qui ce soit puisse se faire une idée de l'évolution de la situation.

Ce n'est que le lendemain matin qu'elle apprendra, en même temps que Rodolphe et Marie, enfin sortie de sa tour d'ivoire pour courir acheter les journaux, la démission de Daladier. Jetée en pâture aux manifestants, cette nouvelle semble avoir arrêté une révolte qui menaçait de tourner à la révolution.

Toutefois, les socialistes et les communistes ne s'estimaient pas satisfaits et de nouveau, le 9 février, on se battait dur dans la rue, à Belleville, à la Villette, Place de la République et aux Buttes-Chaumont. Le 11 février enfin, dans un calme relatif retrouvé, cent mille personnes défilaient derrière Léon Blum de Vincennes à la Nation, tandis que Doumergue constituait son cabinet.

Durant cette semaine mouvementée, Marie avait sinon repris goût à la vie, du moins retrouvé un intérêt pour le monde extérieur. Les événements allaient se succéder, assombrissant de plus en plus l'horizon.

Avant la fin de ce mois de février, le scandale Stavisky rebondit avec la mystérieuse disparition du conseiller Prince, trouvé mort sur la voie ferrée Paris-Dijon. Prince, dans ses fonctions, avait eu connaissance des rapports de police sur les activités délictueuses de Stavisky et on ne saura jamais, pas plus que pour Stavisky lui-même, s'il s'agit d'un suicide ou d'une liquidation. Les passions se déchaînent à nouveau malgré toutes les promesses du gouvernement de faire éclater la vérité en reprenant l'enquête à zéro.

Pendant ce temps-là, l'ombre de Hitler grandit sur l'Europe et malgré l'abondance de nouvelles intérieures qui passionnent de nouveau Marie, c'est de ce côté-là que se tournent les inquiétudes de Rodolphe.

— Cet homme est dangereux, ne cesse-t-il de répéter. Il rêve de puissance et de revanche. Être le maître incontesté de l'Allemagne vaincue ne lui suffit pas. C'est l'Europe toute entière qu'il vise, comme Napoléon.

A la mort du Président Hindenburg, Hitler en profite pour cumuler les fonctions de chancelier et de chef d'état. Il prend le titre de Reischführer en se faisant plébisciter par le peuple allemand. Il resserre son alliance avec l'Italie tandis que la conférence du désarmement agonise.

En juillet 1935, France atteint sa majorité mais poursuit encore ses études. Elle travaille d'arrache-pied et si elle sort un peu depuis l'année précédente, elle ne connaît que des flirts épisodiques qu'elle ne laisse jamais évoluer. En fait, les garçons de son âge, étudiants comme elle, ne l'intéressent pas. Elle se sent beaucoup trop mûre pour eux. Elle leur est supérieure. Les dominer lui est beaucoup trop facile.

En outre, le mariage ne la tente pas du tout. En tant qu'union sentimentale, il lui apparaît comme une relation de maître à esclave et elle n'a pas l'intention de se libérer de la férule maternelle pour tomber sous une autre. Ce qu'elle veut, c'est une indépendance totale qu'elle n'obtiendra pas en se mariant.

Aussi décourage-t-elle les éventuels prétendants les uns après les autres. Ceux-ci sont pourtant assez nombreux car elle est jolie et intelligente. Elle se fait ainsi une réputation d'aguicheuse malgré son comportement froid et distant et, parmi les étudiants, conquérir la belle France devient une compétition. Mais la jeune fille demeure inaccessible. Elle accorde quelques danses, quelques baisers, quelques tête-à-tête, et puis … elle rompt.

En réalité, elle est beaucoup plus préoccupée de ce qui se passe en France et dans le monde que de sa vie personnelle qu'elle subit en attendant de pouvoir la diriger vraiment.

Elle espérait une prolongation aux événements de 1934 mais ils n'eurent ni les suites ni les conséquences qu'on aurait pu escompter, du moins pas immédiatement. Il fallut attendre février 36 pour qu'il se passe de nouveau quelque chose. C'est à ce moment-là que la France, et plus encore l'Espagne vont se remettre à bouger.

Le 13 février, Léon Blum est attaqué et blessé dans sa voiture, par des partisans d'extrême-droite. L'émotion est grande. Heureusement, on apprend, en fin d'après-midi, que le leader socialiste est hors de danger.

Des manifestations vont néanmoins s'ensuivre. La première, le 16 février, coïncide avec ce que l'on peut considérer comme le début de la guerre civile en Espagne. Les élections espagnoles marquent le triomphe d'une gauche que, dès lors, la droite va s'ingénier à empêcher de gouverner par tous les moyens tandis que de l'autre côté des Pyrénées, éclatent bagarres, incendies et fusillades. A Paris on chante : Les Camelots à la lanterne sur l'air de la Carmagnole et :

Prenez garde
Les bourgeois, les gavés,
Voilà la jeune garde
Qui descend sur le pavé.

La presse de gauche publie en les grossissant le compte rendu des manifestations parisiennes et la presse de droite titre : État de siège à Murcie - Barcelone investie - Églises pillées et incendiées à Alicante. Peu après les mineurs des Asturies se soulèvent et le général Franco va faire parler de lui pour la première fois en réprimant la révolte par des bombardements aériens.

La réoccupation de la Rhénanie par les troupes hitlériennes passe presqu'inaperçue aux yeux des Français qui préparent à leur tour les élections dans la fièvre.

Rodolphe retrouve enfin l'enthousiasme qui l'avait animé avant-guerre. France se désole de ne pouvoir voter. Elle partage les idées de son père et plaisante en lui disant :

— Tu mettras deux bulletins dans l'urne.

Marie, sentant la vie reprendre ses droits, chez sa fille comme chez son mari, se renfrogne à nouveau. Les élections françaises et les événements d'Espagne l'intéressant moins que le scandale Stavisky, il lui est facile de glacer leur enthousiasme en rappelant la mémoire de Thomas.

— Comment peux-tu, dit-elle notamment à Rodolphe, te passionner encore pour le sort du pays alors que ton fils n'est plus ?"

— Parce qu'il faut bien se raccrocher à la vie ou alors il ne me reste plus qu'à. faire comme lui, répond Rodolphe.

— Maman, intervient alors France, je t'en conjure, cesse de tracasser papa Sinon tu pourrais bien avoir à le regretter. Nous avons eu notre part de malheur, ne crois-tu pas que cela suffit ?

Marie se tait. Elle a vieilli. Elle a tout de même un peu moins de résistance et d'acharnement. Mais son attitude crie assez haut qu'elle désapprouve cette effervescence.

Les arguments de la droite font frémir Rodolphe de colère et de dégoût : ils agitent de concert la menace de Hitler et de l'Espagne.

Français, ne votez pas pour le Front Populaire sinon Hitler se jettera sur nous.

Français, voyez ce qui se passe en Espagne où la gauche a triomphé : le sang coule, l'anarchie s'étend.

Sur les antennes de la T.S.F., mise pour la première fois au service d'une campagne électorale, le lyrisme est roi et les orateurs de tous les partis se surpassent dans leurs discours. Toutefois, l'impact n'est pas énorme, rares étant encore les Français qui possèdent un récepteur. La grande majorité d'entre eux ne se réfère qu'à leur journal qui demeure le bréviaire.

Marie s'est insurgée, retrouvant pour l'occasion toute la véhémence d'autrefois, contre l'achat d'un poste-radio proposé par France :

— Comment ! un engin qui diffuse de la musique ! Ma fille, comment oses-tu, moins de dix ans après la mort de ton frère ? Si tu en rapportes un à la maison, de connivence avec ton père qui serait bien capable lui aussi de ce sacrilège, je vous préviens que je le passe par la fenêtre...

Rodolphe sait qu'elle en est effectivement capable. Aussi décourage-t-il France et lorsqu'il y a vraiment un discours radiodiffusé important, ils vont ensemble l'écouter chez Maurice et Laura Auger.

Dès le premier tour, le 26 avril, le succès du Front Populaire est prévisible et la droite prend peur. C'est en vain qu'elle agite l'épouvantail du communisme. Le scrutin du 3 mai consacre le triomphe de la S.F.I.O.

— Enfin, soupire Rodolphe, enfin les Français ont compris. Les choses vont changer.

Le changement commence par l'effondrement de la Bourse et la fuite des capitaux. La petite bourgeoisie, les cols blancs, commence à s'inquiéter lorsque, pour la première fois de l'Histoire, les gueules noires occupent les usines. Commencé au Havre dès le 11 mai, le mouvement prend une ampleur inattendue. Ces grèves sur le tas vont vite apparaître à l'opinion publique comme absolument révolutionnaires. Jusque là, tout le monde vivait malgré tout dans la crainte, sinon le culte, des patrons.

Le 28 mai, l'usine Renault de Billancourt arrête à. son tour ses machines et les ouvriers s'installent en bivouacs. Rodolphe est, depuis 1930, directeur de sa propre entreprise de comptabilité. Il n'en viendra pas moins, par solidarité, apporter à ses anciens camarades bouteilles de vin et cigarettes. Ravie, France emboîte le pas avec des sandwichs.

Il règne, à l'intérieur de l'usine et aux alentours, une atmosphère de fête. On se croirait dans une kermesse. Il n'est plus du tout question de politique et, si l'on chante, ce n'est pas l'Internationale mais des chansons d'amour. On danse même au son de l'accordéon et de l'harmonica.

Portée par l'ambiance euphorique, exceptionnelle, de ces journées historiques, France connaît sa première idylle avec un jeune métallo qui joue et chante la Violetera à faire damner une sainte.

Rodolphe qui s'en est aperçu, intervient en douceur et révèle pour la première fois à sa fille la profonde connaissance qu'il a d'elle :

— Méfie-toi, mon petit, lui dit-il, entre avoir des idées avancées et partager la vie d'un ouvrier, la marge est grande. Tu n'es pas du tout faite pour ça. Tu le regretterais. C'est de l'autre côté, je crois, du côté des riches et des puissants qu'il te faut tourner les yeux.

France, dans un premier temps, se rebelle. Pour une fois, elle avait laissé parler son cœur et ses sens, prête à commettre une folie. Mais, en réfléchissant, elle sait que son père a raison. Vivre avec un ouvrier, en dehors de l'été 36, ne consiste pas à écouter la Violetera, à danser et à rire, dans une folle ambiance d'école buissonnière en mangeant des sandwichs.

La réalité, un instant suspendue, va reprendre ses droits. Avant la fin des grèves, elle cesse ses visites et elle oublie Jean, Jean les mains sales, Jean les yeux noirs, Jean le tango, Jean qui, le mégot au coin des lèvres, la casquette de travers et le cœur en bandoulière, se soucie peu d'écorcher le français et d'ignorer les belles manières.

France connaît un autre Jean qui n'a rien de commun avec celui-là : il s'agit du fils de Berthe qu'elle rencontre épisodiquement chez Maurice et Laura. Plusieurs fois déjà, il a essayé de l'entraîner dans la vie fastueuse qu'il mène dans le sillage de sa mère. Celle-ci s'est finalement remariée en 1935 avec un homme de ce monde riche et puissant, comme dit Rodolphe. S'il n'a pas la particule de noblesse de son premier mari, il n'en a pas moins, sinon plus, de moyens. Monsieur brasse des affaires encore faciles et, en cas de difficultés, vit sur ses acquis des années 20. Il a soixante ans alors que Berthe n'en a que quarante-cinq. Elle peut espérer devenir une riche veuve. En tout cas, désormais, ses arrières sont assurées et son fils casé par la même occasion : il prendra la succession de son beau-père qui, veuf d'un premier mariage, n'a pas d'enfant.

Avec une fortune en puissance, son nom et son physique, Jean d'Arblay représente un parti tellement alléchant que les filles se l'arrachent. Mais aucune n'a encore su trouver le chemin de son cœur. La plupart de celles qu'il fréquente l'agacent et, intérieurement, il les traite de péronnelles, de pimbêches ou de garces. Il sort beaucoup, plus par habitude que par goût réel, et multiplie les aventures sans lendemain plus décevantes les unes que les autres. Sans le savoir, il n'est pas fait pour la vie qu'il mène ni pour le monde qu'il côtoie. Il aspire à la tranquillité, à la simplicité, à la profondeur. Les relations superficielles et brillantes qu'il entretient le fatiguent plus qu'elles ne l'amusent. Mais il est pris dans l'engrenage et maintenant que son beau-père veut le lancer dans les affaires, il est moins question que jamais d'abandonner son train de vie.

Chez Maurice et Laura, dont le fils est son seul vrai copain, il se baigne à chaque fois qu'il en a l'occasion dans une atmosphère qui le change et l'enchante. Parfois, il y retrouve France, cette camarade de petite enfance avec laquelle il se souvient vaguement avoir vécu ses toutes premières années. Il l'a presque complètement perdue de vue depuis que leurs mères respectives se sont fâchées. Aujourd'hui, elle est devenue cette fille froide et étonnamment calme, sobrement vêtue de noir et blanc. Mais la sobriété même de cette tenue lui sied à merveille. Sa coiffure courte met en valeur l'ovale parfait de son visage. Elle semble ne pas savoir parler de futilités, art auquel toutes les autres femmes qu'il connaît sont expertes. Il ne peut s'empêcher de la regarder quand elle se tait et de l'écouter quand elle parle. Il lui a souvent proposé, lorsqu'elle se trouvait par hasard en même temps que lui chez les Auger, de sortir mais elle a toujours refusé. Il sait, pour en avoir maintes fois entendu parler, que sa mère n'est pas commode.

Cependant France est en train d'évoluer en cet été 36. Elle semble se dégeler un peu. Lorsqu'un jour elle accepte de danser un tango que la radio joue en sourdine, il est étonné de constater à quel point elle danse bien.

— Mais qui diable vous a appris à danser de la sorte ? ne peut-il s'empêcher de lui demander. Ce n'est sûrement ni papa ni maman ?

— En effet, répond-elle sans se démonter. C'est un jeune ouvrier de chez Renault.

Jean d'Arblay croit à une blague et éclate de rire :

— Ce n'est pas possible ! Et moi qui croyais que vous ne sortiez jamais ! Vous fréquentez donc les bals populaires ?

— Non, répond encore France, les piquets de grève seulement.

— Pardon ?

Cette fois, le jeune homme est vraiment abasourdi tandis que France, imperturbable, continue :

— Cela doit vous choquer puisque votre beau-père a des usines

— Une usine, France, cela suffit... qui a été occupée comme toutes les autres, ce qui, évidemment, l'a mis dans tous ses états. Il a même failli en avaler son faux-col et mourir asphyxié avant son heure. Mais, depuis les accords Matignon, tout est rentré dans l'ordre, ou à peu près, moyennant quelques concessions. Vous savez, France, personnellement je ne prends pas parti mais de là à aller faire la nouba avec les grévistes... Encore que peut-être ce soit plus amusant que Tabarin ou Bagatelle.

France s'est brusquement arrêtée de danser. Ses yeux lancent des éclairs :

— Ne comparez pas, je vous interdis... ne comparez pas !

—Ma parole, dit Jean de plus en plus éberlué, auriez-vous des idées de gauche ?

Mais France se calme aussi vite qu'elle s'est indignée et murmure :

— Non. En fait, je n'ai plus d'idées du tout.

— Je ne voudrais pas vous influencer, dit encore Jean, mais je crois que cela vaut mieux par les temps qui courent, surtout pour une jeune fille.

La glace est rompue. Pour la première fois, France regarde le jeune homme et le voit vraiment tel qu'il est, d'une séduction discrète et racée. Il est un peu maigre sans doute sous le veston (elle ne 1'a, évidemment, jamais vu en chemise) et ses traits fins manquent un peu de volonté. Mais il est ce qu'il est convenu d'appeler assez beau dans le style de 1'époque. Pas bête, pense-t-elle encore, et apparemment pas trop pourri par l'argent. Lui ou un autre, puisque de toute façon c'est dans ce genre et dans ce milieu que je dois chercher, ils se ressemblent tous. Il est sûrement parmi les mieux à tous points de vue. Pourquoi ne pas accepter de sortir avec lui, de le connaître un peu plus ? Peut-être vais-je découvrir une vie et un homme pour lesquels je suis faite ?

Et c'est dans cet état d'esprit fataliste que France se mit à sortir avec Jean d'Arblay. Pour limiter les foudres de la réaction maternelle, France prétendit au début sortir avec Francis Auger. Ce qui n'empêcha pas Marie de vitupérer par principe :

— Une jeune fille bien ne sort avec un garçon qu'en vue de mariage.

Rodolphe alors intervint :

— Si tu espères justement qu'elle puisse se marier un jour, tu ferais bien de la laisser sortir un peu. Car ce n'est pas en restant confinée à la maison qu'elle trouvera quelqu'un. En continuant à la cloîtrer comme tu l'as fait jusqu'à présent, tu vas en faire une vieille fille. Est-ce ce que tu souhaites ?

— Pas du tout, protesta Marie qui aurait été très vexée si la chose était arrivée. Coiffer Sainte Catherine était plutôt une tare dont on ne s'enorgueillissait pas dans les familles malgré les réjouissances auxquelles l'événement donnait lieu. Passés trente ans, on préférait encore voir sa fille religieuse que célibataire.

— Alors, reprit Rodolphe profitant de l'embarras de Marie, il est grand temps de lever le deuil en ce qui la concerne. Elle l'a porté pendant huit ans, ce qui me parait amplement suffisant à son âge.

Et, presque du jour au lendemain, la vie de France va changer du tout au tout. Mais — nous sommes déjà au début de 1937, — la récréation sera courte. En outre, la jeune fille a plus de vingt-deux ans maintenant et le souvenir de son adolescence gâchée ne s'effacera pas pour autant.

CHAPITRE IV

Dès lors qu'il était en compagnie de France, Jean d'Arblay n'avait plus du tout envie d'aller dans les boites qu'il fréquentait habituellement. Lorsque France lui accordait un rendez-vous, il s'empressait de louer une place de théâtre, appréciant au plus haut point de pouvoir discuter de la pièce avec la jeune fille qu'il emmenait souper ou prendre un verre quelque part après la soirée. Il choisissait alors un endroit à la mode où l'on côtoyait certaines célébrités du monde intellectuel de l'époque. C'est ainsi qu'il avait plaisir, au Dôme ou à la Rotonde, au Café de Flore ou chez Lipp, de montrer à France, tel soir Montherlant, Cocteau ou Giraudoux, tel autre Gide, Malraux ou Céline, et le couple célèbre formé par Sartre et Simone de Beauvoir.

Quand ils pouvaient s'installer assez près d'eux, ils écoutaient les idées révolutionnaires émises par cette élite intellectuelle. Leur noire philosophie de l'existence qui s'inspirait du nihilisme russe et du désespoir kierkegaardien devait prendre plus tard le nom d'existentialisme.

Toute cette intelligentsia, si elle parait à France comme extrêmement osée et d'avant-garde dans ses propos, lui semble encore beaucoup plus désabusée. Elle affiche un air blasé, une inertie dégoûtée, un anarchisme fatigué et si révolte il y a, elle est plutôt négative. En tout cas, cette jeune fille élevée jusque là en vase clos, découvre un monde dont elle ne soupçonnait même pas l'existence et, en tant que nouveauté, cela la passionne. Jean, qui vient là surtout en curieux, est un peu effrayé de l'exaltation de France. Sa soif d'apprendre, de savoir davantage, de chercher à comprendre et à approfondir tous les sujets dont elle entend parler autour d'elle le dépasse

. Occupé à danser et à faire le joli cœur tandis que France s'abrutissait de lectures, il a du mal à la suivre sur un terrain dont au fond il n'a qu'une connaissance très superficielle.

En ce début de 1937, la guerre d'Espagne est à la une de toutes les conversations. Blum a déçu une grande partie de ses électeurs en ne venant pas en aide aux Républicains d'autant plus qu'on ne va pas tarder à apprendre qu'Hitler a mis au service de Franco des escadrilles nazies.

A titre personnel, les Français sont nombreux à prendre ouvertement parti. Certains vont même jusqu'à s'enrôler comme volontaires dans l'armée républicaine espagnole à l'exemple du jeune et ardent écrivain André Malraux. La visite de la Passionaria à Paris soulève un véritable raz-de-marée de ferveur et d'enthousiasme.

La France est trop occupée par la guerre d'Espagne d'une part et par ses propres difficultés financières d'autre part — auxquelles Blum ne pourra pas faire face et qui entraîneront sa démission — pour s'apercevoir des nuages qui continuent, sous la houlette de Hitler et de Mussollini réunis, à s'amonceler à l'Est.

Chez les Doré, les intérêts sont équitablement partagés : Marie suit de près la chronique mondaine et, en particulier, les péripéties de l'abdication et du mariage à scandale du roi Édouard VIII d'Angleterre.

De son côté, France, ayant accroché une carte d'Espagne dans sa chambre, suit la progression inexorable des Nationalistes et raye d'un trait noir rageur les villes qui, les unes après les autres, tombent entre leurs mains.

Rodolphe, quant à lui, suit la lente agonie du Front Populaire en même temps que les manigances du Führer sur l'Autriche et la Tchécoslovaquie.

Toutes ces préoccupations extérieures vont bientôt passer au second plan lorsque France annonce un beau soir à table que Jean d'Arblay l'a demandée en mariage.

Marie, qui croyait toujours qu'elle sortait avec Francis Auger et commençait d'ailleurs à s'impatienter, faillit s'étrangler.

— Comment, comment, le fils de cette... Tu le fréquentais donc ? A mon insu ? Et qu'est-ce que c'est que ces manières ? C'est à ton père qu'il aurait dû demander ta main.

Rodolphe parvient à grand peine à interrompre le flot de paroles outrées qui s'ensuit :

— Nous ne sommes plus en 1906, ma chère Marie. Toi qui t'intéresses tant aux têtes couronnées, tu devrais être flattée par la demande de Jean d'Arblay. Il est ce que l'on peut appeler un beau parti. Il a tout ce dont tu peux rêver : le nom, l'argent, la jeunesse, la beauté. Il est d'une très bonne famille à la fois par son père et par son beau-père. Quant à sa mère, permets-moi de te le rappeler, elle fut ta meilleure amie de jeunesse et ta compagne de misère pendant la guerre.. Franchement ta fille n'aurait pu mieux choisir.

France a-t-elle senti une ironie latente que son père n'a pas forcément voulu mettre dans ses paroles ? Elle se rebiffe :

— Je me moque du nom, de l'argent, de...

— Peut-être, coupe son père, mais il se trouve qu'il les a tout de même. C'est un fait. Une heureuse coïncidence, admettons.

— Papa !

— Mais, mon petit, j'espère que tu sais mieux que moi pour qui et pour quoi tu es faite et ce que tu veux ou souhaites.

Tandis que Marie constate amèrement :

— Quand je pense que tu vas m'obliger à revoir Berthe et à lui faire bonne figure... après tant d'années !

— Justement, dit Rodolphe, ce sera une excellente occasion. Étant donné les circonstances, tu n'auras pas l'air de faire le premier pas. D'ailleurs, je te ferai encore remarquer que c'est toi qui lui as claqué la porte au nez un beau jour. C'est Berthe, si elle avait ton caractère, qui pourrait interdire à son fils d'épouser France.

France s'est levée :

— Écoutez, si mon mariage doit remettre le feu aux poudres entre vous et ranimer des querelles qui datent de Mathusalem, je préfère vous dire tout de suite que je ne le tolérerai pas. Je quitte la maison dès ce soir et je me marie en catimini. Jean et moi sommes majeurs et nous vivons en 1937.

C'est la première fois - et elle a près de vingt-trois ans - que la jeune fille ose une telle sortie. Marie en reste blême et sans voix. France s'apprête à quitter la pièce. Rodolphe l'arrête au passage :

— Et c'est pour quand ce mariage ?

— Nous n'avons pas encore fixé de date. J'ai demandé à réfléchir.

— A réfléchir ?

C'est Marie qui a parlé, dans un souffle. Soudain, les souvenirs lui reviennent en foule. Malgré elle, elle sent les larmes lui monter aux yeux. Rodolphe s'en est aperçu. Il lui prend doucement la main et, à l'adresse de sa fille, il dit avec émotion :

— Fais les choses bien et normalement, s'il te plaît. Ta mère et moi serons heureux d'être présents à ton mariage.

France est sortie sans ajouter un mot. Elle a refermé d'un coup sec la porte derrière elle. Marie et Rodolphe se regardent. Le silence est lourd de réminiscences contenues. Ensemble, et sans dire un mot, ils ont remonté le temps. Le passé, lentement, fait surface. La guerre n'a pas eu lieu. Thomas n'est pas né, donc il n'est pas mort. Marie est une toute jeune fille en jupe longue et corsage à jabot. Rodolphe, un jeune homme en frac. Un orchestre attaque *Fascination*, la valse de la révélation. C'est l'irrésistible et irréversible élan. Enfin, Marie exprime une pensée qu'ils partagent :

— Quel enthousiasme vraiment ! France envisage son mariage avec une froideur qui me dépasse.

Rodolphe hoche la tête et tente d'expliquer à sa femme le comportement de leur fille :

— Elle a vingt-trois ans, Marie. Son adolescence fut lugubre. Le monde est déboussolé. Elle cherche désespérément son équilibre sur un sol qui se dérobe partout sous ses pieds.

Il s'arrête, n'osant pas dire : Nous sommes sans doute en grande partie responsables, sachant très bien que Marie ne l'admettrait pas. Cette petite phrase lourde de sens relancerait la querelle un instant suspendue par l'appel du passé. Or il est prêt à tout pour que sa fille décide de son avenir dans la paix.

Chez Jean d'Arblay, au même moment ou presque, l'atmosphère familiale est tout aussi tendue. De la part de sa mère, le jeune homme n'a droit qu'à un certain étonnement :

— Je ne pense pas que cette jeune fille soit faite pour toi. Mais c'est peut-être une idée stupide car au fond je la connais très peu.

Par contre, son beau-père, qui espérait une riche héritière, prend très mal la chose :

— Et puis d'abord qui est-ce ? Es-tu sûr que ce n'est pas à ton argent qu'elle en veut ?

Berthe aide son fils à dissuader son mari mais cette idée reste ancrée dans l'esprit de Monsieur Delmasse. Il multiplie les allusions plus désobligeantes les unes que les autres. Jean, exaspéré, finit par crier :

— Elle en veut tellement à. mon argent, à votre argent, pardon, qu'elle a demandé à réfléchir. Son comportement n'a jamais été celui d'une femme qui met la main sur un beau parti. Mais je peux néanmoins me retirer de vos affaires si elle consent à m'épouser. Vous aurez ainsi l'esprit tout à fait tranquille.

Berthe s'affole alors qu'en réalité Jean serait bien ennuyé si son beau-père le prenait au mot. Mais comme toujours lorsque l'un des deux joueurs bluffe, l'autre ne le sait pas. Aussi Monsieur Delmasse décide-t-il finalement de ne pas laisser une quelconque Mademoiselle Doré bouleverser ses plans, c'est-à-dire conserver son beau-fils au sein de son affaire.

— J'aimerais tout de même bien, dit-il enfin, avoir l'honneur de la connaître afin de me faire une idée par moi-même. Comme elle ne fréquente pas notre monde, je ne l'ai jamais vue que je sache ?

— En effet, confirme Jean, un peu soulagé par l'attitude plus conciliante de son beau-père. Si elle accepte de devenir ma femme, rien n'est plus facile que de l'inviter. En petit comité, c'est préférable. Elle y est plus à son avantage.

— Jamais aimé les femmes intelligentes, maugrée encore Monsieur Delmasse dans sa barbe.

— Merci pour moi, dit Berthe.

— Ma chère amie, à soixante-cinq ans, on peut se permettre ce luxe. Mais j'avoue que je ne m'y serais jamais risqué à vingt-cinq.

Pendant ce temps, France se demande si elle est amoureuse. Elle a tellement brimé son cœur et ses sens que, désormais, ils ne répondent plus que très faiblement lorsqu'ils sont sollicités.

Si le mariage est considéré par certains comme un commencement, à France il apparaît plutôt comme une fin. Ses idéaux n'ont pas résisté à l'épreuve de la réalité. Finalement, elle en est arrivée à se demander ce qu'elle ferait de son indépendance intégrale. La majeure partie serait dépensée à assurer sa subsistance. Elle a réalisé aussi que, pour sortir, mieux vaut être accompagnée par quelqu'un ayant ses grandes et petites entrées partout où il est intéressant d'aller. La rupture avec sa mère se fera sans douleur dans le cadre du mariage. Si France avait quitté le toit paternel pour vivre seule, Marie en aurait fait une affaire d'affront personnel. Le drame aurait naturellement rejailli sur Rodolphe, seul désormais pour supporter les crises. Or le sort de son père est loin de laisser France indifférente. C'est même là, jusqu'à présent, son talon d'Achille. Enfin, Jean ne semble pas être autoritaire ni exigeant, encore moins possessif et France peut espérer connaître avec lui une union à l'abri des affres passionnelles.

Finalement, elle préfère presque ne pas être sûre de l'aimer, tout au moins demeurer tiède. Elle pense que l'amour est plus une malédiction qu'une bénédiction : il est à l'origine de bien des drames et des malheurs que l'on provoque ou que l'on subit avec la belle excuse de l'attachement. D'ailleurs, elle a l'impression — elle ne sait trop pourquoi et ne pourrait l'expliquer clairement - qu'amour et mariage ne vont pas ensemble. Pour elle, le mariage est d'abord un contrat, une association, où les sentiments ne devraient entrer que dans une mesure raisonnable, juste assez pour pouvoir s'entendre et se supporter. Que Jean soit très amoureux d'elle l'inquiète un peu et elle espère qu'avec le temps leurs relations évolueront dans le sens pacifique des concessions mutuelles.

France va donc s'incliner devant sa destinée, regrettant cependant au fond d'elle-même de ne pas être un homme et, par conséquent, de ne pas en avoir tous les choix, les possibilités, les libertés. Elle trouve le partage foncièrement inégal entre les deux sexes et excuserait volontiers les femmes qui s'arrogent, plus ou moins maladroitement, l'autorité ou l'indépendance et l'égalité qui leur sont contestées. Toutefois, il ne lui viendra pas un instant à l'esprit que là est peut-être le problème-clef de sa mère. Si celle-ci a cherché à mettre son mari et ses enfants sous tutelle, peut-être était-ce pour compenser tout ce qui lui avait été interdit. Elle n'avait pas su ou pas osé s'imposer autrement. Quel autre biais que la famille avaient en effet les femmes issues d'un certain milieu, jusqu'à la première guerre mondiale, pour affirmer leur personnalité et exercer leur volonté ?

Par souci des convenances, et paralysée par une éducation et des principes stricts, Marie a gâché des dons et d'énormes potentialités. Elle a fini par en prendre conscience sans oser toutefois secouer le carcan. Elle s'est vengée sur ceux qui représentaient les liens et les interdits. Dans un autre milieu social, ou à une autre époque, Marie aurait pu être la Passionaria qui venait aujourd'hui arracher des larmes à la population parisienne, tout comme elle aurait pu, autrefois, être Sarah Bernhardt. Handicapée dès l'enfance, elle n'avait pas eu un destin à sa mesure : elle faisait donc du drame avec les moyens dont elle disposait.

France, finalement, était beaucoup mieux intégrée socialement et mieux équilibrée. Réaliste et raisonnable, elle tirait les leçons de l'expérience et renonçait à. l'impossible. Déjà ce mariage sans amour véritable de sa part n'était-il pas la réaction de l'inconscient lançant un défi au couple parental qui avait, pour France, représenté l'enfer ? Et ce barrage quasi systématique qu'elle opposait aux sentiments, du moins à leur envahissement, n'était-il pas, lui aussi, la preuve qu'elle avait souffert du caractère maternel et ne voulait pas en reproduire le modèle ?

Croyant avoir fait le tour du problème et pris une décision qui, étant sage, ne pouvait être que bonne, France fit savoir à Jean d'Arblay qu'elle acceptait de l'épouser sans imposer davantage de délai. Elle insistait, cependant, sur un mariage discret célébré dans la plus stricte intimité. Son futur beau-père, au contraire, voulait en faire une manifestation mondaine avec grand'messe à.

Saint-Honoré d'Eylau. Quand il apprit que la jeune fille, n'étant pas baptisée, ne pourrait recevoir le sacrement du mariage, il faillit en avoir une attaque. Les pressions se firent alors lourdes sur France, notamment lors du repas intime de présentation à sa future belle-famille.

Ce dîner fut, pour la jeune fille, un véritable supplice. Avant même que l'on ait terminé de prendre les apéritifs, son futur beau-père avait fait le tour de toutes les questions à. poser sur elle-même et sur sa famille. Cependant, il n'avait pas encore abordé l'essentiel, à savoir les formalités du mariage. Entre le soufflé et le fromage, Hubert Delmasse avait fait admettre à la jeune fille la nécessité d'un contrat, appuyant lourdement sur les raisons et les conséquences avec un manque du tact le plus élémentaire. France, bouillant en son for intérieur, avait l'impression qu'il la prenait soit pour une idiote, soit pour une aventurière avide d'argent. Que ce soit l'un ou l'autre, ces insinuations lui déplaisaient souverainement et son amour-propre était profondément blessé.

Jean tenta plus d'une fois d'interrompre son beau-père. Mais Hubert Delmasse avait l'habitude qu'on l'écoute jusqu'au bout. Aussi continuait-il imperturbablement sur sa lancée sans se soucier, ni même probablement entendre, les réflexions de son beau-fils et totalement indifférent aux éclairs que lançaient les yeux de France.

— Ma parole, se disait-elle tout en s'efforçant de rester calme, les sorties de maman ne sont rien à côté de la suffisance puante de cet homme arrivé.

Une fois que le principe du contrat fut admis, qu'Hubert Delmasse eut naturellement proposé son notaire, France s'offrit tout de même le luxe de lui faire remarquer :

— Ce sera très simple puisque je n'ai rien.

Sans relever, Hubert Delmasse enchaîna en posant la question de la date.

Jean intervint immédiatement pour préciser que ni lui ni France ne voulaient de fiançailles officielles, ce qui permit au potentat d'avoir l'air d'accorder une faveur en ne les imposant pas.

— Très bien, très bien, dit-il, conciliant et patelin, un petit dîner avec vos parents et les témoins en tiendra lieu. Puisque vous ne voulez pas de fiançailles , je pense que la date du mariage pourrait être fixée dès maintenant et pour très bientôt ."

Jean regarda France d'un air interrogateur et celle-ci répondit :

— Maintenant que je suis décidée, ce peut être demain.

— Comme vous y allez, ma chère petite (France grinça des dents en entendant cette appellation), il nous faut tout de même le temps de nous organiser : les papiers, le contrat, les invitations, les bancs, le voyage de noces et... votre nouvelle demeure. J'aimerais discuter de tout cela avec votre père pour savoir quelles sont ses intentions !

Sous entendu, pensa France, quels frais il compte prendre à sa charge, tandis qu'Hubert Delmasse enchaînait :

— Avez-vous une idée de combien de personnes vous comptez inviter de votre côté ?

— Oh ! très peu assurément, répondit France. Elles ne dépasseront pas la dizaine : mes parents, mon oncle Raoul et ma tante Maud, ma tante Marguerite et mon oncle Edmond , Maurice et Laura Auger et leur fils. Jean le prendra sans doute comme témoin et mon propre témoin sera probablement l'un de mes cousins. Je ne vois vraiment pas qui d'autre.

— C'est peu, effectivement, marmonna Hubert Delmasse de plus en plus déçu.

— Je regrette, dit alors France, mes parents vivent pratiquement retirés du monde depuis la mort de mon frère.

Berthe intervint alors avec tout le tact dont elle était capable pour détourner la conversation. Elle craignait la réaction de son mari s'il apprenait que non seulement France n'avait pas de religion, mais qu'en plus il y avait un suicidé dans la famille. La balle rebondit avec la messe de mariage sur laquelle Hubert n'entendait pas céder.

— Vous rendez-vous compte, avait-il dit à sa femme et à son beau-fils, de quoi aurions-nous l'air avec un seul mariage civil expédié en cinq minutes ?

Il essaya donc, avec un minimum de diplomatie, de circonvenir France, lui faisant remarquer qu'on baptisait à. tout âge et qu'elle pouvait considérer cela comme une simple formalité.

— Nous ne pouvons pas nous permettre... dans notre monde... comprenez-vous ? L'impression produite serait désastreuse. Les conséquences pourraient être néfastes pour nos relations, donc pour nos affaires. Cela ferait presque scandale et...

— Permettez-moi de différer ma réponse à ce sujet jusqu'à ce que j'en aie parlé à mon père, interrompit France de plus en plus exaspérée. En tout cas, il est un point sur lequel d'ores et déjà je ne céderai pas : je ne veux pas de longue robe blanche, voile, fleurs d'oranger et tutti quanti. Je me marierai en tailleur le matin et en robe courte l'après-midi.

— Dommage, ma chère enfant, dommage ! Vous n'êtes ni veuve ni divorcée et vous n'avez que vingt-trois ans.

Néanmoins, Hubert Delmasse n'insista pas : ce qu'il voulait, c'était sa cérémonie, La toilette, au fond, lui importait peu pourvu qu'elle fut élégante. Or il avait remarqué avec plaisir que sa future belle-fille avait du goût. C'était même là sans doute la seule qualité qu'il lui eut trouvée au cours de cette première entrevue.

— Pas du tout le genre de femme que j'avais espéré pour ton fils, confia-t-il en effet à Berthe après le départ de France. En dehors du fait qu'elle n'a pas de dot, ce n'est certainement pas elle qui va promouvoir nos relations publiques.

— Laisse-lui le temps de s'habituer, plaida Berthe, et de surmonter sa timidité.

— Ce n'est pas de la timidité, renchérit Hubert, ce serait plutôt un complexe de supériorité. Elle se croit supérieurement intelligente, elle l'est peut-être, je n'en disconviens pas. Mais, je te l'ai déjà dit, ce n'est pas une qualité que j'apprécie particulièrement chez une jeune femme. Elle est de condition modeste, raison de plus pour faire preuve d'un peu plus d'humilité.

Berthe se garda bien de contredire son mari. Elle avait appris que c'était inutile. Avec l'âge, elle était devenue philosophe. Et elle se dit que, finalement, cela n'avait aucune importance que France plût ou non à Hubert, l'important étant qu'elle rendit Jean heureux.

La date du mariage de France et de Jean d'Arblay est fixée au 12 mars 1938. Ce jour-là, les troupes allemandes entreront en Autriche et l'Anschluss sera fait accompli sans que personne ne proteste.

Il semble que la France, préoccupée par ses propres difficultés — (les ministères se succèdent à une cadence vertigineuse depuis la démission de Blum) —, minimise la portée de l'événement. Pourtant, pour en comprendre la menace, il suffit de savoir compter : moins de 42 millions de Français voient désormais se dresser en face d'eux 76 millions d'Allemands !

Dès lors, ayant réussi sans coup férir son opération Autriche, Hitler ne va plus connaître de limites à ses ambitions. Prochain objectif : la Tchécoslovaquie. Lorsque le 30 mai, le Führer proclame : « J'ai pris la décision irrévocable d'écraser la Tchécoslovaquie », on commence tout de même à s'inquiéter. Nous sommes, et nous le savons, en position d'infériorité par rapport à la puissante Allemagne. Merveilleusement bien organisée et disciplinée, elle est , en outre, galvanisée par un idéal que nous n'avons pas. L'état d'esprit des dirigeants français, comme celui du peuple de quelque bord qu'il soit, n'a absolument rien de commun avec ce qu'il était en 1914. Bref, nous voudrions éviter la guerre à. tout prix et c'est ce à quoi nous allons, de concert avec l'Angleterre, nous employer. Nos efforts conjugués aboutiront aux accords de Munich par lesquels nous autorisons en quelque sorte Hitler à annexer les territoires tchécoslovaques habités par une majorité d'Allemands.

Il n'y a pas de quoi être fiers de nos engagements. Pourtant Daladier, à son retour de Munich, est accueilli par une ovation triomphale et la population l'acclame comme le Sauveur. Tout le monde ou presque est persuadé qu'en accédant aux désirs du Führer, nous l'avons pleinement satisfait et que ses exigences vont s'arrêter là.

— Permettez-moi de vous dire, fait remarquer Rodolphe, qui se trouve, en ce début d'octobre 38, chez France en même temps qu'Hubert Delmasse, que votre réaction me paraît assez naïve. N'avez-vous donc pas compris la psychologie, pourtant cousue de fil blanc, de ce dictateur : plus vous lui en donnerez et plus il en voudra. Aussi cela peut-il continuer longtemps, aussi longtemps qu'on le laissera faire. Personnellement, je crois que c'est reculer pour mieux sauter, comme dit l'expression. Avec Munich, nous avons gagné un an ou deux. Reste à savoir si nous sommes prêts à avaler un nouveau Munich pour la Bohème et la Moravie, puis pour la Pologne après tout pourquoi pas ? L'Allemagne peut ainsi s'étendre à l'·Est jusqu'aux frontières russes sans rencontrer de résistance. Mais, s'il en est ainsi, le jour où nous allons nous réveiller, il sera trop tard et nous serons mangés à notre tour.

— Vous êtes étonnamment pessimiste, dit Hubert Delmasse un peu décontenancé par ce raisonnement. Malgré lui, il est impressionné par la sobre personnalité de Rodolphe et abandonne un peu de sa superbe lorsqu'il le rencontre. Vous prenez Hitler pour un ogre et je ne vous ai jamais entendu, jusqu'à présent, tenir des propos aussi...

— Tout simplement, coupe Rodolphe, parce que je ne veux pas inquiéter ma fille. Elle vient de se marier. Je souhaiterais tout de même qu'elle connut quelques mois, si possible quelques années, de bonheur dans la paix.

Au retour de leur voyage de noces en Suisse et en Italie, le jeune couple s'était installé dans une coquette petite villa de Viroflay que France passait le plus clair de son temps à aménager. Ce choix avait étonné tout le monde et Hubert Delmasse avait exprimé la pensée de chacun en s'exclamant :

— Mais, ma chère petite, vous allez vous ennuyer à mourir loin de toute animation.

— M'ennuyer, moi ?, avait rétorqué France en riant presque. M'ennuyer alors que je vais pouvoir faire ce que je veux, tout arranger à mon goût, m'enivrer de couleurs, de fleurs et de musique. Vous n'y songez pas ! Je n'ai besoin de personne pour ne pas m'ennuyer.

L'un des premiers soucis de France avait été, en effet, de faire l'acquisition d'un poste de T.S.F. et d'un piano. Elle tapissait les murs de papiers aux coloris vifs et cultivait dans son jardin glaïeuls, roses et dahlias. Sa garde-robe avait évolué de la même manière et, abandonnant définitivement le noir et le blanc, elle osait l'orange et le vert acide qui mettaient en valeur la nuance auburn de ses cheveux.

Quand elle voulait se rendre à Paris, elle descendait à bicyclette jusqu'au Pont de Sèvres d'où elle prenait le métro ou l'autobus. Si elle devait rentrer chargée de paquets, Jean lui laissait exceptionnellement la Citroën.

Au début, et surtout pendant les mois d'été qui suivirent son mariage, Jean avait trouvé très agréable de rentrer chez lui pour profiter du jour déclinant dans le jardin. Il y sirotait un apéritif dans une chaise longue loin de la congestion urbaine. Mais, avec la venue de l'hiver, l'appel de son ancienne vie se fit de nouveau entendre. Il trouva les longues soirées à Viroflay mortelles et il lui arriva de plus en plus souvent de rester dîner en ville. Afin de pouvoir en avertir sa femme et lui demander de le rejoindre, il fit installer le téléphone à la villa. Il soupait la plupart du temps chez sa mère. France, qui ne pouvait supporter la conversation de son beau-père, déclinait l'invitation une fois sur deux et passait sa soirée à lire. Cela ne la dérangeait pas (elle avait toujours été un peu louve solitaire comme disait son père). Elle avait aussi de bonnes raisons de croire que, d'ici quelques mois, un bébé serait là pour l'occuper. Par contre, son beau-père se formalisait énormément de cet état de choses mais, au lieu d'inciter Jean à. rentrer chez lui, il critiquait le refus de France de se joindre à eux et les réflexions de ce genre allaient bon train :

— Tu avais bien besoin de t'embarrasser d'une femme qui reste terrée dans son donjon. Vous n'avez aucune vie sociale. Les gens jasent. Très mauvais pour nous.

A l'opposé, Berthe, lorsqu'elle voyait arriver son fils pour la deuxième ou la troisième fois dans la même semaine, essayait gentiment de le mettre dehors après l'apéritif. Alors Jean, prenant son air câlin de petit garçon, lui disait :

— Mais, maman, France se distrait en lisant. Pendant ce temps-là, je m'ennuie comme un rat mort. Si je lui parle affaires, ça ne l'intéresse qu'un très court moment. D'ailleurs, elle adore être seule, la preuve, sinon elle viendrait me rejoindre.

Ce à quoi Berthe, tout en s'inquiétant de la tournure que prenait la vie privée de ce jeune couple, ne trouvait rien à répondre.

CHAPITRE V

Lorsqu'en mars, France annonça officiellement la prochaine naissance prévue pour fin août, les troupes Nationalistes défilaient dans Madrid. Avec le triomphe de Franco, la France se voyait cernée par le fascisme sur toutes ses frontières. Au même moment, les troupes de Hitler envahissaient la Bohème et la Moravie et celles de Mussolini l'Albanie. Hubert Delmasse, lui-même, commençait à se ranger à l'avis de Rodolphe. Ce dernier, lorsqu'il apprit qu'il allait être grand'père, fut brutalement reporté vingt-cinq ans en arrière. Marie alors était enceinte de France. Ce n'est pas possible, pensait-il, une malédiction pèse sur la famille. Va-t-il donc falloir que France connaisse pour son enfant les mêmes affres que nous avons connues pour elle ? Se retrouvera-t-elle, elle aussi, avec un mari au front et un nouveau-né sur les bras que son père risque de ne même pas voir naître ? Non, ce n'est pas possible. Non, ça ne va pas recommencer. Nous ne sous sommes pas battus pour rien. Une autre génération, celle de nos propres enfants, doit-elle à son tour être sacrifiée ?

Se taisant comme toujours pour ne pas alarmer les siens, et surtout pas France dont il voulait ménager la grossesse, Rodolphe se faisait des cheveux blancs, au sens figuré comme au sens propre. Assailli par de violentes migraines qu'il supportait sans se plaindre, il essayait de donner le change au prix de douloureux efforts.

A cinquante-cinq ans, il se servait encore de sa bicyclette, notamment pour aller voir sa fille à Viroflay. Un samedi d'avril, en fin d'après-midi, celle-ci le vit arriver couvert d'écorchures, pantalon déchiré, et traînant, péniblement semblait-il, son vélo à la main.

— Papa, s'écria-t-elle complètement affolée, que t'est-il arrivé ?

— J'ai eu un étourdissement et je suis tombé.

France fit aussitôt allonger son père sur le canapé du salon, lui donna un cordial et de l'aspirine et se mit à nettoyer les plaies tout en insistant :

— Papa, je t'assure que je préférerais que tu me laisses appeler un médecin. Ce n'est pas normal ce qui t'arrive et je te trouve une mine affreuse.

Mais Rodolphe ne voulait pas entendre parler de déranger le médecin pour une chute de vélo suivie d'un mal de tête et de quelques égratignures sans gravité.

— Voyons, ma mignonne, répondait-il à sa fille, c'est sans doute ton état qui te porte à t'inquiéter outre mesure. Mais c'est un accident banal. Laisse-moi me reposer un peu, le temps que l'aspirine fasse effet et, dans une heure ou deux, il n'y paraîtra plus.

France se contenta donc de tirer les volets et de laisser son père au calme dans la pénombre. Bien qu'inquiète, elle respectait trop son père pour lui imposer quoi que ce soit contre sa volonté. Néanmoins, elle réussit tout de même à le convaincre de laisser sa bicyclette et d'attendre le retour de Jean pour se faire raccompagner en voiture.

Rodolphe n'était pas le seul à se soucier de la tournure alarmante que prenaient les événements. Berthe, elle aussi, pressentait l'orage et se souvenait soudain, avec une acuité nouvelle, avoir perdu son premier mari à la guerre. Elle tremblait doublement pour son fils et décida de s'en ouvrir à son mari.

— Ne vous inquiétez pas, ma chère, lui répondit-il. Nous pourrons certainement arranger ça afin qu'en cas de conflit, il ne combatte pas. Vous savez, j'ai le bras long et avec de l'argent et des relations, on peut tout obtenir.

Malgré son angoisse, Berthe était profondément choquée par un tel discours. Elle se revit en 1914, entourée de Louis, de Rodolphe, du père de celui-ci et de Maurice Auger. Quel homme à l'époque et malgré le danger, aurait osé parler de la sorte ? Elle mesura alors à quel point les temps avaient changé, tandis qu'Hubert continuait :

— En cas de mobilisation, il n'est évidemment pas question de le laisser partir avec un enfant à naître ou à peine né.

— Mais, fit alors remarquer Berthe qui s'était tue jusque là, vous vous exprimez comme si vous aviez l'intention d'agir sans même lui demander son avis !

— Quelquefois, lui fut-il alors répondu, il faut protéger les jeunes contre eux-mêmes,

— Non, Hubert, s'écria Berthe, vous ne pouvez pas faire ça derrière son dos. Je me réserve le droit de le prévenir de vos intentions. S'il vous laisse faire sans rien dire, tant mieux. Mais il a beau être jeune, il a tout de même l'âge de décider de son destin et d'agir selon ses convictions personnelles.

— Vraiment, ma chère Berthe, je ne vous comprends pas. Il eut été si facile de vous éviter des inquiétudes et des peines inutiles.

— Merci tout de même, Hubert, mais pas au prix d'une trahison. Car c'en serait une pour moi vis-à-vis de Jean.

Lorsque Berthe fit part à son fils des intentions éventuelles d'Hubert à son égard, si elle s'attendait à une réaction violente de sa part, elle fut déçue. Elle le trouva hésitant.

— Evidemment, dit-il, si France n'était pas enceinte, la question ne se poserait même pas

— Dans ce cas, dit doucement Berthe, si c'est elle qui pèse sur ta conscience, je crois qu'il faudrait que tu lui demandes son avis. Même si tout le monde, compte tenu de son état, a évité de faire allusion devant elle à l'éventualité d'une nouvelle guerre, je la crois suffisamment intelligente pour ne pas se faire d'illusions. Elle pouvait encore s'en faire au moment où 1'enfant a été conçu dans l'euphorie qui a suivi Munich, mais plus maintenant que Hitler a violé les accords...

Cette suggestion honnête de Berthe fut à 1'origine de la première scène que France eut jamais faite à Jean. La réaction de la jeune femme dépassa en violence tout ce à quoi son mari avait pu s'attendre. Il ne savait plus que dire ni que faire pour la calmer. Et il ne fit qu'exciter davantage sa colère lorsqu'il voulut arranger les choses en lui faisant remarquer que c'était surtout en pensant à elle qu'il n'avait pas immédiatement rejeté la proposition de son beau-père. France hurla presque :

— Mais c'est injuste, foncièrement injuste et s'il y a quelque chose que je ne supporte pas, c'est bien l'injustice. A quoi ont servi les victoires de la gauche si aujourd'hui l'argent peut tout acheter même l'honneur. Est-ce qu'en 1914 il serait venu à l'idée de ton père, qui pourtant avait aussi de l'argent, un nom et des relations, d'acheter sa réforme ou un poste de planque ?

— Non, sans doute, concéda Jean. Mais il en est mort.

— Et alors, c'est en te faisant embusquer que tu comptes le venger ?

— Mais, France, il n'est pas question de vengeance. Le passé est le passé. Que je combatte ou non, je ne le ressusciterai pas, cela est sûr.

Deux conceptions diamétralement opposées s'affrontaient et elles étaient déjà représentatives de celles qui allaient bientôt couper le pays en deux.

France marqua une pause, puis continua un ton plus bas :

— Écoute, Jean, tu feras ce que tu voudras. Je n'ai pas d'ordre à te donner. Agis selon ta conscience. Mais surtout ne viens pas mettre en avant l'argument selon lequel si tu te laisses embusquer, tu le fais pour moi. Je ne veux pas d'un tel mari et, pour bien prouver à toi-même et aux autres, à quel point je réprouve, je te préviens que je me séparerai de toi au cas où tu céderais aux instances de ton beau-père. Nos pères aussi avaient des femmes et des enfants en bas âge. Ils sont partis quand même. Nos mères sont restées seules sans se plaindre. Tout le monde était à la hauteur de la situation en ce temps-là. Qu'est-ce que tu crois ? Que les femmes d'aujourd'hui sont moins courageuses que leurs mères ? C'est faux. Elles le seraient plutôt davantage et elles sont surtout mieux armées pour se débrouiller seules. Si tous les riches en âge et en condition de se battre se dégonflent comme toi et sont prêts à monnayer leur non-participation, c'est sûr que nous allons perdre la guerre. Nos pères auront donné leur jeunesse, leur sang et souvent leur vie, pour rien. Je ne suis pas pour la guerre, loin de là. Je suis profondément pacifiste et antimilitariste, mais je reste patriote. Quand une situation ne saurait être évitée, il faut y réagir courageusement et surtout honnêtement. Voilà, en tout cas, mon point de vue.

— C'est parfait, France, conclut Jean qui avait écouté patiemment cette longue tirade, puisque tu te sens parfaitement de taille à faire face seule aux événements quels qu'ils soient, je ferai mon devoir et refuserai toute faveur.

Avant d'être appelé, Jean aura tout juste le temps de voir naître sa fille et c'est à la clinique qu'il viendra faire ses adieux à sa femme. Depuis le 23 août, date de la signature du pacte germano-soviétique, la France est en état d'alerte et tout le monde attend dans l'angoisse la déclaration de guerre, suspendue à l'heure H décidée par Hitler d'envahir la Pologne.

Dans de telles conditions, la naissance de Marie-France tombera doublement mal. France désirait tellement un garçon et était tellement persuadée d'en attendre un qu'elle n'a même pas envisagé de prénom féminin. Lorsqu'à son réveil, après un accouchement difficile, Jean, à son chevet, lui annonce le naissance d'une petite fille, il a la triste surprise de voir France fondre en larmes. Sous le coup de la déception, elle ne veut même pas voir le bébé et lorsque Jean pose la question du prénom, il se heurte à un mur. Pris de court, c'est la présence de Marie, incrédule et offusquée devant la réaction de sa fille, qui va donner au père, un peu dépassé par les événements, une idée :

— Si on l'appelait Marie-France, en l'honneur à la fois de sa mère et de sa grand'mère ?

Marie est absolument ravie de cette initiative mais France, soudain, recouvre la parole pour lancer :

— Ah ! non, donnons-lui au moins un prénom qui convienne aussi bien à un garçon qu'à une fille. Dominique, Frédérique, Claude …

Jean proteste énergiquement, soutenu par Marie :

— Il n'en est pas question. Je veux que, d'ores et déjà, le sexe de ma fille soit bien défini et qu'il ne puisse y avoir aucune équivoque à cause de son prénom. C'est bien suffisant qu'elle soit destinée à porter de la layette bleue et blanche.

— Ne vous inquiétez pas, Jean, chuchote Marie, j'ai tricoté du rose en cachette.

— Je regrette, mais elle ne portera pas de rose, tranche France.

— Mon Dieu, quel caractère, gémit Marie.

Elle ne parvient pas à accepter l'affirmation de la personnalité de sa fille depuis son mariage. C'est pourquoi elle a mis celle-ci d'abord sur le compte de sa grossesse et maintenant sur la dépression consécutive à l'accouchement. Elle tente de rassurer Jean :

— Ne vous inquiétez pas, France est nerveuse. Ça lui passera dans quelques jours. Maintenant dépêchez-vous. Allez à la mairie faire la déclaration de la naissance de... Marie-France, puisque la voilà baptisée.

France ne réagit pas. Elle boude tandis que sa mère, penchée sur le berceau, s'extasie devant le minuscule brugnon fripé qui dort à poings fermés sans avoir conscience de l'orage qui gronde au loin.

Dans la soirée, toute la famille se retrouve dans la chambre de France. Rodolphe a apporté quelques livres.

— Je veux des journaux, lui dit France.

Obéissant à contrecœur, il accède néanmoins à son désir et redescend acheter le *Petit Parisien*.

— Tant que je serai immobilisée dans cette maudite chambre, coupée de tout, je veux les journaux tous les jours. Jean ou maman, vous m'apporterez celui du matin et papa celui du soir.

Marie est inquiète.

— Tu vas finir par faire tourner ton lait. Tu ferais mieux de te reposer en essayant de ne penser à rien. Tu connaîtras le pire bien assez tôt. Ton mari ne peut pas partir sans venir te dire a... au revoir.

Mais France ne veut rien entendre et se préoccupe davantage des événements que de l'enfant qui vient de naître. Toutefois, elle consent à le nourrir au sein. Dans l'incertitude actuelle, c'est une mesure de sécurité, Au moins, quelles que soient les circonstances, le bébé est sûr d'être convenablement alimenté.

Hubert Delmasse et Berthe sont arrivés à leur tour avec des gerbes de fleurs, du champagne, des gâteaux et un appareil-photo.

— Vive les filles, s'écrie Hubert en trinquant. Elles, au moins, ne partent pas à la guerre !

C'est d'assez mauvais goût et cela jette un froid.

Rodolphe, quant à lui, ne peut quitter Jean des yeux ni s'empêcher de se reporter vingt-cinq ans en arrière. Il sait, pour l'avoir vécu, quel martyre endure ce jeune père qui, d'un moment à l'autre, va être contraint d'abandonner femme et enfant sans savoir quand il les reverra.

Même s'il s'en sort indemne comme moi, pense douloureusement Rodolphe, la dernière guerre a duré quatre ans. Celle-ci pourrait bien être aussi longue, à moins que nous ne soyons ratatinés tout de suite.

Il s'efforce néanmoins de sourire, avec sa petite-fille dans les bras pour la photo-souvenir, et lui, l'incroyant, se surprend à murmurer au-dessus de ce frêle fardeau, quelque chose qui ressemble à une prière.

Malgré le champagne, et les fleurs, et la verve d'Hubert faisant des efforts méritoires pour mettre de l'ambiance , le cœur n'y est pas et personne ne peut se retenir de parler guerre plutôt que nouveau-né.

Une semaine plus tard exactement, le 1er septembre au matin, Jean arrive, blême et hagard, dans la chambre de France. La jeune accouchée vient d'être autorisée à se lever. Elle est radieuse car son médecin vient de lui faire savoir qu'elle pourra quitter la clinique dans deux ou trois jours. Mais le sourire qu'elle destinait à son mari se crispe au coin de ses lèvres lorsqu'elle voit la mine défaite de celui-ci qui, la trouvant debout, s'abat littéralement sur ses épaules en pleurant presque :

— C'est pour aujourd'hui. Les troupes allemandes viennent de pénétrer en Pologne. La mobilisation générale et l'état de siège sont décrétés. Je dois rejoindre mon dépôt demain.

— La guerre est-elle déclarée ?,demande France d'une voix blanche.

— Non, pas encore. Hitler a envahi la Pologne sans déclaration de guerre. Il veut nous rendre responsables de l'ouverture des hostilités ce qui, maintenant, n'est plus qu'une question d'heures.

France sent soudain son beau courage l'abandonner devant la perspective de se retrouver seule à Viroflay avec un bébé dans un pays en guerre. Il y a loin de l'imagination à la réalité ! Aujourd'hui, confrontée avec l'actualité, elle est bien près de perdre contenance. Mais devant cet homme aux yeux humides, qu'elle sent lui-même prêt à défaillir, elle se ressaisit et se morigène intérieurement :Après tout ce que j'ai dit, ce n'est pas le moment de flancher. Je dois le galvaniser au contraire. Grâce à un suprême effort de volonté, elle garde les yeux secs et la tête haute au moment des adieux.

— Tant que je serai à la caserne, lui dit Jean, je te téléphonerai et, au moment de partir, je te communiquerai le lieu de ma destination, si toutefois on nous l'indique à. temps. Dernière chose, France, je sais que tu n'en fais qu'à ta tête mais pense au moins à ta fille qui est aussi la mienne : j'aimerais que tu envisages d'abandonner Viroflay - vous y serez trop isolées, même avec le téléphone - et que tu te rapproches de tes parents ou de ma mère en descendant à Boulogne ou dans le 16ᵉ. S'il te plait, fais-le avant l'hiver.

— Oui, promet France pour ne pas le contrarier.

Jean est parti brusquement pour cacher ses larmes. Comme avertie par son instinct, Marie-France, dans son berceau, se met soudain à. hurler si fort que France, chez qui l'amour maternel se réveille lentement, ne pense plus, soudain, à autre chose qu'à son bébé. Elle le croit malade car elle ne l'a pas encore, depuis huit jours qu'il est né, entendu pleurer ainsi. Fébrilement, elle sort l'enfant de son berceau, le dépose sur le lit et entreprend de le démailloter pour voir si quelque épingle le pique. Mais tout est en ordre et, dans les bras de sa mère, Marie-France se calme peu à peu.

France s'exaspère cependant d'être encore clouée dans cette clinique pour trois jours alors qu'un drame si grave se noue à l'extérieur. Elle n'apprend les événements qu'avec retard sans même pouvoir se rendre compte de l'atmosphère qui règne dans Paris.

— Tout est calme, lui confirment ses parents, accourus en début d'après-midi dès qu'ils ont appris la mobilisation.

— Rien de comparable, ajoute Marie, avec août 14. Aucun mouvement de foule, aucune ferveur, aucune passion, aucune vie presque dirait-on. Vraiment il faut l'entendre à la T.S.F. et le lire dans les journaux pour parvenir à croire que tout recommence. En 14, tout le pays a soutenu ses hommes mais aujourd'hui... Comment vont-ils se battre, les pauvres, s'ils se sentent ainsi abandonnés à leur triste sort ? C'est déjà si difficile, j'imagine...

— D'autant plus, renchérit Rodolphe, que la plupart d'entre eux ont l'impression qu'ils vont mourir pour Dantzig, que cette guerre ne les concerne pas puisque c'est la Pologne qu'Hitler a envahie, pas la France. En outre, il n'y a pas de revanche à prendre cette fois-ci, pas d'Alsace-Lorraine à brandir comme un étendard...

Le dimanche 3 septembre, l'Angleterre, la première, déclare la guerre à l'Allemagne, suivie par la France quelques heures plus tard.

Lorsque Rodolphe, rivé auprès du poste de T.S.F., entend la voix autant attendue que redoutée annoncer :

— Le gouvernement français...

Il est tout entier secoué par un long frisson, puis demeure figé comme une statue, les mains raidies et les yeux fixes, à tel point que Marie, une seconde, dans sa propre émotion, le croit terrassé par un arrêt du cœur. Elle se précipite. Il ne bouge pas. Elle le secoue :

— Rodolphe ! Réponds-moi ! Mais réponds-moi donc !

Enfin ses yeux bougent et ses mains se détendent. Il regarde sa femme mais il semble encore hébété et, plusieurs fois de suite, écrasé sous le poids d'un malaise insupportable, il répétera comme une litanie :

— Non, ce n'est pas possible. Non, ce n'est pas vrai.

Cependant que Marie le secoue toujours.

— Attends, je vais te faire un café bien fort. Ensuite nous irons voir France. Allons, remets-toi.

Et elle ajoute pour le galvaniser :

— Tu en as vu d'autres !

Ce à quoi il répond enfin, semblant avoir retrouvé ses esprits :

— Trop justement. Et je n'ai plus l'âge. La guerre, c'est un enfer où tout se brise. Et celle-ci avec tous les nouveaux moyens mis en œuvre ! Heureusement, je n'ai plus de fils à envoyer au front mais il me reste une fille et une petite-fille. Les civils, je le crains, n'attendront pas trois ans pour être bombardés.

Devant l'effondrement de son mari, Marie est complètement perdue. Pendant plus de trente ans, elle a eu l'habitude qu'il la rassure, ou qu'il prenne sur ses épaules le fardeau des décisions et les responsabilités. Aujourd'hui, elle réalise avec effroi qu'elle a en face d'elle un homme usé et vieillissant. Pour la première fois, elle prend conscience des ravages que le temps, les épreuves, les chagrins ont fait sur le visage de Rodolphe. Elle exprime son angoisse soudaine par une phrase quelle n'a jamais eu jusque là l'occasion ou l'intuition de prononcer :

— Tu as l'air malade...

Alors, les anciens réflexes jouant encore une fois, Rodolphe fait un effort, se lève et d'une voix qu'il veut plus assurée qu'elle ne l'est réellement :

— Mais non, mais non. Je vais très bien. Tu as raison. Fais moi du café. Ça. va passer. Et rendons-nous auprès de France en vitesse.

Quand ils arrivent à la clinique, ils ont la grande surprise de trouver France toute habillée, sa valise bouclée posée sur le lit. Avant qu'ils aient pu prononcer une parole d'étonnement, France explique :

— Oui, je sais. Nous sommes en guerre depuis midi. Le médecin m'a autorisée à partir. J'ai promis d'aller me reposer quelques jours chez vous.

En fait de quelques jours, France va rester chez ses parents jusqu'à ce que, les semaines passant, tout le monde constate, sans rien comprendre d'ailleurs, qu'il ne se passe rien. Enfin, rien à l'ouest du moins. Aucun bombardement, aucune attaque ennemie. Depuis la timide offensive en Sarre qui a suivi la déclaration de guerre, la presque totalité de nos troupes a été ramenée le long de la ligne Maginot.

— Je ne comprends pas, dit France exprimant ainsi l'opinion générale, nous avons déclaré la guerre à l'Allemagne pour la Pologne. Or Varsovie a capitulé sans que nous ayons rien tenté pour lui venir en aide. Maintenant Hitler a les mains libres pour se retourner d'un seul bloc contre nous.

Ce à quoi d'ailleurs tout le monde s'attend. Mais les jours passent et rien ne se produit. On commence un peu partout à parler de la drôle de guerre qui finit par endormir la vigilance et par engendrer l'ennui. Les gens s'habituent peu à peu à cette morne attente et, se rassurant, oublient presque que le pays est en guerre.

Jean, qui vient en permission dès le mois de novembre, contribue lui-même à rasséréner les esprits :

— On ne peut pas continuer longtemps comme ça. Il n'y a plus de raison de continuer la guerre puisqu'il n'y a pas de guerre. Notre unité n'a même pas eu l'honneur d'un baptême du feu. On nous emploie à des travaux de terrassement et, pour tuer le temps, on va même jusqu'à organiser des compétitions sportives. Dans ces conditions, on ne va pas tarder à demander la paix.

Et, oubliant son inquiétude du début, il ne proteste pas lorsque France lui fait part de son désir de rester à Viroflay où, profitant du retour de son mari, elle s'est réinstallée.

— Oui, lui dit-il, bien sûr. C'est inutile de déménager maintenant. Mon retour définitif ne saurait plus tarder et, au printemps prochain, nous serons heureux d'avoir le jardin pour Marie-France.

Il accepte d'autant plus facilement que France, pour accroître sa sécurité, a fait l'acquisition d'un jeune chien-loup qu'elle entend dresser à la garde.

— Avec le téléphone, la voiture et le chien, je crois en effet que je peux repartir tranquille, conclut Jean au terme de sa permission.

Un peu moins confiant, et surtout las de cette attente qui, finalement, se prolonge — seule la bataille de Finlande attaquée par les Russes a, un moment, réveillé l'intérêt —, Jean reviendra encore — les permissions sont accordées largement —, mais pour la dernière fois, en mars 40.

— La prochaine fois, ce sera la bonne, dit-il en embrassant sa femme au moment de rejoindre de nouveau son unité.

Pendant quinze jours, il a joué avec sa fille qui a maintenant sept mois, et avec Woolf, le chien, devenu une splendeur de la race . En repartant, Jean emporte un volumineux paquet de photographies et une mèche des cheveux blonds de sa fille. Il est fier qu'elle ait hérité de lui ses yeux verts aux reflets noisette Bref, il la trouve belle, plus belle évidemment et surtout plus intelligente (comme il dit) que lors de sa dernière permission (elle n'avait que trois mois et on change vite à cet âge). C'est le cœur encore plus serré qu'au lendemain de sa naissance qu'il va la quitter cette fois-ci, malgré l'espérance d'un proche retour. Il sait d'ores et déjà que l'existence de sa fille le ramènera plus souvent, et surtout plus tôt, à la maison qu'auparavant

Le destin, hélas, va en décider tout autrement et Marie-France ne bénéficiera jamais de cette présence dont son père lui fit mentalement don en la quittant.

CHAPITRE VI

Les événements vont soudainement se précipiter et la guerre va se réveiller brutalement. De drôle, elle va rapidement devenir tragique. En avril 1940, les Allemands envahissent la Norvège et le Danemark; en mai, la Hollande, la Belgique et le Luxembourg. La panique s'abat alors sur le Nord au souvenir de ce qui s'est passé en 1914. A partir du 10 mai, Paris va voir déferler un flot continu de réfugiés arrivant d'abord par les trains tant qu'ils circuleront, puis en voiture tant qu'il y aura de l'essence, puis finalement à bicyclette et à pied, misérables hordes chargées comme des mulets, harassées, mais continuant malgré tout, droit devant elles, vers le sud.

Les Parisiens qui ne sont pas, ou mal, informés de ce qui se passe, sont loin, de toute façon, de supposer l'étendue du désastre et l'imminence de la catastrophe. Ils n'en commencent pas moins à devenir inquiets tant la peur est contagieuse et tant cette marée humaine défilant jour et nuit sous leurs fenêtres les incite à fuir à leur tour.

Et voilà soudain que, pour ajouter à la panique, c'est le branle-bas du côté officiel. Médusés, les Parisiens voient s'allumer des feux dans les rues tandis que des monceaux de papiers tombent des fenêtres des ministères. Ailleurs, on charge à la hâte des caisses dans des camions. Comme en septembre 14, la rumeur circule que le gouvernement s'apprête à quitter Paris .

C'est alors que France reçoit la visite de Berthe venue lui annoncer qu'Hubert et elle-même ont décidé de partir pour Marseille. Elle lui demande de les accompagner. France refuse catégoriquement malgré l'insistance et le désespoir de sa belle-mère. Alors France se fait venimeuse en dépit de la sympathie qu'elle a toujours éprouvée pour Berthe :

— Vous étiez plus courageuse quand vous aviez vingt ans. Et pourtant, alors, vous aviez un enfant en bas âge, tout comme moi. Les Allemands étaient encore plus près de Paris qu'ils ne le sont aujourd'hui — (en fait, au moment où parle France, personne ne sait exactement où se trouvent les avant-gardes ennemies) — vous êtes néanmoins restée fidèle au poste. Permettez-moi de suivre l'exemple que vous m'avez donné dans le passé plutôt que d'accepter la proposition que vous me faites aujourd'hui. Et si Jean revient ? Vous n'y avez pas songé ? Il courra après nous jusqu'à Marseille à. bicyclette ? Et mes parents ? Je les connais, ils ne partiront pas. Or il n'est pas question que je les abandonne.

— Mais France, plaide encore Berthe, vous avez un enfant, un bébé. Songez à sa sécurité. Après tout, peut-être serais-je partie en 14 si on m'en avait offert la possibilité.

— Vous savez très bien que non, proteste France en regardant sa belle-mère droit dans les yeux et l'obligeant à baisser la tête. Je demeure convaincue que nous sommes plus en sécurité ici, sous un toit, que sur les routes bondées au milieu de la débâcle. N'insistez pas, je vous en prie. Ma décision de ne pas bouger est irrévocable.

Berthe est ébranlée. Au fond, elle voudrait bien rester, elle aussi, mais Hubert la presse.

— Comme vous voudrez, France, finit-elle par dire. Je vous souhaite bon courage et... bonne chance.

Il va en falloir à France. Les nouvelles ne sont pas du tout rassurantes : le roi des Belges a capitulé, les troupes anglaises rembarquent précipitamment à Dunkerque.

Et le 3 juin, soudain, c'est la première alerte : les avions ennemis se mettent à bombarder la périphérie sud-ouest de la capitale, visant les usines Renault. Alentour, des immeubles s'écroulent. Billancourt, Issy-les-Moulineaux et Sèvres sont en flammes.

France a attendu la fin du bombardement assise par terre dans la cave de sa villa, sa fille dans les bras, son chien hurlant à. la mort à ses pieds. Quand elle se relève et monte à l'étage pour constater, par la fenêtre de sa chambre, l'importance des dégâts, son sang ne fait qu'un tour : ses parents ! Elle embarque enfant et animal dans la Citroën et se rue vers le Pont de Sèvres. Il est endommagé mais il est debout. On peut passer. De l'autre côté de la Seine, la vision est apocalyptique : dans la fumée et la poussière, des ambulances, des voitures de pompiers, une foule de badauds et de volontaires se pressent, autour des décombres. France ne reconnaît presque plus un paysage si familier la veille. Elle ne s'attarde pas. Elle accélère. Marie-France pleure. Woolf aboie. Dieu merci, plus France s'éloigne du Pont de Sèvres et plus la scène redevient normale. Quand elle arrive à la hauteur de l'immeuble qu'habitent ses parents, elle s'arrête, le cœur battant : il est debout et intact. Marie est à la fenêtre. Rodolphe sur le pas de la porte. Père et fille tombent dans les bras l'un de l'autre. Le visage de Rodolphe est littéralement ravagé par l'angoisse.

— Tu ne peux plus rester là-haut, dit Rodolphe. Si Renault est bombardé, étant chacun de part et d'autre de l'objectif, nous allons vivre dans une inquiétude perpétuelle. Quand tu es arrivée, je m'apprêtais à. enfourcher mon vélo pour voir s'il ne t'était rien arrivé.

— Oui, papa, je sais. Tu as raison. Il va falloir que je me résolve à. quitter Viroflay, ne serait-ce d'ailleurs que parce que le ravitaillement y devient impossible. Tous les commerçants du coin plient bagages les uns après les autres. J'ai tenu le maximum parce qu'avec la. chaleur qu'il fait, un enfant et un chien encombrant, je n'avais aucune envie de me confiner dans un appartement. Mais je crois, en effet, que si au problème de l'isolement et des difficultés d'approvisionnement s'ajoutent maintenant les bombardements, je vais être obligée de m'installer chez vous.

Le 10 juin, double coup de tonnerre : on apprend simultanément que l'Italie est entrée en guerre et que le gouvernement a quitté Paris. Paris, qui, à l'aube du 11 juin, se réveille dans un nuage de fumée. Dans la panique générale, on finit par savoir que le gouverneur militaire de Paris a ordonné de mettre le feu aux réservoirs d'essence de la banlieue. Autour de chez France, c'est la bousculade : ceux qui étaient restés jusqu'à présent s'en vont dans la débandade la plus complète, entassant pêle-mêle valises et êtres humains à l'intérieur des voitures et superposant les matelas sur les toits.

Immobile sur le pas de sa porte, France assiste à ce spectacle affligeant.

— Vous feriez bien de vous en aller aussi, ma p'tite dame, lui dit quelqu'un en passant. Cette fois-ci, c' est vraiment la fin. Pour que le gouvernement foute le camp et qu'ils brûlent leurs réserves, les Fridolins sont sûrement aux portes de Paris.

— Mais vous allez où ?, demande alors France, Vous avez de la famille en province, une maison quelque part ?

— Rien du tout, lui répond-t-on. Mais tout vaut mieux que d'attendre de se faire tuer.

Viroflay et les environs sont maintenant déserts. France charge la voiture : le berceau et les affaires de Marie-France. Désormais, elle ne couchera plus chez elle. Mais, comme il faut également caser sa fille et le chien, elle ne peut pas tout emporter d'un seul coup. Elle remontera donc seule, avec Woolf, pour la dernière fois le 13 juin, chercher ses derniers bagages. Il est temps. Elle croise des groupes de gens affolés qui marchent aussi vite qu'ils le peuvent, des valises à la main, des enfants dans les bras.

— Les Allemands descendent sur Versailles. Ils s'installent partout, défonçant les portes.

Un attroupement se forme autour de sa voiture qu'elle a arrêtée pour se renseigner. Elle comprend soudain qu'on voudrait bien s'en emparer, même si ce que contient encore le réservoir d'essence leur permettrait tout juste de faire vingt kilomètres. Mais heureusement Woolf, qui apparemment l'a compris aussi, se fait menaçant. Les gens reculent et quelqu'un prend quand même le temps de préciser :

— Vous feriez bien de rebrousser chemin. Ils tirent sur tous les chiens.

France remonte la vitre qu'elle avait baissée et redémarre en trombe pour monter néanmoins jusqu'à la villa. En hâte, elle prend ses affaires, les jette sur le siège arrière de la voiture, referme la porte et la grille à double tour et repart en direction de Boulogne.

256

Quand elle arrive chez ses parents, ceux-ci s'étonnent d'un retour aussi rapide. Alors, ses nerfs lâchant, elle s'écroule en larmes dans les bras de son père :

— Papa ! Les Allemands sont à Paris !

— Non ! C'est un hurlement qui s'échappe de la gorge de Rodolphe.

Marie est pétrifiée mais essaye néanmoins de se rassurer en avançant :

— C'est une fausse nouvelle. On nous a fait le coup aussi en septembre 14 avant la bataille de la Marne. Ils ne sont peut-être pas loin mais nos troupes vont les arrêter aux portes

— Nos troupes ? Mais; maman, tu rêves. Il n'y en a plus, Tu n'as pas vu, c'est la débandade complète. Depuis quelques jours, des soldats jettent leurs armes dans les rues et mendient qu'on leur prête un costume civil pour ne pas se faire tirer dessus.

Rodolphe est livide et il semble incapable de proférer une parole. France regarde par la fenêtre : après le branle-bas de ces derniers jours, l'avenue, qui a vu s'écouler des files interminables de fuyards, est absolument déserte. Pas une voiture, pas une bicyclette, pas un piéton ne circulent. La Citroën de France, rangée le long du trottoir, est la seule automobile visible.

Toute la soirée, toute la nuit qu'ils passeront blanche, ils vont guetter, derrière les volets, sans échanger une parole, en proie à une angoisse indicible. Coupés de tout, sans aucune information, dans une ville dont toute forme de vie est absente, ils attendent que leurs yeux leur confirment l'incroyable.

A sept heures du matin, un coup de sonnette les fait tressaillir. C'est tout juste s'ils osent ouvrir avant d'avoir reconnu la voix d'une voisine qui, à peine a-t-on entrebâillé la porte, annonce d'une voix hachée par l'émotion :

— Ils sont à la porte de la Villette. Ma sœur, qui habite le 18e, vient de me prévenir par téléphone. Je ne sais rien de plus. La communication a été coupée. Mais Paris est sûrement encerclé à l'heure qu'il est.

— Il faut quand même que je descende le chien, a le réflexe de dire France. Dieu sait ce qui va se passer tout à l'heure. S'ils tuent les chiens comme on me l'a dit, je me demande ce que va devenir ce pauvre Woolf enfermé entre quatre murs.

Une fois dehors, tenant le chien en laisse, elle n'ose pas s'éloigner de plus de quelques pas de l'entrée de l'immeuble. L'oreille en alerte, l'œil aux aguets, elle s'avance jusqu'au bord du trottoir et scrute l'avenue déserte. Et soudain, se croyant victime d'une hallucination, France aperçoit au loin quelque chose qui ressemble à une voiture blindée, escortée de motocyclistes.

Elle remonte quatre à quatre les escaliers et, haletante, elle jette, en se précipitant à la fenêtre :

— Ils sont là, !

Derrière les volets tirés, la fenêtre est restée ouverte et une voix, parlant à travers un haut-parleur, prononce, avec un accent qui ne peut pas tromper, des mots qui glacent le sang dans les veines, C'est l'occupant qui, déjà, dicte ses ordres :

— Restez chez vous. Fermez vos fenêtres. Ne sortez sous aucun prétexte. Il sera tiré sur tout ce qui bouge à terre ou en l'air. Mais si vous respectez les consignes, il ne vous sera fait aucun mal.

Rodolphe, Marie et France, pressés l'un contre l'autre à la même fenêtre, invisibles derrière les persiennes closes, vont assister, incrédules d'abord, désespérés ensuite, impuissants de toute façon, au défilé des troupes ennemies le long de leur avenue. Comme à la parade, dans un ordre impeccable. Uniformes verts., casques et bottes noires — le bruit des bottes allemandes sur les pavés de Paris, aïe mon cœur ! Et soudain, sans un cri, Rodolphe s'effondre...

France croit d'abord à un évanouissement provoqué par l'émotion. Elle arrache la cravate, déboutonne la chemise, détache la ceinture.

— De l'eau froide, maman, vite, et de l'eau de Cologne !

Mais Rodolphe semble avoir sa conscience. Ses yeux ouverts ont gardé une certaine forme d'expression, ses lèvres remuent dans un effort désespéré semble-t-il pour dire quelque chose, mais son corps est raide.

Ni la compresse d'eau fraîche que France lui pose sur le front ni l'eau de Cologne qu'elle lui fait respirer n'ont d'effet sur l'état de Rodolphe.

— Maman, aide-moi à le soulever. Il faut le transporter sur le lit et appeler un médecin. Ça ressemble à une attaque.

Dans son affolement, France a perdu toute notion de la réalité : les troupes allemandes qui défilent sous les fenêtres, l'interdiction de sortir, tout cela, si présent quelques minutes auparavant, a disparu de la mémoire de France qui n'a plus qu'une idée en tête : sauver son père !

Elle se précipite chez la voisine qui est la seule dans l'immeuble à posséder le téléphone. Elle essaye de composer différents numéros sans succès.

— Mais ce n'est pas possible ! Ils ne sont pas tous partis ! Elle est au bord des larmes. Elle s'acharne. Le temps passe et, deux étages plus haut, son père est peut-être déjà mort.

— Êtes-vous sûre, lui dit enfin la voisine, que le téléphone fonctionne normalement ?

— Dans ce cas, il faut absolument que je sorte. Que j'aille au moins jusqu'à une pharmacie ouverte. Ils ne vont pas tirer sur une femme seule quoiqu'ils disent.

Dans son désarroi et sa peur, France ne sait pas si elle doit arborer un mouchoir blanc ou marcher les mains en l'air en sortant de l'immeuble. Sans plus réfléchir elle se jette dans la rue. Le défilé a cessé. Il n'y a plus que des patrouilles. Les bras en l'air, elle fait des signes désespérés. Un soldat allemand, armé jusqu'aux dents, lui fait comprendre par gestes de s'approcher. Alors elle s'élance.

— Mon père, mon père... malade. Il va mourir. Il faut que j'aille chercher un médecin. Laissez-moi circuler. Ma voiture...

— Voiture réquisitionnée, lui répond un autre soldat qui s'est approché et qui, apparemment, parle un peu français.

— J'ai un vélo, dit France.

— Prenez le vélo. Allez. N'ayez pas peur. Nous ne ferons pas de mal à la population, si population sage.

En cette première journée d'occupation, France va sillonner les rues, désespérément, expliquant, à chaque fois qu'on l'arrête, qu'elle est à la recherche d'un médecin qui voudra. bien se déplacer. D'adresse en adresse, elle finira, épuisée, par tomber sur un vieux médecin qui acceptera d'enfourcher lui aussi sa bicyclette et de l'accompagner. Et c'est alors seulement qu'elle réalisera que plus de quatre heures se sont écoulées depuis que Rodolphe est tombé ! Elle le retrouve dans le même état, ou presque, qu'elle l'a quitté. Ausculté par le médecin, il remue un peu la jambe et le bras gauches mais le côté droit reste immobile et il ne peut pas parler bien qu'il comprenne ce qu'on lui dit puisqu'il répond aux questions par oui ou par non en bougeant légèrement la tête.

— Hémiplégie, diagnostique enfin le médecin. C'est à dire paralysie unilatérale. Je pense qu'elle est due à une hémorragie cérébrale. Il faudrait...il faudrait des examens. L'hôpital. Hélas il n'y faut pas songer, Je ne sais même pas comment je vais faire pour me procurer les médicaments. Maintenant, je ne peux plus rien faire. Dans une heure c'est le couvre-feu. De toute façon, c'est trop tard. C'est tout de suite qu'il aurait fallu pouvoir agir. Mais pourquoi, pourquoi, n'a-t-il pas consulté plus tôt puisqu'il se plaignait de fréquents et violents maux de tête ?

France pose alors une question qui la hante :

— Croyez-vous qu'il restera pa... comme ça défini-tivement ?

— On ne peut pas savoir d'autant moins qu'on ne peut pas le soigner comme il faudrait. De toute façon, il ne remarchera jamais normalement mais il pourrait — oui — se lever à nouveau et marcher tant bien que mal avec une canne.

— Et parler ? demande encore France.

— Parler aussi. Tout va ensemble. Ne désespérez pas et, ne vous y trompez pas, il a conservé toute sa lucidité. Quelle que soit la maladie, le moral est très important, souvenez-vous, très important. Sans moral pour soutenir la volonté, il n'y a pas de guérison ni même d'amélioration possibles.

Marie, qui pleurait doucement, balbutia,:

— Dans les conditions actuelles, docteur...

— Je sais. Il vous faudra beaucoup de courage pour garder l'espoir, mais j'insiste, c'est pourtant essentiel. De quoi croyez-vous qu'il soit tombé ? D'une hémorragie cérébrale, sans doute. Oui, mais provoquée par quoi si ce n'est par le paroxysme du désespoir. Il faut donc lui insuffler le contrepoison coûte que coûte. Pour les médicaments *matériels*, je vais m'en occuper et je reviendrai demain.

L'attitude de cet homme âgé qui, dans la tourmente, est encore capable d'exercer son métier avec dévouement et sang-froid, met du baume sur le cœur déchiré de France, France qui se souvient des inquiétudes dont lui faisait part Thomas. Avait-il une prémonition, comme souvent les êtres hypersensibles ? Aurait-elle dû s'en souvenir plus tôt lorsque Rodolphe avait eu un malaise en venant chez elle et avait refusé qu'elle appelât un médecin ? Aurait-elle dû alors passer outre la volonté de son père ? Cela aurait-il empêché ce qui arrivait aujourd'hui ? La phrase du médecin qu'elle n'a pas relevée à cause de cela (mais pourquoi n'a-t-il pas consulté plus tôt ?) — l'a écrasée d'un poids de culpabilité. En partie pour chasser les remords, les regrets et les doutes, France se met dans la tête que son père doit et va guérir. D'ores et déjà, elle se refuse à le traiter comme un grand malade qu'on ménage et qu'on dorlote comme un enfant

Sous l'effet des drogues, Rodolphe s'est assoupi et si France espérait qu'un miracle se produirait pendant son sommeil, elle sera déçue : à son réveil, rien n'a changé. Si pourtant. Son père, qui ne peut toujours pas parler, essaye d'obtenir quelque chose en faisant des gestes de sa main valide. Soudain France comprend : du papier et un crayon ! Et pendant une bonne partie de la matinée, Rodolphe va s'exercer à écrire de la main gauche. Comme à l'école, il reprend méthodiquement chaque lettre de l'alphabet et trace d'une écriture malhabile des lignes de a, b, c, etc.

Quand le médecin revient comme promis — il n'a pas trouvé la moitié des médicaments qu'il aurait voulus mais se garde bien de le dire— il trouve que cet effort est de très bon augure alors que Marie s'inquiète :

— Mais, docteur, ça va le fatiguer.

— Cela n'a pas d'importance. Tout vaut mieux que l'abêtissement et le laisser-aller. S'il peut encore faire travailler son cerveau, ne le privez pas de ce dernier plaisir sous prétexte de le ménager.

L'admiration de France envers ce médecin ne fait que croître : elle l'estime non seulement profondément humain mais encore très intelligent. Elle va donc s'efforcer de soutenir son père dans ses tentatives de se débrouiller avec les moyens qui lui restent. Rodolphe, désormais, va passer son temps de veille à exercer sa main gauche et à lire. Les Conférencias s'empilent sur la table de chevet. Il manifeste également le désir d'être tenu au courant des événements et France, qui respecte sa volonté malgré les risques, apportera le poste de T.S.F. près de son lit pour lui permettre d'écouter, le 17 juin à midi trente, l'allocution du maréchal Pétain :

C'est le cœur serré que je vous dis aujourd'hui qu'il faut cesser le combat...

De la part du vainqueur de Verdun, la phrase passe plus mal encore. Une grosse larme isolée coule sur la joue gauche de Rodolphe tandis que Marie qui a toujours eu, surtout dans les moments les plus dramatiques, le sens du théâtre, entonne soudain d'une voix brisée par les sanglots qu'elle retient :

> *Et Verdun la victorieuse...*
> *Fuyez barbares et laquais...*

— Non, continue-t-elle, farouchement patriote et au comble d'une exaltation désespérée, ils n'obéiront pas. Ils ne laisseront pas la France sous la botte allemande.

Et, à l'adresse de son mari, immobilisé brutalement par une guerre dans laquelle il n'a pas combattu (mais le mal n'a-t-il pas pris racine dans l'autre guerre ?) :

— Rassure-toi. Ils vont faire quelque chose.

Elle ignore, comme tout le monde encore, qu'un soldat français, à Londres, va effectivement se dresser contre Pétain. L'appel du 18 juin, comme la plupart des Français, ils ne l'entendront pas. Ce ne sont que des bribes du discours de de Gaulle du 22 qui leur parviendront, écorchées par les parasites :

Moi, général de Gaulle, j'entreprends ici, en Angleterre, cette tâche nationale... J'invite tous les Français qui veulent rester libres à m'écouter et à. me suivre...

— De Gaulle, qui est-ce ? demandera alors Marie.

Désormais France, malgré les interdictions de l'occupant, va s'efforcer de capter la B.B.C, à 12 h 30 et à 20h15. En attendant, on apprend par les ondes officielles que l'armistice a été signé le 22 juin. Dans ce même wagon du carrefour de Rethondes qui vit le triomphe de Foch et de Clémenceau, Hitler a contraint les plénipotentiaires français à se rendre. Le Führer savoure une revanche parfaite jusque dans les moindres détails. Et le 25, toujours officiellement, c'est le cessez-le-feu.

Si l'on considère que la guerre n'a vraiment commencé qu'en mai 40, elle n'aura pas duré deux mois et nous sommes anéantis. Outre l'occupation des deux-tiers du territoire, près de deux millions des soldats français, soit plus de la moitié des mobilisés, ont été faits prisonniers ou sont portés disparus.

Fort des conditions d'armistice, désastreuses pour nous et pourtant signées de part et d'autre, l'occupant va organiser à sa manière la vie des Français, c'est à dire en la lui rendant impossible. Les communications d'abord : plus de trains, plus d'essence, nombreuses stations de métro fermées et lignes téléphoniques coupées. Presse et radiodiffusion sous censure allemande évidemment. Le couvre-feu ensuite et les cavalcades pour rentrer chez soi avant l'heure sous peine d'être capturé par la Gestapo. Courant électrique, gaz, combustibles mesurés au compte-gouttes et bientôt rationnement alimentaire permettant tout juste de ne pas crever de faim, dira Marie dans son langage toujours coloré.

Pour obtenir les rations de misère auxquelles ils ont droit, France ira faire à la mairie des queues interminables pour retirer les tickets d'alimentation, suivies de queues tout aussi interminables chez les commerçants pour se procurer les quelques grammes de nourriture dont les tickets permettent l'achat. Le café et le sucre n'existent plus pour eux : l'un est remplacé par de l'orge grillé, l'autre par de la saccharine. Le beurre disparaît du marché et le pain est de plus en plus noir.

Tout devient problème et les deux femmes, avec un homme quasi invalide auprès duquel elles font office d'infirmière, et un enfant d'un an accroché à un gros chien qui, privé d'espace, tourne dans l'appartement, ne savent plus où donner de la tête.

France, remontée à Viroflay pour voir, a trouvé sa villa occupée par les Allemands. Pas question de revendiquer ni de récupérer quoi que ce soit. Elle est sans nouvelles de Jean, sans doute prisonnier sinon il serait revenu maintenant. Elle n'en a pas non plus de ses beaux-parents de l'autre côté de la ligne de démarcation.

Au milieu de cette série de circonstances accablantes, un espoir se ranime : Rodolphe s'est levé et, péniblement, avec une canne, il a fait quelques pas et s'est assis dans un fauteuil. Dans la soirée du même jour, il prononce quelques paroles mais il déforme les mots, souvent en inversant les syllabes. Marie et France ont du mal à le comprendre. Encore malhabile de son bras droit, sa main gauche par contre, à force d'exercice, a atteint une dextérité étonnante. Dès le lendemain, il se lèvera et s'habillera tout seul et Marie, stupéfaite, le retrouvera en manteau et en chapeau, s'appuyant sur sa canne, prés de la porte d'entrée.

— Où vas-tu ?, crie-t-elle, affolée.

— Je sors.

— Mais tu es fou. Tu ne peux pas sortir seul. Et France qui n'est pas là. Je ne peux pas t'accompagner et laisser la petite. Tu n'arriveras jamais à descendre les escaliers. Tu vas tomber. Et remarchant à peine, tu vas te casser une jambe.

— Il faut toujours que tu prédises des catos... des castates... Je veux essayer. J'irai doucement.

266

Dans sa peur, c'est à peine si Marie a remarqué qu'il s'exprime presque parfaitement même s'il bute encore sur les mots longs et difficiles à prononcer.

Marie-France, très intriguée, — elle n'a pas souvenir d'avoir vu son grand'père debout — est parvenue jusqu'au palier, flanquée de son inséparable garde du corps.

— Ranpé, Ranpé, tonitrue-t-elle pleine d'enthousiasme tandis que France, arrivant à. ce moment-là, manque tomber à la renverse.

— Mais, papa, tu marches !

Elle a l'impression d'assister à la résurrection de Lazare :

— Oui. Et ta mère veut m'empêcher de descendre.

— Et tu parles aussi ? Descends, papa, descends. Je te précède.

Derrière France, morte de peur mais ne voulant pas le montrer, Rodolphe, marche après marche, mettra une demi-heure à descendre trois étages mais il les descendra, seul, et fera, au bras de sa fille, sa première promenade dans Paris occupé.

— Je voulais voir par moi-même, lui dira-t-il. Comme c'est triste ! Mais plus triste encore de ne rien voir du tout.

Et puis, un peu plus tard :

— Ce qui est affreux avec cette maladie, c'est qu'elle vous tombe dessus sans prévenir. J'ai voulu me supprimer au début mais je ne pouvais rien atteindre. Même pas le rasoir. Ta mère veillait. Elle ne le laissait jamais traîner...

Devant ces confidences, France reste silencieuse. Elle a violemment condamné le suicide de

Thomas. Aujourd'hui, elle ne sait plus que penser. Ou plutôt si, elle comprendrait presque son père. Quelles raisons lui restait-il de vivre en effet ? Ses idéaux en cendres, tous les efforts de sa vie réduits à rien et ne plus être, au surplus, pour sa femme et sa fille qu'un fardeau trop lourd à porter au sens propre de l'expression.

— Tu vas guérir, papa. Tu l'es presque déjà. Et ils continuent la guerre, malgré Pétain et contre Laval. Ils finiront bien par nous sortir de là. De Gaulle en a l'air tellement persuadé.

Malgré ce rétablissement spectaculaire, bien au-delà de toute espérance raisonnable, à tel point qu'il émerveilla le médecin lui-même, France savait très bien que son père ne pourrait plus jamais retravailler et surtout pas à un moment où chaque acte de la vie quotidienne était assorti de mille complications et difficultés.

Dans un monde qui s'écroulait, France devenait brusquement, à vingt-six ans, soutien de famille. Elle se vit donc contrainte à chercher un travail qu'elle trouva facilement car, comme toujours en période de guerre, la main d'œuvre manquait et de nombreux postes, dans un pays qui se réorganisait peu à peu, étaient laissés disponibles par les hommes restés prisonniers.

De l'argent, il en faut plus que jamais : la vie devient hors de prix et ce n'est qu'au marché noir qu'on peut se procurer un supplément absolument nécessaire pour ne pas dépérir d'inanition. France s'inquiète pour sa fille qui, malgré sa ration E, demeure relativement chétive et pâlotte; pour son père qui a maigri beaucoup plus, toutes proportions gardées, que Marie et qu'elle-même qui, pourtant, commencent à flotter dans leurs vêtements.

France désormais absente toute la journée, un lourd fardeau retombe sur les épaules d'une Marie de cinquante ans qui, tous les jours, et quel que soit le temps, passe des heures à faire la queue devant la boutique des commerçants . Pendant ce temps, Rodolphe surveille sa petite-fille qui, commençant à marcher, est à l'âge de toutes les bêtises.

Quand il fait beau, Marie emmène l'enfant jouer avec les autres sur le trottoir tandis que les femmes attendent patiemment, parfois pour rien. Le boucher, le crémier, l'épicier, le boulanger, la matinée entière y passe. Quand Marie rentre enfin à la maison, il lui faut parfois l'après-midi entier, tant la flamme du gaz est basse, pour cuire ces nouveaux légumes qui ont fait leur apparition — rutabagas et topinambours (autrefois on ne les donnait qu'aux cochons...) Et le soir, à la lumière de la bougie, derrière les carreaux des fenêtres tendus de papier violet, on avale ce brouet, sans beurre évidemment et parfois sans sel, et dans lequel on cherche les morceaux de viande à la loupe.

11 novembre 1940. France sort du bureau pour s'engouffrer dans le métro à l'Etoile. Mais soudain elle s'immobilise. Sur la place, plongée dans l'ombre, des silhouettes courent tandis que retentissent des commandements rauques et gutturaux. Rafales de mitrailleuses. Cris. Cavalcades. Quelqu'un arrive, hors d'haleine, jusqu'à elle :

— Madame, Mademoiselle, je suis votre frère, votre amant, votre mari. Enfin ce que vous voudrez. Je suis avec vous Nous avions rendez-vous.

Elle le regarde. Il a à peine vingt ans. Autour d'eux, les hommes verts et noirs frappent à coups de bottes des jeunes gens tombés à terre.

— Venez, dit France. Allons le plus tranquillement possible jusqu'à la station de métro.

Ils y parviennent sans avoir été appréhendés.

— Que s'est-il passé ?, demande France lorsqu'ils sont enfin sous le couvert.

— Nous sommes montés, en groupe, jusqu'à la tombe du Soldat Inconnu. On a crié : Vive de Gaulle. C'est tout. Pour leur prouver qu'ils ont beau être là, tout puissants aujourd'hui, on n'a pas oublié leur défaite d'hier. Pour leur faire comprendre qu'on résiste.

Résister. Le mot est prononcé et le premier acte de ce qui deviendra la Résistance vient d'avoir lieu.

CHAPITRE VII

Pendant l'année 41, la face de la guerre a changé, Presque tous nos territoires d'Outre-mer ont rallié la France Libre du Général de Gaulle, désavouant ainsi le chef officiel de l'État Français, c'est à dire le Maréchal Pétain,

L'Allemagne et l'Italie ont successivement déclaré la guerre à la Yougoslavie, à la Grèce, à l'URSS et aux États-Unis, lesquels depuis Pearl Harbor étaient entrés en guerre contre les Japonais. 1941 a donc donné raison à de Gaulle : il s'agit bien d'un conflit mondial aux proportions gigantesques.

A Paris, la tension entre occupés et occupants s'est considérablement accrue. Si, en juin 40, la population française a trouvé l'Allemand correct, et ceci surtout parce qu'elle s'attendait à voir déferler une bande de barbares, massacrant, violant et pillant sans merci — elle a bien changé d'avis depuis les arrestations arbitraires et les exécutions d'otages qui ont endeuillé les trois derniers mois de l'année 41. La plupart des Français vivent dans la terreur des SS et de la Gestapo, des dénonciations gratuites de la part des collabos. La méfiance règne même entre Français et cependant certains d' entre eux, de plus en plus nombreux, trouvent le courage de résister, chacun à sa manière.

Si France fraye avec des Résistants et les aide officieusement sans toutefois faire parti d'aucun réseau, Marie aussi résiste à sa façon. Si Thomas fut bercé par des chansons d'amour, Marie-France l'est par des chants patriotiques ou par des chansons devenues, ou redevenues, d'actualité. Marie-France ne chantera pas, comme tous les enfants des générations précédentes *Sur l'pont du Nord*, mais sur le même air :

> *Sur le pont d'Londres un bal y est donné*
> *Hitler demande à Goering d'y aller*
> *Le Pas-de-Calais c'est dur à traverser...*

J'ai du bon tabac dans ma tabatière est devenu pour elle :

> *Y'a plus de tabac dans la France entière*
> *Y'a plus de tabac, les Boches n'en donnent pas.*

Le soir, avant de s'endormir, Marie-France redemande inlassablement à. sa grand'mère *Le Temps des Cerises* pour lequel elle a une prédilection et Marie, au bord des larmes compte tenu de la signification nouvelle que la chanson a prise, fredonne, assise au chevet de l'enfant :

> *J'aimerai toujours le temps des cerises...*
> *C'est de temps-là que je garde au cœur*
> *Une plaie ouverte...*

Mais le patriotisme de Marie ne s'arrête pas là. Elle a également récupéré à droite et à gauche des bouts de laine et tricoté pour sa petite-fille des pull-overs rayés bleu-blanc-rouge que Marie-France porte fièrement sous le nez des SS impuissants, aucune ordonnance n'interdisant le port de vêtements aux trois couleurs françaises.

> *Chers enfants de France,*
>
> *Vous avez faim parce que l'ennemi mange votre pain et votre viande,*
> *Vous avez froid parce que l'ennemi vole votre bois et votre charbon,*

Eh! bien, moi, je vous fais une promesse, une promesse de Noël : vous recevrez bientôt une visite, la visite de la Victoire. Ah ! comme elle sera belle, vous verrez !

En attendant que le Général de Gaulle tienne sa promesse du 25 décembre 1941, Marie-France grelotte en ce matin de Noël comme tous les matins et redoute le moment où sa grand'mère viendra la sortir du lit pour l'habiller en toute hâte. Sa vie durant, elle gardera l'horreur de cet instant où il faut rejeter les couvertures. Sa vie durant, elle aura froid au réveil, ne serait-ce que quelques minutes et quelle que soit la température.

Toutefois, en dehors du froid, Marie-France ne souffre pas de la guerre — pas encore ! N'ayant pas souvenir d'autre chose, les E (moins de trois ans) sont finalement moins à plaindre que les J qui, eux, peuvent faire la comparaison.

Pas de sapin illuminé, pas de jouets, pas de friandises, mais quoi ! Marie-France n'a pas connu les Noëls d'avant-guerre, elle ne se sent nullement privée. Lorsque sa mère lui apporte en cadeau quelques morceaux de sucre, l'enfant y goûte avec circonspection puis déclare qu'elle préfère la saccharine, ces comprimés minuscules qu'elle suce comme le plus délicieux des bonbons.

Toute l'horreur de la guerre, Marie-France va en faire connaissance le 2 mars 1942 lorsque le premier bombardement allié va s'abattre sur Boulogne-Billancourt. Elle est brutalement tirée de son sommeil par le hurlement de la sirène. On s'affaire avec précipitation dans la pièce à côté sous la lueur dansante d'une bougie. Marie-France a peur, elle se blottit contre son chien qui, mû par le même réflexe, a sauté sur le lit. Mais bientôt Marie accourt, enveloppe la petite fille dans les couvertures sans prendre le temps de l'habiller et la charge dans ses bras :

— Viens vite, mon ange, on descend à la cave.

Mais, arrivée sur le palier, à peine a-t-elle tiré la porte derrière elle, que Marie-France se met à se débattre et à hurler :

— Wouf ! Je veux Wouf ! J'irai pas. J'veux pas. J'veux pas. J'veux Wouf ! Wouf ! Wouf !

Marie, désespérée, marque une pause et, tout en essayant de maintenir l'enfant, explique :

— On ne peut pas emmener les chiens à la cave, C'est interdit.

Les hurlements redoublent, deviennent quasiment hystériques :

— J'veux pas qu'on laisse Wouf tout seul. J'veux rester avec lui. J'irai pas. Non ! Non !

Devant ces cris déchirants, Marie se sent incapable de faire preuve de fermeté. A cet instant dramatiquement périlleux, elle se souvient : il ne s'appelait pas Wolf, il s'appelait Toutou. Et ce n'était pas un chien-loup, c'était un bâtard. Son chien à elle.

France, qui aidait Rodolphe à descendre les escaliers, est remontée précipitamment. Marie-France pleure à fendre l'âme, essayant toujours de se dégager des bras de sa grand'mère qui a bien du mal à la tenir. Voix de sa mère, haussant le ton dans le vacarme : les cris de l'enfant, les plaintes du chien derrière la porte, la sirène qui gémit toujours et les premières explosions,

— As-tu fini tes caprices ? Ce n'est pas le moment. Tais-toi et cesse de t'agiter.

Mais Marie-France ne veut rien entendre. Elle hurle de plus belle sans plus parvenir à prononcer une parole compréhensible derrière ses sanglots.

La gifle part, sèche, précise. C'est la première que Marie-France reçoit.

Rodolphe, arrêté à l'endroit où France l'a laissé, est bouleversé. Il essaye de se faire entendre :

— On ne peut pas l'emmener dans cet état, de force. C'est... c'est atroce. Je ne supporterai pas ça. Restons.

— Mais, papa, tu n'y songes pas. La maison peut s'écrouler. On ne va tout de même pas courir ce risque tous les quatre sous prétexte que Marie-France ne veut pas quitter son chien !

Sous la gifle de sa mère, l'enfant s'est calmée, c'est à dire qu'elle ne hurle plus mais elle continue de pleurer en murmurant à travers ses sanglots :

— Wouf ! Mon Wouf ! Mon pauv'Wouf !

Explosions. Éclairs. La maison tremble. Les vitres des fenêtres vibrent. Les avions. La D.C.A. Les bombes.

Marie entreprend la descente de l'escalier, en murmurant pour calmer et rassurer l'enfant qu'elle porte dans ses bras :

— Mon ange, mon trésor, ma mignonne, calme-toi. Il n'arrivera rien à ton chien. N'aies pas peur. Écoute, je vais te raconter l'histoire... ou veux-tu que je te chante... ?

Dans la cave pleine de monde où les gens s'entassent comme ils peuvent en s'asseyant par terre ou sur des pliants, d'autres enfants pleurent, non pas parce qu'on les a séparés de leur chien mais simplement parce qu'ils ont été brutalement tirés de leur sommeil par une nuit d'épouvante et, terrorisés, ne comprennent pas ce qu'il se passe. Les enfants des années 40 ne jouent pas à la guerre, ils ne font pas Boum Boum ni Pan Pan, ils ont peur. La guerre, loin d'être un jeu pour eux, va devenir leur réalité quotidienne, au milieu des cris; de la panique des adultes; du hurlement lugubre et lancinant de la sirène qui interrompt leur promenade, leur repas ou leur sommeil; du sifflement monstrueux des avions en rase-mottes; du tir de barrage de la D.C.A.; de l'explosion des bombes; des éclairs gigantesques qui trouent la nuit; des incendies et de l'écroulement des immeubles. Nuits tragiques, nuits d'attente, nuits d'angoisse, qui laisseront d'inguérissables séquelles : claustrophobie, peur du noir, peur de l'orage, peur du froid, peur de la faim, peur de manquer, peur de mourir.

J'ai peur ! — Quels enfants auront autant de fois prononcé cette phrase que ceux qui avaient pendant la guerre l'âge de tout enregistrer sans pouvoir encore raisonner et qui ont vécu leurs premières années dans un sentiment d'insécurité permanente et, par moments, dans une atmosphère de fin du monde ?

Lorsque, à la fin de l'alerte, France mettra le nez dehors aux premières lueurs du jour, elle aura du mal à réaliser que ce vide, soudain, dans son paysage familier, a été créé par l'effondrement de l'immeuble d'en face. Le hasard, la chance : une question de cinquante mètres à peine, la largeur d'une avenue !

On marche dans les gravats et la poussière tandis que pompiers et volontaires s'efforcent de dégager le sol au cas où ils pourraient encore sauver des victimes ensevelies sous les décombres. Les maisons voisines qui sont restées debout ont leurs volets arrachés. Les fenêtres n'ont plus de vitres et les murs sont percés de nombreux trous d'obus.

Marie-France s'était fait, à force d'attendre sur le trottoir leurs grand-mères qui faisaient la queue, un petit ami de son âge habitant justement l'immeuble d'en face. Elle n'a pas trois ans que déjà, elle est confrontée avec la mort sans encore être capable de la comprendre. Mais ce que, par contre, elle réalise très bien c'est que les maisons ne sont pas plus solides que des châteaux de cartes et que la sécurité qu'elles procurent n'est que très relative. Désormais, visualisant le danger, elle aura d'autant plus peur des bombardements, et plus seulement pour son chien.

A quelque temps de là, France rentre un soir chez ses parents, accompagnée d'un jeune homme qu'ils n'ont jamais vu et qu'elle leur présente en ces termes :

— Voici Eddie Mayer. L'un de ses voisins a eu la gentillesse de venir le prévenir au bureau que son père avait été arrêté ce matin. Il n'est pas question qu'il rentre chez lui : il tomberait dans un guet-apens. Je lui ai donc proposé de l'héberger pendant quelques jours.

Il n'est pas besoin de plus d'explications pour que Rodolphe et Marie comprennent de quoi il retourne. En 1942, brutalement, les Français se trouvent pris dans les filets du racisme hitlérien. Avant guerre, que l'on s'appelle Dupont ou Martin, Weil ou Cohen, cela ne faisait aucune différence et être né Juif n'avait pas davantage d'importance que d'être né Auvergnat. Mais voilà que tout change : Juif devient synonyme de pestiféré avant de devenir celui de martyr. Être Juif, le crime impardonnable, la tare honteuse, qu'il ne faut cependant à aucun prix cacher. Afin que nul n'en ignore, le port d'un signe distinctif est rendu obligatoire : c'est le recensement du troupeau avant l'abattoir.

Devant ces milliers de gens qui surgissent soudain arborant l'étoile jaune, le reste des Français ne sait quelle contenance prendre. On découvre avec stupeur que son meilleur ami, son médecin, son voisin, sont des condamnés en sursis. L'indignation est grande mais la peur la fait taire généralement. Il s'en trouvera cependant certains qui porteront l'étoile humiliante pour prouver leur solidarité et narguer les nazis,

La solidarité de France ne va pas jusque là. Plus exactement elle désapprouve tous les gestes inspirés par ce qu'elle appelle une sentimentalité à l'eau de rose. Par contre, lorsqu'il s'agit de services vraiment pratiques, qui, s'ils sont moins spectaculaires, sont beaucoup plus efficaces, elle est capable de braver le danger.

De son côté, Marie, qui a toujours eu des réactions inattendues, est beaucoup moins choquée par la race d'Eddie que par son sexe. Si France avait ramené une Juive à la maison, Marie n'aurait rien trouvé à redire. Mais un Juif ! et jeune par surcroît, et pas vilain garçon pour comble de malheur ! Elle estime que, ce faisant, France se compromet. Quand on a un mari prisonnier, on ne peut pas se permettre, de l'avis de Marie, d'héberger un autre homme dans son appartement, même pour lui sauver la vie ou, du moins, sauvegarder sa liberté. Bien sûr, Eddie, le temps qu'il sera là, couchera sur le divan qu'occupe Marie-France dans la salle à manger, tandis que la petite fille ira dormir dans la chambre de sa mère.

Malgré tout, Marie estime que cela ne se fait pas. Aussi, l'accueil qu'elle fait au jeune homme n'est pas particulièrement chaleureux. Déjà gêné d'arriver ainsi à l'improviste chez des étrangers, Eddie sent son malaise augmenter lorsque Marie, n'osant attaquer ouvertement, trouve un biais :

— J'espère que vous n'avez croisé personne. Je n'ai aucune confiance dans les gens du 5e. Il serait plus prudent que vous ne restiez pas longtemps ici."

— Il n'en a jamais été question, de toute façon, coupe France, le mieux pour lui étant de changer de bercail toutes les semaines.

— Pourquoi, intervient alors Rodolphe, ne pas vous faire baptiser ? Excusez-moi si je vous choque. Mais la vie vaut bien une messe, pour parodier Henri IV. Je sais, vous êtes jeune et vous avez peut-être encore un idéal et le sens de l'honneur poussé à l'extrême. Je n'aurais d'ailleurs jamais parlé de la sorte avant cette guerre. En 1914, j'aurais été fier de mourir pour la patrie. Mais à quoi cela aurait-il servi quand on voit que tout recommence et que tous les sacrifices ont été vains ? Ma fille s'est bien fait baptiser pour se marier. Qu'est-ce qu'un mariage à côté d'une question de vie ou de mort ? Croyez vous vraiment que cela vaille la peine, pour une histoire de religion, d'aller moisir à Drancy en attendant pire ? Remarquez bien que c'est un athée qui vous parle. Mais, en tant qu'athée, je suis, ou plutôt j'étais, aussi farouchement convaincu et déterminé que n'importe quel croyant."

— Je ne pratique pas, de toute façon, dit timidement le jeune homme, mais de là à me faire chrétien…

— Eh ! bien, dit France qui partage évidemment l'avis de son père, raison de plus. Vous ne pratiquerez pas davantage, voilà tout.

— J'ai l'impression, bredouille Eddie, influencé malgré lui, que ce serait un odieux marché, pour ne pas dire un marchandage...

— Écoutez, dit France, catégorique comme toujours, il y a mille fois pire à l'heure actuelle. Les gens vendent leur conscience pour une livre de beurre. Nous sommes en guerre contre les nazis. Alors que vous soyez juif, catholique ou protestant, l'essentiel, je crois, c'est que vous restiez Français.

— Mais, croyez-vous qu'un prêtre accepterait comme ça... ?

— Il ne manque pas de prêtres, répond France, qui sont autant indignés que nous le sommes par le génocide hitlérien et qui ne refusent pas de donner un baptême pour sauver une vie, Il y entre certainement un peu de prosélytisme, c'est inévitable, mais que voulez-vous...

— Si vous vous décidez, faites-le vite, intervient de nouveau Rodolphe qui sent le jeune homme prêt à céder et qui voudrait le sauver. D'ailleurs, il serait même préférable d'obtenir un certificat antidaté.

Lorsque Marie apporte sur la table un potage confectionné avec des rutabagas et un trognon de chou-fleur, épaissi à la farine de sarrasin pour lui donner un peu de consistance, Eddie, pour maigre que soit le plat et bien qu'il ait remis à Marie tous les tickets qui lui restaient, sent augmenter sa gêne, d'autant plus que Marie l'observe. Il croit d'abord qu'elle étudie chez lui les signes révélateurs de sa race, son nez ou ses cheveux. Il pense ensuite qu'elle calcule ce qu'il mange. Mais il s'aperçoit finalement que ce n'est ni l'un ni l'autre. C'est uniquement quand il regarde France en lui adressant la parole que Marie ne le quitte pas des yeux. Or, étant amoureux de la jeune femme, le malheureux garçon est au supplice. Il devient bientôt rouge de confusion, ce qui confirme Marie dans ses doutes, à tel point qu'une fois couchée, elle ne peut s'empêcher d'en faire part à Rodolphe, à voix basse, Eddie dormant de l'autre côté du mur.

Si Marie s'attendait à ce que Rodolphe la rassure en se moquant d'elle et en lui disant qu'elle a trop d'imagination, il n'en est rien et son mari se contente de remarquer :

— Si elle doit tromper Jean, je préfère que ce soit avec un Juif ou avec un résistant qu'avec un Allemand ou un collabo.

Marie manque s'étrangler et monte le ton malgré elle :

— Comment peux-tu envisager avec autant de sérénité que ta fille se conduise comme une... avec un mari prisonnier en Allemagne ! Je t'ai bien attendu quatre ans, moi. Ça ne fait pas deux ans qu'elle... Comment aurais-tu réagi si...

— Écoute, Marie, tu étais ma femme et j'étais jeune alors et plein d'illusions. Je ne suis que son père et je suis vieux, désenchanté et malade. Ne nous occupons pas de ce qui ne nous regarde plus, je t'en conjure. Aussi bien tu n'empêcheras pas ce qui doit arriver d'arriver.

— Mais sous mon toit ! avec ma connivence tacite ? Ah ! ça non, je ne le tolérerai jamais.

— :Et que veux-tu faire ? D'abord tu n'es sûre de rien. Ensuite tu ne peux pas, étant donné les circonstances, mettre ce jeune homme à la porte, encore moins ta propre fille, Je t'en prie, maintenant tais-toi, si tu ne veux pas qu'il finisse par nous entendre"

— Mais comment peut-elle ? Comment peut-elle ? répète encore Marie. Avec ce pauvre Jean déporté...

Par charité et parce qu'il s'est juré de ne jamais y faire allusion, Rodolphe se retient de rappeler à Marie son escapade, pourtant lourde de conséquences. Il se contente de murmurer, comme pour lui-même :

—J'ai toujours pensé qu'elle ne l'aimait pas. Pas vraiment. Un jour ou l'autre, il y aura quelqu'un d'autre. Que ce soit maintenant ou plus tard.

Marie s'est tue mais il est trop tard. Au matin, force leur est de constater qu'Eddie s'est envolé. Ils ne sauront jamais ce qu'il est advenu de lui puisqu'il ne réapparaîtra pas davantage au bureau et France posera des questions qui resteront sans réponse. Rodolphe et Marie ne diront rien de leur discussion qui, sans doute entendue, fut pourtant certainement à l'origine de cette fuite autrement incompréhensible.

— Tu parles trop, Marie, dira seulement Rodolphe à sa femme, loin des oreilles de France. Il faudrait apprendre à te maîtriser, surtout par les temps qui courent, si tu ne veux pas engendrer de nouveaux drames.

Car Rodolphe ne se fait pas d'illusion sur le sort d'Eddie : il ne fait bon sortir pendant le couvre-feu pour personne, mais pour un Juif encore moins.

1943 !

Ami, entends-tu le vol noir des corbeaux sur nos plaines
Ami, entends-tu les cris sourds du pays qu'on enchaîne
Ohé ! partisans, ouvriers et paysans, c'est l'alarme
Ce soir, l'ennemi connaîtra le prix du sang et des larmes

Pour échapper au Travail Obligatoire en Allemagne, de nombreux jeunes prennent le maquis. Leurs forces dans les campagnes viendront renforcer celles de la Résistance dans les villes.

Le vent d'ailleurs commence à tourner. Les Alliés ont débarqué en Afrique du Nord. Les Allemands ont capitulé à Stalingrad.

Ces nouvelles que l'on capte sur Radio-Londres malgré les brouillages, entretiennent l'espoir d'une libération prochaine et soutiennent un moral sérieusement entamé par les privations — de plus en plus sévères —, les représailles allemandes — de plus en plus nombreuses —, les bombardements qui s'intensifient.

A la suite de l'effroyable bombardement du 4 avril, Maurice et Laura Auger se retrouvent sinistrés et débarquent chez Rodolphe et Marie comme deux mendiants : du jour au lendemain, non seulement ils n'ont plus de toit, mais plus aucune possession, pas même un peu d'argent ni vêtements de rechange !

Laura est devenue une vieille femme : son fils unique a été tué en mai 40, les restrictions alimentaires, et maintenant plus de foyer !

Elle doit avoir dans les cinquante ans comme maman, pense France, attristée par le changement survenu chez cette femme en si peu de temps.

Laura a déjà les cheveux tout blancs et rares, un amaigrissement trop rapide lui a laissé des bajoues flasques et une peau flétrie. Laura qui, au temps de sa jeunesse, était l'énergie même et avait plus d'une fois pris le taureau par les cornes en lieu et place de Marie, Laura semble vidée de toute vie. Contrairement à ce qui s'est passé dans le ménage Doré, c'est Maurice qui a le mieux surmonté les épreuves et soutient sa femme qui, en ce jour dramatique où ils atterrissent chez leurs amis comme deux naufragés, a l'air au bord de l'hébétude complète.

France propose immédiatement de mettre sa chambre à la disposition du couple et d'aller habiter chez une amie. En réalité, elle attendait depuis quelque temps un prétexte valable pour reprendre la liberté dont elle a besoin pour aider ses camarades. Tant qu'elle continue d'être obligée de rentrer chaque soir chez ses parents avant le couvre-feu qui est, en cette année 43, de plus en plus souvent avancé par les Allemands à titre de semonce contre les manifestations et les opérations de résistance, France a pratiquement pieds et poings liés. Jusqu'à présent, elle a rongé son frein, surtout parce qu'elle ne voulait pas laisser à sa mère le double fardeau de Rodolphe et de Marie-France. Mais maintenant elle est à peu près rassurée en ce qui concerne son père. Quant à sa fille, elle a presque quatre ans. Ils sont, l'un et l'autre, capables de se débrouiller à peu près seuls sans que Marie ait beaucoup besoin d'intervenir. En outre, Laura — France en est sûre — fera le maximum pour aider.

Cependant, la décision de France ne plaît qu'à moitié à Marie qui voit d'un mauvais œil sa fille reprendre son indépendance. Mais c'est en vain qu'elle essayera de l'en dissuader par des réflexions du genre.

— Comment ? Tu abandonnes ton enfant ! Et si nous sommes tous tués, tu ne le sauras même pas, et réciproquement. Je vais me faire un mauvais sang fou, si toi tu t'en moques.

— Mais, maman, rétorque France qui n'est pas du tout décidée à se laisser prendre au chantage, je viendrai aussi souvent que possible : à l'heure du déjeuner, ou le soir quand le couvre-feu sera assez tardif, et le samedi et le dimanche. Il n'est pas question de vous abandonner, tu le sais d'ailleurs très bien quoi que tu prétendes; il est seulement question d'adopter une solution plus pratique pour tout le monde.

Ce que France tait évidemment mais que Marie, et surtout Rodolphe, soupçonnent néanmoins, c'est que l'amie chez laquelle elle est censée aller habiter, est en réalité UN ami résistant.

France est amoureuse de Rémy comme elle le fut de Jean la Violetera. Elle fait partie de ces femmes dont le cœur et le corps ne vibrent que dans des circonstances exceptionnelles. Et ça a beau être la guerre, l'amour est loin d'avoir perdu ses droits :Il est même sans doute un des rares à les avoir gardés ! Avec l'Élégance et la Coquetterie. En effet, les femmes, loin de se négliger, arborent des coiffures élaborées, un amoncellement de boucles compliquées sur le haut de la tête; elles portent des jaquettes cintrées aux épaulettes rembourrées et des jupes larges qui gonflent au vent quand elles pédalent sur leur bicyclette, les pieds cambrés dans des chaussures à talons compensés. Elles rivalisent d'astuces et réalisent de véritables miracles avec leurs points textiles. Quand il ne fait pas trop froid, pour économiser les bas, elles s'enduisent les jambes de file-pas.

Le C.N.R. (Conseil National de la Résistance), présidé par Jean Moulin officiellement mandaté par de Gaulle, vient d'être constitué à Paris. Désormais, tandis que l'armée alliée se bat en Afrique et que les Allemands capitulent en Tunisie, la France, qui est entièrement occupée depuis novembre 42, va être le théâtre sanglant d'actes de terrorisme à. travers lesquels Résistants et Maquisards d'une part, SS, Gestapo et Milice d'autre part, vont se livrer un combat sans merci.

Arrêté le 23 juin, Jean Moulin est torturé à. mort sans avoir livré le moindre renseignement. Le. C.N.R. est décapité mais d'autres prennent la relève et le M.L.N. (Mouvement de Libération Nationale) regroupent différentes organisations de Résistance.

Avant la fin de l'année, la domination allemande commence à battre sérieusement de l'aile et sur l'air de *Madame la Marquise",* on chante un peu partout :

Mais à part ça, mon vénéré Führer
Tout va très bien, tout va très bien...

Les Alliés débarquent en Italie et Mussollini capitule le 8 septembre. Pourchassés par les maquisards, les Allemands évacuent la Corse le 5 octobre : c'est le premier département français libéré.

Un vent d'espoir souffle sur la France opprimée qui entame son troisième hiver d'occupation. Les semelles de bois font clac clac sur les trottoirs gelés. Les pneus des bicyclettes sont gonflés avec de l'herbe séchée. Les vélos-taxis abritent les clients transis sous une bâche. Dans les intérieurs sans feu où il n'y a même plus une feuille de journal à brûler, on dégerme les pommes de terre à moitié pourries avec des mitaines et enveloppé dans une couverture. Faire quelque chose avec rien : préoccupation majeure de tous les Français qui, mourant de faim et de froid, deviennent les rois du système D. On se demande comment on tient mais on tient quand même ! Et dans les caves où les bombardements envoient de plus en plus souvent les gens passer la nuit — (au moins il y fait chaud !) —, il s'en trouve toujours quelques-uns pour chanter :*Ah ! le petit vin blanc, Ça sent si bon la France ou Auprès de ma blonde...*

CHAPITRE VIII

Les écoles étant fermées, C'est sa grand-mère qui apprend à lire et à écrire à Marie-France. Armée d'un vieux porte-plume, la petite fille s'applique à tracer les pleins et les déliés de toutes les lettres de l'alphabet. Marie ne lui fait pas de cadeau : dès qu'il y a une tache d'encre, elle arrache la feuille et Marie-France n'a plus qu'à tout recommencer avec précaution. Mais cela ne lui déplaît pas tant les distractions sont rares. Tout aussi rares sont les jouets. Il n'y a donc plus qu'à apprendre à lire le plus vite possible pour pouvoir se plonger dans les livres, car les livres ne manquent pas chez ses grands-parents, livres qui ont déjà été lus par Thomas et France enfants.

Rodolphe se charge de lui enseigner le calcul, du moins les additions et les soustractions. Marie-France s'exerce à effectuer les opérations avec des boutons. Marie en possède en quantité en tant que couturière de guerre improvisée. Elle a énormément de travail car elle coud bien, la couture ayant été son métier avant d'épouser Rodolphe.

Jusqu'à ce qu'elle soit surprise par une alerte, Marie, les après-midi où il faisait assez beau, allait au square de la Porte de Saint-Cloud avec Marie-France, Rodolphe et le chien. Mais Rodolphe n'étant pas assez rapide pour marcher, ils durent, ce jour-là, essuyer le bombardement dans l'abri plus que précaire que représentaient les toilettes du jardin public. Par miracle ils ne furent pas atteints mais Marie se jura bien de ne plus jamais s'éloigner de la proximité immédiate d'une cave où se jeter en cas de danger. Aussi les rares promenades que faisait désormais Marie-France étaient-elles plutôt réduites et l'enfant, déjà mal nourrie, souffrait également d'un manque d'air et d'exercice. Laura s'était bien proposée de l'emmener un peu plus loin pour lui dégourdir les jambes mais Marie avait une peur panique de se séparer de sa petite-fille.

Marie-France cependant, et bien qu'elle ne s'ennuie nullement, n'apprécie guère de ne plus voir sa mère rentrer chaque soir à la maison. Elle pose des questions et s'énerve parce que les réponses sont vagues. Marie a trouvé là. une mine à exploiter. Peut-être qu'en la poussant un peu, elle pourrait se servir de l'enfant pour ramener la mère au bercail. Aussi la petite fille, subtilement influencée par sa grand-mère, s'ingénie-t-elle à retenir sa mère à chaque fois que celle-ci vient les voir. Et, à chaque fois, France fait la même réflexion :

— Mais voyons, sois raisonnable. Où veux-tu que je couche ici ?

— Avec moi dans mon lit, répond Marie-France.

— Il est beaucoup trop étroit. Il n'y a pas de place pour deux.

Ce dialogue entre mère et fille met Maurice et Laura extrêmement mal à l'aise. Ils ne peuvent pas se douter que leur présence arrange France.

— Ne t'inquiète pas, mon petit, nous allons bientôt pouvoir rendre sa chambre à ta maman.

Mais France, pour sa part, n'est pas du tout pressée. Elle mène enfin la vie indépendante et aventureuse dont elle a tant rêvé. Elle n'a même pas de remords à. tromper son mari dont le souvenir s'est considérablement estompé au cours de ces trois années. En outre, elle estime qu'en travaillant pour la libération, elle lui est directement utile. Toutefois, elle n'est pas sûre, une fois celle-ci arrivée et Jean revenu de captivité, d'être capable de reprendre l'existence commune. Elle a pris le goût de la liberté, des responsabilités et d'un cadre de vie élargi en dehors des contingences familiales et conjugales.

Toutes les guerres servent l'émancipation féminine : le courant s'était déjà amorcé durant celle de 14-18, mais la guerre de 40 va en décupler l'amplitude surtout pour les femmes encore célibataires ou qui se retrouvent telles du fait de la captivité de leur mari.

France sait très bien que sa liaison avec Rémy doit être considérée comme un épisode de guerre, dans la mesure où ils se sont trouvés réunis par une tâche et un idéal communs et qu'étant homme et femme, jeunes et libres l'un et l'autre, il était fatal que le déclic se produisît. Mais France ne se fait pas d'illusions : une fois le but atteint, une fois l'existence redevenue normale, la vie les séparera sans doute. Néanmoins France pense que les choses risquent d'être difficiles au retour de Jean si celui-ci entend que tout recommence comme auparavant, c'est à. dire qu'elle redevienne une épouse bien sage l'attendant à. la maison tout en s'occupant uniquement de sa fille et de son foyer.

Marie a flairé le danger. C'est pourquoi elle voudrait intervenir à tout prix parce qu'il est dans son caractère de vouloir forcer choses et gens, tandis que Rodolphe, fataliste et libéral, est un fervent adepte de la non-ingérence et du respect total de la liberté d'autrui. Cette disposition d'esprit ne l'empêche nullement de se faire du souci et de se demander avec inquiétude ce qu'il va advenir de ce couple et de Marie-France par ricochet. D'ailleurs, il se sent de plus en plus las en ce début d'année 1944. Épuisé par le froid et la sous-alimentation, par cette occupation dont on ne voit pas la fin, marcher le fatigue de plus en plus et il parle de moins en moins malgré les efforts de Maurice pour l'entraîner au rythme des conversations d'autrefois.

France essaye de le ranimer en lui faisant part de ce qu'elle sait : qu'un plan de grande envergure se prépare et que les Alliés vont jouer le tout pour le tout en tentant de débarquer sur le territoire français pour y reprendre la bataille abandonnée en 40.

Où ? Quand ? Comment ? Nul ne le sait encore et, pour éviter les fuites, on ne l'apprendra qu'au dernier moment ou même seulement une fois le fait accompli.

Debout les damnés de la terre !
C'est la lutte finale...

Le 6 juin, les Alliés débarquent sur les plages de Normandie.

La bataille suprême est engagée... Voici venu le choc décisif...

Lorsque la BBC annonce la nouvelle, les Français, d'abord incrédules, se croient déjà délivrés quand elle est confirmée. Hélas, ils ne sont pas encore au bout de leurs peines : il s'écoulera deux mois et demi — après le jour le plus long, ce seront les mois les plus longs — avant que Paris soit libérée et presqu'un an avant que la guerre prenne fin.

Toutefois, à partir du moment où les Parisiens vont voir passer le long de leurs avenues, d'ouest en est, des colonnes allemandes en retraite à la suite des combats de Normandie, l'espoir ne va plus les quitter. Ils savent que ce n'est plus qu'une question de temps. Ils prient pour que cette attente ne se prolonge pas trop car, au début d'août, il n'y a vraiment plus rien à manger. Les tickets alimentaires ne sont même plus honorés. Le courant électrique n'est distribué qu'une demi-heure par jour et le gaz est inexistant. Les trains ne circulent plus du tout et les métros qui desservent les quelques stations restées ouvertes sont de plus en plus rares. On ne peut pratiquement plus circuler qu'à pied. Les SS, mitraillette au poing, établissent des barrages et réquisitionnent toutes les bicyclettes qui roulent.

Heureusement les Alliés auxquels s'est jointe, depuis le 1er août, la 2e Division Blindée de Leclerc, progressent rapidement maintenant. On apprend presque simultanément la libération de la Bretagne, du Mans, d'Alençon, d'Argentan, de Châteaudun et le débarquement en Provence.

Bientôt, sous les yeux de la population qui dissimule mal sa joie, les services allemands de Paris commencent à déménager. Des véhicules chargés, camouflés sous des bâches et des branchages, se mêlent aux cohortes qui continuent de se replier au fur et à mesure de l'avance des Alliés.

Désormais, les Parisiens vont vivre dans la fièvre et dans l'exaltation. Ce n'est plus, pour eux, une question de jours mais d'heures. Lorsqu'on apprend que les Alliés sont à Orléans, à Chartres, à Dreux, c'est le délire. Comme le dira de Gaulle quelques jours plus tard *il y a là des minutes qui dépassent chacune de nos pauvres vies.*

Tout le monde se demande : Mais qu'est-ce qu'ils font ? C'est pour quand ? avec une impatience qui, bientôt, n'est plus du tout endiguée. Les F.F.I. décident d'agir sans attendre, espérant ainsi forcer la décision d'Eisenhower d'encercler Paris avant d'y pénétrer, ceci afin d'éviter les massacres de civils qu'ont connus Stalingrad et Varsovie. De plus Paris est miné. Hitler a donné l'ordre, si les Allemands sont contraints de quitter la capitale, de tout faire sauter afin que les Alliés ne trouvent plus qu'un champ de ruines.

Qu'importe ! A cœurs vaillants, rien d'impossible et le 18 août, un ordre de mobilisation générale appelant le peuple de Paris à l'insurrection est placardé sur les murs :

FRANÇAIS, debout, tous au combat !
Le jour tant attendu est arrivé !
Les troupes françaises et alliées sont aux portes de Paris.
Le devoir simple et sacré pour tous les Parisiens est de se battre.

L'heure de l'insurrection nationale a sonné.

Aux armes, citoyens !

L'appel est entendu. Les combats de rues vont commencer. Les gardiens de la paix occupent la Préfecture cependant qu'un peu partout les F.F.I. investissent les mairies, les ministères, les édifices publics et les imprimeries de presse.

La Radio Nationale s'est tue et il n'y a plus de journaux. Les nouvelles circulent de bouche à oreille, parfois exactes, souvent fausses. Comme il n'y a plus d'électricité, il n'y a pas moyen de capter la BBC. Partout, c'est le branle-bas. Paris se couvre de barricades construites avec les moyens du bord.

Passionnée par l'effervescence qui règne, Marie-France, oubliant qu'elle a le ventre creux, regarde par la fenêtre les hommes qui abattent les platanes de l'avenue et les allongent par terre pour barrer les rues. Les grilles et les pavés sont arrachés pour renforcer la solidité des ouvrages. Des gens armés se cachent dans les feuillages. Certains d'entre eux portent des casques allemands pris aux soldats tombés dans les embuscades.

Marie, par prudence, n'ose plus sortir de chez elle. Elle se ronge les sangs en attendant l'arrivée de France : ils n'ont plus rien à manger depuis la veille. Cette soirée du jeudi 24 août n'en finit pas. Malgré l'heure allemande retardant encore le crépuscule déjà tardif de l'été, le jour commence à baisser.

Marie, désespérée, ne sait que faire à l'idée que la petite va être obligée d'aller se coucher sans rien dans l'estomac.

— Faites quelle arrive ! (elle pense à France) prie-telle à voix basse avec toute la ferveur dont elle est capable. Faites qu'ils arrivent ! (elle pense aux Alliés) sinon cette pauvre enfant va mourir de faim.

Il est déjà 21 heures, les minutes s'égrènent lentement. Marie, n'ayant plus du tout d'espoir, se dit qu'il va lui falloir demain matin coûte que coûte aller glaner au moins un morceau de pain quelque part.

21 heures 15, elle imagine le pire. Ce n'est pas possible que France ne soit pas venue. Elle a été blessée ou même tuée quelque part dans la rue par une balle perdue. Elle ne viendra plus maintenant.

Marie se lève, va à la fenêtre. Elle se rassoit. Elle se relève. Elle fait le tour de la table. Elle va jusqu'à la cuisine, ouvrant pour la énième fois la porte du placard désespérément vide. La nuit tombe...

A 21 heures 30, son cœur bondit : une clé vient de tourner dans la serrure. Oui, elle ne rêve pas. C'est France, avec quelques provisions sous le bras, apparemment surexcitée, qui s'écrie, sans avoir pris le temps d'embrasser personne :

— Ca y est ! On se bat au Pont de Sèvres !

— Qui ça on ?, demande Marie, complètement éberluée et prise de court dans son angoisse.

— Mais les Français et les Allemands bien sûr. La 2e D.B. Ils arrivent !

Rodolphe, complètement prostré au fond de son fauteuil, semble reprendre vie :

— La 2e D... Les blindés de Leclerc ? Tu as bien dit la 2e D.B. Des Français ?

Marie, en proie à une émotion si intense qu'elle croit que son cœur va éclater, libère ses larmes à gros sanglots sur l'épaule de son mari. Péniblement, Rodolphe s'est levé et s'appuie sur sa canne qui ne le quitte plus désormais :

— Jamais je n'aurais cru que je vivrais jusque là. C'était si long, si long. C'est la dernière nuit. Tu entends, Marie, c'est fini, fini...

Marie-France, médusée, voit les adultes qui pleurent, qui rient, qui s'étreignent.

La nuit la plus longue a commencé, aussi longue que celle du 14 juin il y a quatre ans mais vécue dans un état d'esprit ô combien différent !

De nouveau, serrés les uns contre les autres, ils guettent, dans le noir, derrière les volets. Au loin, le bombardement fait rage et ils entendent distinctement les batteries allemandes installées à Longchamp et dans le bois de Meudon qui tirent sur le Pont de Sèvres. Parfois ils aperçoivent les lueurs des explosions qui illuminent les hauteurs de Saint-Cloud. Tant d'immeubles ont été rasés par les bombardements que la perspective qu'ils ont de leurs fenêtres s'est considérablement étendue.

Aux premières lueurs du jour qui se lève sur ce mémorable vendredi 25 août, des petits détachements de soldats auxquels se mêlent des F.F.I., brassard tricolore au bras pour tout uniforme, nettoient Boulogne-Billancourt de ses derniers Allemands. C'est tout juste si l'on peut attendre que les opérations soient terminées pour descendre dans la rue. Les volets claquent. Les fenêtres s'ouvrent. Marie, qui gardait dans un tiroir un drapeau qu'elle avait confectionné elle-même, l'accroche à la barre d'appui d'une fenêtre, bientôt imitée par des centaines de femmes.

> *Pendant quatre ans dans nos cœurs*
> *Elle a gardé ses couleurs*
> *Bleu blanc rouge avec l'espoir elle a fleuri*
> *Fleur de Paris...*

— Ils arrivent ! Ils arrivent !, s'égosille-t-on de tous côtés. Ca y est ! Ils sont en marche ! Ils sont là !

ILS SONT LA, exactement la même phrase que celle prononcée le 14 juin 40 mais comme le ton est différent ! Le bruit des bottes allemandes décroît dans les souvenirs, enterré sous les roulements des chars des gars de Leclerc.

— Mon pauvre vieux, dit Marie à Rodolphe avec autant de pitié que d'attendrissement, quel dommage que tu ne puisses pas descendre ! Les gens te feraient tomber. Veux-tu que je reste avec toi ?

— Non, non, répond Rodolphe. Descends. Vas-y. Ne manque pas ça, surtout pas ! Je vais rester à la fenêtre. Je verrai aussi bien, sinon mieux.

Alors Marie rejoint France, Marie-France, Laura et Maurice qui sont déjà dans la rue où une foule en délire se presse jusqu'au milieu de la chaussée, se jetant littéralement sur les premiers chars et les premiers camions qui avancent le long de l'avenue Édouard Vaillant.

Parfois un char est obligé de s'arrêter sous peine d'écraser les gens, Il est alors assailli, pris d'assaut, tout le monde essayant de grimper pour embrasser ces sauveurs aux visages bronzés, habillés de kaki. Enfin l'uniforme français après tant d'années de vert-de-gris ! Des enfants sont portés à bout de bras, des enfants qui garderont de cette journée un souvenir d'autant plus vivace, haut en couleurs et en son, le plus merveilleux des Technicolors —, que, s'ils ont moins de cinq ans, c'est leur première rencontre avec la joie, avec la vie éclatante, avec l'ivresse de la liberté.

Dans le vacarme on n'entend plus très bien ce qui se dit ni même ce qui se chante bien que la Marseillaise soit reprise en chœur par des milliers de voix. On oublie que la guerre n'est pas finie. Éclate une rafale de mitrailleuse qui rappelle brusquement tout ce monde en folie à. la réalité. Il y a encore quelques Allemands. Les tourelles se ferment. Les gens se plaquent le long des murs, se couchent derrière les barricades, s'engouffrent sous les porches, mais tout le monde ressort dès que les balles ne sifflent plus,

Tout l'après-midi le défilé va continuer puisque les Américains suivent la 2e D.B. En fin de journée, il se ralentit mais il y a toujours autant de monde sur l'avenue. Des jeeps stationnent et des G.I. souriants distribuent aux enfants des friandises qu'ils n'ont jamais vues,

Un G.I. au volant de sa Jeep a installé Marie-France sur ses genoux et essaye d'instaurer avec elle un laborieux dialogue en usant de ses rudiments de français :

— Quel est ton nom ?

— Marie-France.

— Joli nom. Comme le pays. Combien vieille es-tu ?

— Je ne suis pas vieille, proteste Marie-France. J'ai cinq ans !

— Tu aimes chewing-gum et chocolat ?

— Connais pas, dit Marie-France.

Alors il lui met dans les mains des tablettes dont les seuls coloris des emballages émerveillent l'enfant de la guerre.

— Et puis tiens aussi pomme de pin, ajoute-t-il en lui tendant une boîte de conserve illustrée d'une tranche de fruit jaune.

— Pomme de pin ?, fait l'enfant en retournant la boîte dans tous les sens, c'est bon à manger ça?

— C'est délicieuse, affirme le jeune G.I. Très sucre. Beaucoup sirop.

Ce n'est pas de la pomme de pin, dit soudain la voix de France. La jeune femme s'est approchée de la Jeep.

— C'est de l'ananas.

— Ananas, répète Marie-France qui va de surprise en surprise. Déjà elle ignorait que les pommes de pin se mangeaient, mais ananas elle en entend parler pour la première fois ! Elle serre dans sa jupe relevée en panier pour la circonstance des trésors auxquels elle n'ose même pas toucher. Et tandis que sa mère entame â son tour avec le G.I. une conversation un peu moins élémentaire parce qu'elle a lieu en anglais, Marie-France, de peur de perdre ou de se faire voler ses précieux cadeaux, déclare :

— Je monte ranger tout ça dans mon armoire.

— Fais attention pour le chewing-gum, lui crie sa mère, ça se mâche seulement, surtout ne l'avale pas !

Marie-France ne répond rien mais pense en son for intérieur qu'il s'agit là d'une bien drôle de marchandise qu'elle se propose d'essayer loin des regards curieux.

A peine a-t-elle poussé la porte de l'appartement qu'elle se met à crier :

— Grand-père ! Grand-père ! Regarde ! J'ai du chocolat et puis... et puis...

Mais lorsqu'elle débouche dans la salle à manger, ses cris se bloquent dans sa gorge. Elle lâche ses paquets, la boite d'ananas va rouler sous la table...

Rodolphe est étendu par terre, le long de la fenêtre, immobile...

La petite fille se rue de nouveau dans l'escalier. Elle se fraye un chemin à travers la foule, cherchant sa grand'mère qu'elle ne voit pas. Mais sa mère est installée dans la Jeep à côté du G.I. Marie-France se précipite :

— Maman, maman, hurle-t-elle en s'accrochant à la portière. Grand-père est mort. Les Allemands l'ont tué.

— Qu'est-ce que tu dis ?

L'Américain n'a compris qu'un mot : les Allemands. Et quand il voit France sauter d'un bond hors de l'auto, il ramasse sa mitraillette et hèle ses camarades.

Et c'est un groupe de quatre G.I. armés qui s'engouffrent dans l'immeuble à la suite de France qu'ils retrouvent accroupie à la tête d'un vieil homme inerte.

— Les Allemands, les Allemands. Où ?

— Mais non, mais non, explique France en anglais. Ce ne sont pas les Allemands. Il n'y a pas d'Allemands dans la maison. C'est ma fille qui a cru cela En réalité, mon père a eu une attaque. C'est déjà arrivé. J'aurais dû m'en douter. L'émotion. Rangez vos fusils. Il me faudrait un docteur. Tout de suite.

Les soldats se regardent, complètement décontenancés.

— A doctor ?, dit l'un, retrouvant le premier son sang-froid. There must be a doctor somewhere.

L'un d'eux reste auprès de France pour l'aider à transporter Rodolphe sur son lit tandis que les trois autres redescendent pour tenter de découvrir dans leur groupe un médecin qui veuille bien monter quelques minutes.

Son arrivée sera beaucoup plus rapide qu'en juin 40 et c'est un jeune médecin portant l'uniforme américain qui se penchera sur le corps inanimé de Rodolphe et lui prodiguera les premiers soins avec la dextérité d'un homme habitué aux cas d'urgence. Cependant, après avoir obtenu de France des explications supplémentaires, son verdict tombera comme un coup de massue :

— C'est la deuxième attaque. De celle-ci il ne se relèvera pas.

France blêmit, ses traits se crispent. Elle se tourne vers Marie-France, restée plantée là, sans rien comprendre :

— Va vite chercher ta grand-mère …

Comment Marie va-t-elle réagir, elle qui a si généreusement voulu garder son mari à la maison ? Comment vont-elles se débrouiller maintenant qu'il est paralysé à vie s'il n'en meurt pas ?

Marie arrive toute essoufflée et se jette sur le corps inerte de Rodolphe. France lui assène la vérité dont Marie ne retient qu'une chose : il est vivant. Elle étouffe un soupir de soulagement. Elle réalise enfin qu'elle aime son mari et l'a toujours aimé. Au milieu d'un torrent de larmes, elle articule :

— On va le soigner. Il ne va pas mourir.

Mais la joie est brusquement tombée dans la maison si elle continue dehors. Toute la nuit du 25 au 26, Marie et France veilleront au chevet d'un Rodolphe qui lutte entre la vie et la mort.

Marie-France, pelotonnée contre un chien agité de tics par suite d'une carence en vitamines, est considérablement perturbée. Elle s'endort épuisée par les émotions mais elle se réveillera plusieurs fois en hurlant. Et Laura aura bien du mal à la calmer. Dans la nuit silencieuse, la respiration difficile de Rodolphe ressemble à un soufflet de forge. Dans l'esprit de l'enfant, tout se mêle et tout s'emmêle. Elle est persuadée qu'un Allemand caché quelque part a tiré sur son grand-père. Il fait chaud en cette nuit d'août et cependant la petite fille claque des dents et est secouée de frissons à chaque fois qu'elle se réveille. Laura finit par s'installer à son chevet de peur d'une convulsion nerveuse.

Paris est libéré. Mais la guerre n'est pas finie et loin de l'être par les séquelles qu'elle va laisser.

CHAPITRE IX

L'un des premiers soucis de France dans les jours qui suivirent la Libération fut de se rendre à Viroflay pour voir si sa villa était de nouveau habitable, Sa déception fut grande : non seulement la maison était en partie effondrée mais il n'y avait pratiquement plus rien dedans. En partant les occupants avaient presque tout emporté, à l'exception de ce qui était vraiment trop encombrant, en l'occurrence le lit, la grande table de la salle à manger, le divan du salon, un bureau et une armoire. Le reste s'était volatilisé, y compris les tapis, les tableaux, les bibelots et une grande partie du linge de maison. Quant au jardin laissé en friche pendant quatre ans, il n'en restait plus qu'une pelouse râpée et un tas d'herbes folles .

Force fut à la jeune femme de constater qu'il n'était pas question de s'y réinstaller. Toutefois, sa déception fut de courte durée car elle se rendait compte que, de toute façon, il ne lui était plus possible d'entretenir une telle habitation qui, en outre, maintenant qu'elle travaillait et n'avait plus de voiture, était beaucoup trop éloignée.

Malgré l'aggravation dramatique de la maladie de son père, France se sentait incapable d'envisager de vivre à nouveau chez ses parents. Toutefois, il lui fallait trouver un appartement à proximité de façon à pouvoir aller les voir tous les jours.

Marie avait catégoriquement refusé, puisqu'il était incurable, qu'on transportât Rodolphe à l'hôpital. Les médecins avaient fait remarquer que, si elle persistait dans son refus, une lourde tâche d'infirmière allait retomber sur ses frêles épaules. Mais elle était restée intraitable :

— Je ne suis peut-être ni très forte ni très jeune, mais il ne pèse plus maintenant que cinquante kilos. Je me débrouillerai. Je ne veux pas qu'on l'emmène, laissez-le finir ses jours tranquillement dans son cadre habituel. Tant que je pourrai le faire, je le soignerai.

L'ombre de la mort qui avait plané plusieurs jours sur sa maison au lendemain de la Libération s'était éloignée. Ayant surmonté la phase dite flasque, Rodolphe était entré en phase spasmodique, laquelle pouvait s'éterniser si le cœur tenait bon et si aucune complication ne survenait. Il pouvait encore se servir de son bras et de sa main gauches, remuer et s'asseoir dans son lit en utilisant sa jambe valide. La compréhension, la vue et l'ouïe étaient demeurées intactes mais la parole lui était désormais plus que difficile. Au mieux il prononçait des mots, déformés parfois, et de courtes phrases avec beaucoup d'efforts.

L'écoute du poste de T.S.F. et la lecture étaient désormais ses seules activités.

Marie-France avait été très marquée par l'accident survenu à. son grand'père bien que l'idée de l'Allemand ait cessé de lui trotter dans la tête. Elle ne savait que faire pour le distraire et lui faire plaisir ayant même été jusqu'à apprendre à son chien des tours qu'elle lui faisait ensuite exécuter devant Rodolphe, espérant ainsi l'amuser quelques instants,

Elle apprenait par cœur des chansons et des poésies pour pouvoir les réciter à son grand'père sans une faute. Un demi-sourire éclairait alors le visage émacié et la plus belle récompense de Marie-France consistait à s'entendre dire par ce vieil homme qui ne parlait plus :

— C'est bien, ma mignonne, c'est bien.

Entre-temps, Laura s'était alitée à son tour et, le médecin ayant diagnostiqué une tuberculose, elle ne put, elle, éviter l'hôpital. Compte tenu de l'affaiblissement général de la malade sous-alimentée, de son âge et, enfin, d'une absence totale de tonus moral, le mal prit rapidement la forme galopante. Laura s'éteignit en quelques semaines dans sa cinquante-sixième année, laissant un mari complètement désemparé. Maurice avait pris une chambre dans un hôtel meublé situé non loin de l'hôpital où se mourait sa femme et c'est là qu'il continua son existence solitaire une fois qu'elle eut disparu. Marie le vit de moins en moins souvent car l'état de Rodolphe éprouvait l'ami des jours jeunes et heureux. Déjà, secoué par la mort de Laura, Maurice, en voyant Rodolphe, ne pouvait s'empêcher de pleurer et il pensait, non sans raison, que ses visites faisaient au malheureux immobilisé plus de mal que de bien. Ils avaient l'un et l'autre vécu deux guerres, ils avaient l'un et l'autre perdu leur fils dans des circonstances dramatiques. Aujourd'hui Maurice n'avait plus de femme mais il allait et venait comme bon lui semblait, travaillant encore, tandis que Rodolphe, entouré, ne pouvait plus ni marcher ni parler. Et Maurice, sans parvenir à se répondre, se demandait lequel était le plus à plaindre des deux.

France reçut enfin, après quatre ans de silence, une lettre de Berthe lui annonçant que ses beaux-parents avaient quitté Marseille en 41 et s'étaient installés en Algérie où ils comptaient finalement rester. Évidemment Berthe demandait instamment des nouvelles et précisait qu'elle ferait un voyage en France dès que la guerre serait finie, ce qui, ajoutait-elle, ne saurait plus tarder maintenant.

France avait gardé grief à sa belle-mère d'avoir tout abandonné en 40, coupant ainsi volontairement les ponts et se privant des nouvelles qu'elle réclamait aujourd'hui avec tant d'impatience. Ce fut donc sur un ton assez froid que France répondit, annonçant notamment la captivité de Jean, la maladie de son père et la mort de Laura

Dans l'euphorie de la libération et des semaines qui suivirent — c'était l'été —, les Parisiens eurent tendance à la confondre avec la paix d'autant plus facilement que les troupes alliées progressaient à une rapidité foudroyante. Mais au retour de l'hiver, un hiver qui sera particulièrement rigoureux, on va cruellement s'apercevoir, avec douze cents calories par jour dans des intérieurs pas mieux chauffés que l'hiver précédent, que la guerre n'est pas finie.

Marie-France qui va en classe depuis le mois d'octobre, s'y rend transie, chaque matin, le long de couloirs percés dans cinquante centimètres de neige. Pour réchauffer ces enfants qui suivent des cours dans des salles glaciales, on leur distribue vers dix heures une tasse de chocolat fait avec trois quarts d'eau pour un quart de lait. Aux récréations qui ont lieu dans le préau, on les oblige à courir, à. sauter à la corde. Remuer, bouger, à tout prix. Ce n'est pas une distraction, c'est une obligation. En dépit du froid, les absences pour maladie sont rares. Ils ont la peau dure les enfants de 40, habitués à geler quatre à cinq mois par an depuis cinq ans maintenant !

Marie-France, d'ailleurs, est ravie d'aller en classe bien qu'elle déteste le chocolat qu'on lui fait ingurgiter de force mais, à part cela, ses succès faciles la font se rengorger comme un petit paon. Compte tenu de l'étendue de ses connaissances, elle est, avant Noël, montée dans la classe supérieure et, malgré cela, elle se maintient encore avec une facilité relative dans les premières places. Elle rapporte triomphalement les carnets de notes et les bons points, sans attendre d'autre récompense que la fierté et la joie de ses grands-parents pour lesquels elle représente — et elle le sent intuitivement sans pouvoir se le formuler — tout ce qui reste du bonheur de vivre. Si sa mère, qu'elle voit plus rarement et surtout moins longuement, incarne l'autorité, Rodolphe et Marie sont, pour le moment, son univers.

Depuis qu'elle va en classe et parce qu'elle entend les autres parler, elle pose des questions sur son père mais il n'est pour elle qu'une image, sans réalité et sans vie. On lui dit bien qu'il va revenir un jour, bientôt maintenant, mais elle n'y croit pas vraiment et, au fond, la survenance brutale d'un cinquième personnage dans son cadre familier la dérangerait plutôt. Aussi loin qu'elle se souvienne, ce sont sa mère, sa grand-mère, son grand-père et son chien qui ont composé la trame de son existence quotidienne. Il est trop tard maintenant pour qu'un inconnu s'y intègre.

On lui a montré des photos : un monsieur en uniforme, un calot sur la tête, tient dans ses bras un bébé. Il paraît que le bébé, c'est elle. Le soldat, c'est son père en permission. Il a l'air gentil. Il sourit. Mais sait-on jamais ? Après avoir passé tout ce temps avec les Allemands, il est certainement devenu méchant. Au fond d'elle même, Marie-France a peur. C'est l'angoisse devant l' inconnu, l'appréhension d'un bouleversement.

Et puis un jour, ce fantôme en noir et blanc va brusquement se réincarner en chair et en os, en os suffirait d'ailleurs à l'exactitude de l'expression.

Le 8 mai 1945, l'Allemagne capitule sans conditions. Cette fois-ci, la guerre est vraiment finie et au cours des mois qui vont suivre, les prisonniers détenus dans les camps en Allemagne vont regagner leur foyer. Leur foyer ou ce qu'il en reste et, en l'occurrence, il serait plus juste de dire tout simplement leur pays. En effet, certains d'entre eux n'ont plus de femme ou plus de parents, d'autres n'ont plus de maison, et quelques-uns n'ont plus ni l'un ni l'autre...

Un jeudi matin du mois d'août, on frappe à la porte. Marie est en train de s'occuper de Rodolphe et c'est Marie-France qui va ouvrir. Avant qu'elle ait pu réaliser quoi que ce soit, elle est soulevée de terre par une paire de bras, embrassée, étouffée et, le nez à, moitié écrasé contre une épaule dure, elle entend répéter :

— Ma fille ! ma fille ! Comme tu es grande ! Comme tu es belle !

Marie est accourue mais, devant le revenant qu'elle reconnaît à peine, elle s'arrête, bouleversée. C'est un squelette ambulant qu'elle a sous les yeux, dont le visage est presque aussi émacié que celui de Rodolphe.

En voyant sa belle-mère qui, sous le coup de l'émotion, ne peut faire un mouvement, Jean a lâché sa fille et s'élance pour l'embrasser à son tour. Puis il demande :

— France n'est pas là ?

— Non, répond Marie. Elle travaille à cette heure-là et d'ailleurs elle a depuis peu un appartement près du bois pour la petite et le chien qu'elle prend pendant les weekends. Mais elle passe ici tous les soirs. Téléphonez lui au bureau pour lui annoncer votre arrivée : on l'autorisera sûrement à. rentrer sur le champ. En attendant, venez dire bonjour à. Rodolphe.

Compte tenu de l'état dans lequel elle retrouve son gendre, Marie n'ose pas lui poser de questions. Les épreuves qu'il a endurées sont suffisamment inscrites sur son visage, sur son corps décharné, ses vêtements en lambeaux. Il est des circonstances où toute parole est vaine.

Lorsqu'il arrive devant Rodolphe, Jean s'arrête interdit, puis, sans avoir pu dire un mot, il s'agenouille à la tête du lit et, le visage contre le drap, il éclate brusquement en sanglots.

Dans les yeux de Rodolphe passe toute la douleur du monde tandis que, de sa main valide, il caresse les cheveux du jeune homme, ou plutôt ce qu'il en reste car Jean est presque tondu.

Marie-France, accrochée à la jupe de sa grand-mère, contemple la scène. Il lui semble qu'elle va se mettre à pleurer, elle aussi. Elle fait un gros effort pour réaliser que cet homme, qui ne ressemble plus en rien aux photos qu'on lui a montrées, est son père et qu'il va désormais faire partie de sa vie. Elle se dit qu'elle doit l'aimer, que peut-être elle devrait le consoler bien qu'elle ne comprenne pas très bien pourquoi il pleure, puisqu'il est revenu et qu'il retrouve tout le monde.

Les sanglots de Jean se sont apaisés mais il n'a pas relevé la tête. Marie-France voit ses grandes épaules osseuses, dont les omoplates font saillie sous l'espèce de vareuse qu'il a sur le dos, se soulever et s'abaisser comme si elles étaient agitées de spasmes,

Enfin, à grand peine, Rodolphe prononce quelques mots qui brisent cet oppressant silence :

— Vous êtes revenu... C'est bien.

Jean a brusquement relevé la tête :

— Vous parlez ? Quand même ?

— Non. Ou... si peu... quel... quefois.

Si Marie n'ose poser aucune question à Jean sur les conditions de sa captivité, lui, par contre, qui a vécu enfermé pendant cinq ans, totalement coupé du monde, ignorant ce qui se passait, veut maintenant tout savoir, tout ce que les rares cartes-messages de France devaient taire. Mais Marie, si prolixe par nature, n'a pas le cœur à raconter. Elle a d'ailleurs soudain l'impression accablante qu'il ne s'est rien passé, rien qui mérite la peine d' être raconté. Au flot d'interrogations dont il la presse, elle répond laconiquement :

— On attendait, vous savez, tout comme vous. Un peu plus libres, c'est tout. Un peu moins affamés peut-être aussi. Pour moi la guerre, ou plutôt l'occupation, se résume en une queue interminable devant des boutiques pleines de monde et vides de marchandises. Chaque détail de l'existence quotidienne était un drame en soi tant qu'on le vivait mais maintenant ça parait tellement dérisoire à raconter...

— En voyant le quartier, dit Jean, j'imagine que vous avez dû être servis en bombardements ?

— C'est vrai, admet Marie. A cause des usines Renault, on était aux premières loges. Il y a eu des centaines de morts à Billancourt et des milliers de sinistrés. Nous avons eu de la chance.

Jean a gardé sa fille sur ses genoux et Marie-France n'ose pas bouger bien qu'elle se juge trop grande pour être dorlotée de la sorte. Il l'interroge à son tour. Le dialogue est difficile à instaurer. Marie-France, timide de nature, est mal à l'aise devant cet intrus. Elle a beau savoir que c'est son père, il n'en demeure pas moins un étranger pour elle.

Pendant ce temps-là, Marie, dans le repas qu'elle prépare, met tout son zèle, tous ses talents et, aussi, une bonne partie de ses provisions. Si l'on doit se priver après, tant pis, mais elle tient à marquer l'événement.

Profitant de l'absence de Jean qui est descendu pour téléphoner à France, elle donne à. Marie-France un gros billet et la charge d'aller chercher une bouteille de bon vin chez l'épicier.

— Tu lui diras, recommande-t-elle à sa petite-fille, que c'est pour fêter le retour de ton père. Qu'on nous donne ce qu'il y a de mieux.

Quand Jean remonte, il annonce à Marie :

— Vous pouvez mettre un couvert de plus. France arrive aussi vite que possible pour déjeuner avec nous.

La glace est rompue. Les souffrances passées sont momentanément oubliées, tout comme l'incertitude de l'avenir. Marie-France elle-même qui revient à son tour en brandissant fièrement une bouteille de saint-émilion, se sent gagnée par l'euphorie et commence à bavarder comme une pie, racontant tout pêle-mêle sans respecter d'ordre logique ni chronologique, ce qui fait que son père a bien du mal à suivre. Tout à l'attention qu'il prête à sa fille, il n'entend pas la clef tourner dans la serrure. L'aboiement de Woolf lui fait cependant tourner la tête.

La silhouette de France s'encadre dans la porte de la salle à manger : elle n'a pas changé, elle, ou si peu !

Il se lève en chancelant mais ses jambes ne le portent pas en avant. France non plus n'a pas bougé. Les deux époux se regardent. L'éternité passe entre eux. A défaut d'amour, le cœur de France est secoué par une vague immense de compassion et de pitié douloureuse.

Ecce homo. Voici l'homme qu'elle a épousé, jeune, riche et beau, qui soudain lui est rendu dans un état dont elle soupèse au premier regard la déchéance tant morale que physique Non, elle ne pourra jamais lui dire la vérité. Non, elle n'en aura pas le courage. Non, l'heure n'est pas aux explications. Elle est à l'accueil inconditionnel, à l'acte généreux et gratuit, au mensonge charitable. Plus tard; on verra plus tard. Mais, pour le moment, on n'enfonce pas un noyé, on l'aide à se sortir de l'eau.

France sait, et c'est pourquoi elle hésite sur le pas de la porte, que tout va peut-être se jouer dans son attitude des premières minutes. Tant pis ! Elle a un élan vers cet être qui, elle l'a senti à la première seconde, attend tout d'elle.

Elle se jette dans des bras qui, aussitôt, se referment sur sa taille dans un geste qu'elle ressent comme une reprise de possession.

Cette reprise de possession n'ira d'ailleurs pas plus loin, même lorsqu'ils se retrouveront seuls le soir dans leur nouvel appartement, car l'état de faiblesse extrême de Jean a également atteint sa virilité. Tandis que ce détail achève d'émouvoir France en même temps qu'il la rassure en quelque sorte, ce nouveau coup porté à sa fierté masculine abat Jean encore davantage. La jeune femme va redoubler de tendresse et de diplomatie pour l'empêcher de sombrer dans une dépression totale.

Jean avait dit :

— J'ai de la chance. Combien de prisonniers ne retrouvent pas leur femme partie avec un autre.

Maintenant il dit :

— Que vais-je devenir ? Et quel travail vais-je faire ? Maintenant qu'il n'y a plus de société Delmasse. Ou plutôt si, il y en a sûrement une, mais à Alger. En attendant...

— En attendant, intervient France toujours aussi fermement, tu vas te faire soigner. Tu en as besoin. Tu n'es pas en état de travailler. Tu vas manger, dormir pour récupérer tes forces. Et tu iras te promener au bois de Boulogne avec ta fille et le chien. Quand tu auras consulté un médecin et que l'on sera sûrs que tu n'as rien de grave, vous pourriez d'ailleurs aller tous les trois vous retaper un peu à la campagne. Cela vous ferait du bien. Marie-France n'a pas changé d'air depuis qu'elle est née. Profite de la période des vacances.

— Mais, dit Jean, et toi ? Je ne vais pas me séparer de toi à peine rentré.

— Écoute, sois raisonnable. J'ai certainement moins souffert de la guerre que toi. D'ailleurs il n'est pas exclu que je puisse prendre quelques jours de congé début septembre. Je ne puis malheureusement pas envisager de m'absenter longtemps et laisser maman toute seule avec papa. De toute façon, nous choisirons un endroit pas trop éloigné de Paris.

Bien qu'elle dise nous, Jean remarque que France décide de tout. Mais il est trop fatigué pour faire la réflexion à haute voix et risquer ainsi de déclencher une discussion. Il a vaguement conscience qu'elle a changé, qu'elle a pris une assurance et une autorité qu'il ne lui connaissait pas. Les rôles sont inversés. Elle a la force morale et physique qui lui fait, à lui, cruellement défaut. Mais peut-être au fond, se dit-il, l'a-t-elle toujours eue : elle n'avait seulement jamais eu l'occasion d'en faire usage, habituée qu'elle était à obéir et à demi asphyxiée sous la tyrannie maternelle.

Jean est las, plus que las même, complètement dépersonnalisé par cinq ans de servitude. Réfléchir et raisonner le fatiguent. Mais il est des choses qui se comprennent par l'instinct et l'instinct ne se perd pratiquement qu'avec la mort.

Sans se le formuler vraiment parce que son cerveau fonctionne mal, Jean devine que, contrairement à ce qu'il avait cru dans le premier moment d'euphorie, il n'a pas retrouvé sa femme : il a retrouvé une autre femme. Leur couple ne repartira pas sur les bases de 1939 : cinq ans ont passé, et quelles années ! Des années qui comptent double, sinon triple. Il ne suffit pas de revenir pour effacer impunément une si longue séparation, si lourde d'événements. A peine a-t-il retrouvé sa liberté, dont il pensait ingénument qu'elle allait tout lui faire retrouver en même temps, qu'il est assailli par une indicible angoisse face à l'avenir qui s'ouvre béant devant lui, comme un gouffre. Il se sent faible, épuisé, vulnérable, fini, un simulacre d'homme, alors qu'il voudrait tant donner à sa femme, et aussi à sa fille, une toute autre image de lui-même.

Le crépuscule d'été qui s'étire interminablement imprègne toute chose d'une infinie langueur qui ressemble à une inguérissable mélancolie.

Avant de s'endormir, pour la première fois depuis si longtemps, dans des draps blancs et sur un oreiller moelleux, les vers du poète lui reviennent en mémoire :

Rien n'est jamais acquis à l'homme .

FIN